中國語言文字研究輯刊

七　編

許錟輝　主編

第 6 冊

傳鈔古文《尚書》文字之研究（第四冊）

許舒絜　著

花木蘭文化出版社

國家圖書館出版品預行編目資料

傳鈔古文《尚書》文字之研究（第四冊）／許舒絜 著 — 初
版 — 新北市：花木蘭文化出版社，2014〔民 103〕
目 6+258 面：21×29.7 公分
（中國語言文字研究輯刊　七編：第 6 冊）
ISBN 978-986-322-846-2（精裝）
1.尚書　2.研究考訂
802.08　　　　　　　　　　　　　　　　103013629

ISBN-978-986-322-846-2

9 789863 228462

中國語言文字研究輯刊

七 編　　第六冊　　　　ISBN：978-986-322-846-2

傳鈔古文《尚書》文字之研究（第四冊）

作　　者　許舒絜
主　　編　許錟輝
總 編 輯　杜潔祥
副總編輯　楊嘉樂
編　　輯　許郁翎
出　　版　花木蘭文化出版社
社　　長　高小娟
聯絡地址　235　新北市中和區中安街七二號十三樓
　　　　　電話：02-2923-1455／傳眞：02-2923-1452
網　　址　http://www.huamulan.tw　信箱　hml810518@gmail.com
印　　刷　普羅文化出版廣告事業
初　　版　2014 年 9 月
定　　價　七編 19 冊（精裝）新台幣 46,000 元

傳鈔古文《尚書》文字之研究（第四冊）

許舒絜 著

目

次

〈夏書〉

六、禹貢

禹貢	戰國楚簡	漢石經	魏石經	敦煌本P3615	敦煌本P3615·P3469	敦煌本P3469	敦煌本P5522	敦煌本P5522·P4033	敦煌本P4033	敦煌本P4033·P3628	敦煌本P3628·P4874	敦煌本P5543	敦煌本P3169	敦煌本P2533	岩崎本	神田本	九條本	島田本	內野本	上圖本元	觀智院本	天理本	古梓堂	足利本	上圖本影	上圖本八	晁刻古文尚書	書古文訓	唐石經
禹別九州隨山濬川任土作貢			禹別九州隨山濬川任土作貢																禹別九州隨山濬川任土作貢					禹別九州隨山濬川任土作貢	禹別九州隨山濬川任土作貢	禹別九州隨山濬川任土作貢	禹別九州隨山濬川任土作貢	命別九州隨山唐川任土㣿貢	禹別九州隨山濬川任土作貢
禹敷土隨山刊木奠高山大川			禹敷土隨山栞木奠高山大川																禹敷土隨山刊木奠高山大川					禹敷土隨山刊木奠高山大川	禹敷土隨山刊木奠高山大川	禹敷土隨山刊木奠高山大川	禹敷土隨山栞木奠高山大川	命尃土隨山栞木奠高山大川	禹敷土隨山刊木奠高山大川

602、山

「山」字在傳鈔古文《尚書》有下列不同字形：

（1）魏二體

魏二體直行式石經「山」字古文作，與璽彙 2556 郭店.唐虞 4 包山 121 等同形。

【傳鈔古文《尚書》「山」字構形異同表】

山	戰國楚簡	石經	敦煌本	岩崎本	神田本b	九條本	島田本b	內野本	上圖（元）	觀智院b	天理本	古梓堂b	足利本	上圖本（影）	上圖本（八）	古文尚書晁刻	書古文訓	尚書篇目
禹敷土隨山刊木		魏二																禹貢

603、奠

「奠」字在傳鈔古文《尚書》有下列不同字形：

（1）1234

敦煌本 P2643、P2516「奠」字作1 形，內野本、上圖本（影）、上圖本（八）或作2，源自弔向簋克鐘秦公鎛康鼎陳章壺等形。上圖本（元）、觀智院本「奠」字作3 形，岩崎本作4，其偏旁「丌」字上少一畫俗訛作「八」形。諸字「酉」旁皆作古文魏三體之隸古定。

【傳鈔古文《尚書》「奠」字構形異同表】

奠	戰國楚簡	石經	敦煌本	岩崎本	神田本b	九條本	島田本b	內野本	上圖（元）	觀智院b	天理本	古梓堂b	足利本	上圖本（影）	上圖本（八）	古文尚書晁刻	書古文訓	尚書篇目
奠高山大川			P3615															禹貢
盤庚既遷奠厥攸居乃正厥位			P2643P2516															盤庚下
奠麗陳教則肆肆不違									b									顧命

賓稱奉圭兼幣曰一二臣衛敢執壤奠					眞 頁b		奠					康王之誥

604、鄭

【傳鈔古文《尚書》「鄭」字構形異同表】

鄭	戰國楚簡	石經	敦煌本	岩崎本b	神田本b	九條本	島田本b	內野本	上圖（元）	觀智院b	天理本	古梓堂b	足利本	上圖本（影）	上圖本（八）	古文尚書晁刻	書古文訓	尚書篇目
秦穆公伐鄭晉襄公帥師敗諸崤還歸作秦誓							鄭	鄭					鄭	鄭			秦誓

605、大

「大」字在傳鈔古文《尚書》有下列不同字形：

（1）大：魏二體、魏三體、上博1緇衣19、郭店緇衣37

魏二體直行式石經〈禹貢〉「大」字古文作，魏三體石經〈多士〉、〈君奭〉作，〈君奭〉「其集大命于厥躬」楚簡上博〈緇衣〉19引作「集大命於氏（是）身」，郭店〈緇衣〉37則引作「其集大命於㼌身」，「大」字各作 上博1緇衣19 郭店緇衣37。「大」象人形，甲金文作 甲2015 大禾方鼎 大保鼎 盂鼎 頌鼎 歸父盤等形。

（2）太：太太

《書古文訓》〈說命上〉「若歲大旱」，上圖本（八）〈泰誓上〉「大會于孟津」「大」字作太太，「太」「大」二字同音古相通用。

【傳鈔古文《尚書》「大」字構形異同表】

大	戰國楚簡	石經	敦煌本	岩崎本b	神田本b	九條本	島田本b	內野本	上圖（元）	觀智院b	天理本	古梓堂b	足利本	上圖本（影）	上圖本（八）	古文尚書晁刻	書古文訓	尚書篇目
奠高山大川		魏二																禹貢
若歲大旱																	太	說命上

										大			泰誓上
降若茲大喪												魏	多士
予亦念天即于殷大戾												魏	多士
大弗克恭上下												魏	君奭

禹貢	戰國楚簡	漢石經	魏石經	敦煌本 P3615 P3469	敦煌本 P3469	敦煌本 P5522	敦煌本 P5522 P4033	敦煌本 P4033	敦煌本 P4033 P3628	敦煌本 P3628 P4874	敦煌本 P5543	敦煌本 P3169	敦煌本 P2533	岩崎本	神田本	九條本	島田本	內野本	上圖本元	觀智院本	天理本	古梓堂	足利本	上圖本影	上圖本八	晁刻古文尚書	書古文訓	唐石經
冀州既載壺口治梁及岐			魏	冀州无載壺口治梁及岐														冀州无載壺口治梁及岐								冀州无載壺口治梁及岐	冀州无載壺口亂梁及岐	冀州既載壺口治梁及岐

606、太

「太」字在傳鈔古文《尚書》有下列不同字形：

（1）魏三體 大 大

「太」字魏三體石經〈君奭〉「太甲」、「太戊」「太」字古文作，其三體均爲「大」字，敦煌本 P2533〈五子之歌〉「太康」、《書古文訓》「太戊」、「太甲」、「太保」、「太史」等「太」字或作「大」大 大，二字同音古相通用。「太」字爲《說文》水部「泰」字古文作之隸省，訓滑也，从廾从水大聲，《集韻》去聲 14 夳韻「夳」字「一曰大也，通也。……亦作大。」《隸釋》謂「漢人書碑廟號太宗官名，如太尉、太常、太守、太中，地名如太原、太陽之類皆作『大』，泰山亦作『大』」。

【傳鈔古文《尚書》「太」字構形異同表】

太	戰國楚簡	石經	敦煌本	岩崎本	神田本b	九條本	島田本b	內野本	上圖（元）	觀智院b	天理本	古梓堂b	足利本	上圖本（影）	上圖本（八）	古文尚書晁刻	書古文訓	尚書篇目
既修太原																		禹貢
至于太岳							大	太										禹貢
太康失邦昆弟五人			大（P2533）				太											五子之歌
太康尸位以逸豫滅厥德							大								太			五子之歌
伊陟相太戊																	大	咸有一德
太戊贊于伊陟作伊陟原命																	大	咸有一德
西旅底貢厥獒太保乃作旅獒															太		大	旅獒
惟太保先周公相宅							大											召誥
太保乃以庶殷							大	大										召誥
太保乃以庶邦冢君							大								太			召誥
王入太室祼王命周公後															太			洛誥
厥亦惟我周太王王季								大										無逸
在太甲時則有若保衡		太（魏）													木		太	君奭
在太戊時則有若伊陟臣扈		太（魏）						大									大	君奭
周公若曰太史司寇蘇公															太			立政
太保命仲桓南宮毛																	大	顧命
太保太史太宗皆麻冕彤裳														大				顧命
太史秉書							太	大							木		大	顧命
太保受同祭嚌								六							太			顧命

太保降收											太		顧命

607、冀

「冀」字在傳鈔古文《尚書》有下列不同字形：

（1）〔圖〕汗 3.42〔圖〕四 4.6

《汗簡》、《古文四聲韻》錄《古尚書》「冀」字作：〔圖〕汗 3.42〔圖〕四 4.6，源自〔圖〕甫●冀簋〔圖〕令簋，此形所从「異」與魏三體石經殘石「異」字古文作〔圖〕同形，乃變自〔圖〕召卣〔圖〕作冊大鼎〔圖〕虢弔鐘〔圖〕虢弔鐘。

（2）〔圖〕1〔圖〕2

足利本、上圖本（影）、上圖本（八）「冀」字或省變作〔圖〕1，內野本、敦煌本 P3615、P2533 或作〔圖〕2，皆爲篆文〔圖〕之隸變俗書，與〔圖〕孫子 133〔圖〕漢印徵 4.17.3〔圖〕曹全碑〔圖〕禮器碑陰等形相類同。

【傳鈔古文《尚書》「冀」字構形異同表】

冀 〔圖〕汗 3.42 〔圖〕四 4.6 傳抄古尚書文字	戰國楚簡	石經	敦煌本	岩崎本	神田本b九條本	島田本b	內野本	上圖（元）	觀智院b	天理本	古梓堂b	足利本	上圖本（影）	上圖本（八）	古文尚書晁刻	書古文訓	尚書篇目
冀州既載壺口治梁及岐			〔圖〕P3615											〔圖〕			禹貢
惟彼陶唐有此冀方			〔圖〕P2533				〔圖〕					〔圖〕	〔圖〕	〔圖〕			五子之歌

608、壺

「壺」字在傳鈔古文《尚書》有下列不同字形：

（1）〔圖〕1〔圖〕2〔圖〕〔圖〕3〔圖〕4

《書古文訓》「壺」字或作〔圖〕，爲《說文》篆文〔圖〕之隸古定，源自甲金文作：〔圖〕乙 2924〔圖〕燕 85 背〔圖〕佳壺爵〔圖〕史懋壺〔圖〕頌壺〔圖〕殳季良父壺等形。九條本或作〔圖〕2，爲篆文之隸變，與〔圖〕睡虎地 10.13〔圖〕武威簡.泰射 4 同形，內野本、足利本、上圖本（影）、上圖本（八）或作〔圖〕〔圖〕3；敦煌本 P3615「壺」字作〔圖〕4，其下形多一畫。

【傳鈔古文《尚書》「壺」字構形異同表】

壺	戰國楚簡	石經	敦煌本	岩崎本	神田本b	九條本b	島田本b	內野本	上圖（元）	觀智院b	天理本	古梓堂b	足利本	上圖本（影）	上圖本（八）	古文尚書晁刻	書古文訓	尚書篇目
冀州既載壺口治梁及岐			壺 P3615					壺					壺	壺	壺		壺	禹貢
逾于河壺口雷首			壺	壺										壺	壺			禹貢

609、岐

「岐」字在傳鈔古文《尚書》有下列不同字形：

（1）槙汗 4.51　槙岐.四 1.15　岐

《汗簡》錄《古尚書》「岐」字作：槙汗 4.51，《古文四聲韻》錄此形為「歧」字：槙四 1.15，「歧」當是「岐」之誤，皆同形於《說文》邑部「郂」字古文作槙從枝從山，「岐」為「郂」字或體。《書古文訓》「岐」字作岐，為此形之隸定。

（2）埜1　埜2

上圖本（影）「岐」字或作埜1，上圖本（八）或作埜2，偏旁「山」字作「土」，其義類可通，埜2形所從之「攴」訛作「攵」。

（3）岐1　岐2

敦煌本 P3615、P3169「岐」字作岐1，偏旁「山」字訛作「止」，內野本、足利本、上圖本（影）、上圖本（八）或作岐2，所從之「攴」訛作「攵」。

（4）埜

足利本「治梁及岐」「岐」字作埜，其右旁注「埜」字：埜埜，此乃形近誤寫為「埜」字。

【傳鈔古文《尚書》「岐」字構形異同表】

岐　傳抄古尚書文字　槙汗 4.51　槙四 1.15	戰國楚簡	石經	敦煌本	岩崎本	神田本b	九條本b	島田本b	內野本	上圖（元）	觀智院b	天理本	古梓堂b	足利本	上圖本（影）	上圖本（八）	古文尚書晁刻	書古文訓	尚書篇目
治梁及岐			岐 P3615					埜					埜	埜	埜		岐	禹貢

| 荊岐既旅終南惇物 | | 岐
P3169 | | 岐 岐
岐 | | | | | 岐 岐 岐 | | | 嶅 | 禹貢 |
| 導岍及岐至于荊山 | | 歧
P3169 | | 岐 | | | | | 岐 岐 岐 | | | 嶅 | 禹貢 |

禹貢	戰國楚簡	漢石經	魏石經	敦煌本 P3615	敦煌本 P3615·P3469	敦煌本 P3469	敦煌本 P5522	敦煌本 P5522·P4033	敦煌本 P4033	敦煌本 P4033·P3628	敦煌本 P3628	敦煌本 P5543	敦煌本 P3169	敦煌本 P2533	岩崎本	神田本	九條本	島田本	內野本	上圖本元	觀智院本	天理本	古梓堂	足利本	上圖本影	上圖本八	晁刻古文尚書	書古文訓	唐石經
既修太原至于岳陽覃懷底績				无隙太原亐至于岙昜覈懷底績															无修太原至亐岳昜覃襄底績						无修太原至亐岳昜覃襄底績／宛修太冽至于岳陽西冊親底績	无修太原至亐嶽昜覃襄底績		既修太原至于岳陽覃懷底績

「至于岳陽」，《釋文》：「岳，字又作『嶽』」，《史記・夏本紀》、《漢書・地理志》皆作「嶽陽」。

610、原

「原」字在傳鈔古文《尚書》有下列不同字形：

（1）邍汗 1.8 邍四 1.35 邍邍邍

「原」字《汗簡》、《古文四聲韻》錄《古尚書》作：邍汗 1.8 邍四 1.35，其下形寫訛，源自金文作，邍陳公子甗 邍單伯鬲 邍史敖簋 邍魯●父簋 邍饗●父鼎，《說文》辵部「邍」字篆文作邍，「高平之野人所登」其下訛从「泉」，《周禮》「邍師掌四方之地名」注云：「邍，地之廣平者」，「泉」部「原」字訓「水泉本也」乃泉原之原，「邍」、「原」音同義別，今本乃假「原」為「邍」字。《書古文訓》「原」作邍邍邍，為「邍」字之隸定或隸訛。

【傳鈔古文《尚書》「原」字構形異同表】

原 傳抄古尚書文字 邍汗1.8 邍四1.35	戰國楚簡	石經	敦煌本	岩崎本	神田本b	九條本b 島田本b	內野本	上圖（元）	觀智院b	天理本 古梓堂b	足利本	上圖本（影）	上圖本（八）	古文尚書晁刻	書古文訓	尚書篇目
既修太原至于岳陽																禹貢
大野既豬東原底平															邍	禹貢
原隰底績至于豬野															邍	禹貢
若火之燎于原不可嚮邇															邍	盤庚上

611、陽

「陽」字在傳鈔古文《尚書》有下列不同字形：

（1）易：易易1易昜2昜3

《書古文訓》「陽」字皆作「易」易1，敦煌本 P3615、P4033、岩崎本、內野本、上圖本（八）作易昜易2形，上圖本（影）或作昜3，與「易」字相混（參見“易”字）。《漢書・地理志》「交趾郡曲易縣」顏注曰：「易，古陽字」「陽」為「易」之後起字，指日之上出，「暘」、「陽」、「崵」三字俱從易得聲而孳乳分化，從山、從阜皆表日出之處，與「易」字皆通用。

（2）陽1陽2

岩崎本、足利本「陽」字或作陽1陽2，偏旁「易」字訛作「易」。

（3）易1易2

敦煌本 P3169「陽」字或作易1易2，乃作「易」字混作「易」。

【傳鈔古文《尚書》「陽」字構形異同表】

陽	戰國楚簡	石經	敦煌本	岩崎本 神田本b	九條本b 島田本b	內野本	上圖（元）	觀智院b	天理本 古梓堂b	足利本	上圖本（影）	上圖本（八）	古文尚書晁刻	書古文訓	尚書篇目
既修太原至于岳陽			易 P3615			昜				陽	昜			易	禹貢
羽畎夏翟嶧陽孤桐			昜							陽				易	禹貢

彭蠡既豬陽鳥攸居			昜		昜			昜 昜 昜	昜	禹貢
荊及衡陽			陽		昜			昜 昜	昜	禹貢
華陽黑水		昜 P3169	昜						昜	禹貢
方至于大別岷山之陽		昜 P4033							昜	禹貢
歸馬于華山之陽			陽	易					昜	武成
論道經邦燮理陰陽						昜b			昜	周官

612、覃

「覃」字在傳鈔古文《尚書》有下列不同字形：

（1）🔲四 2.12

《古文四聲韻》錄《古尚書》「覃」字作：🔲四 2.12，與《說文》卷五🔲部「覃」字古文作🔲同形。

（2）𣆀

《書古文訓》「覃」字作𣆀，爲《說文》🔲篆文省作🔲之隸古定。

（3）覃₁覃₂

足利本、上圖本（八）「覃」字作覃₁，《說文》「覃」字🔲大徐本隸定作覃，二者同形，其下直筆上貫；敦煌本P3615訛多一畫作覃₂。

【傳鈔古文《尚書》「覃」字構形異同表】

覃	傳抄古尚書文字 🔲四 2.12	戰國楚簡	石經	敦煌本	岩崎本	神田本b	九條本	島田本b	內野本	上圖（元）	觀智院b	天理本	古梓堂b	足利本	上圖本（影）	上圖本（八）	古文尚書晁刻	書古文訓	尚書篇目
覃懷底績				覃 P3615										覃		覃		𣆀	禹貢

禹貢	戰國楚簡	漢石經	魏石經	敦煌本P3615	敦煌本P3615 P3469	敦煌本P3469	敦煌本P5522	敦煌本P5522 P4033	敦煌本P4033	敦煌本P4033 P3628	敦煌本P3628 P4874	敦煌本P5543	敦煌本P3169	敦煌本P2533	岩崎本	神田本	九條本	島田本	內野本	上圖本元	觀智院本	天理本	古梓堂	足利本	上圖本影	上圖本八	晁刻古文尚書 書古文訓	唐石經
至於衡漳厥土惟白壤		至于奧章厥土惟白壤																	至于衡漳厥土惟白壤						至于衡漳厥土惟白壤	至于衡障厥土惟白壤	至亏奧章厥土惟白壤	至于衡章厥土惟白壤

613、漳

《漢書・地理志》「漳」字作「章」。

「漳」字在傳鈔古文《尚書》有下列不同字形：

（1）章：章

《書古文訓》「漳」字作「章」，假「章」爲「漳」字。

（2）障：障

上圖本（八）「漳」字作障，寫本偏旁「氵」字或訛作「阝」，如「滔」字或作「阽」，此疑爲訛誤字。

【傳鈔古文《尚書》「漳」字構形異同表】

漳	戰國楚簡	石經	敦煌本	岩崎本	神田本b	九條本b	島田本b	內野本	上圖（元）	觀智院b	天理本	古梓堂b	足利本	上圖本（影）	上圖本（八）	古文尚書晁刻	書古文訓	尚書篇目
至於衡漳厥土惟白壤															障		章	禹貢

614、白

「白」字在傳鈔古文《尚書》有下列不同字形：

（1）自

「白」字《書古文訓》作自，爲《說文》古文自隸古定，乃變自 自 京津4832 自 摭續64「△豕」 自 叔卣 自 楚帛書甲 自 郭店.老子乙 自 隨縣46 等形。

【傳鈔古文《尚書》「白」字構形異同表】

白	戰國楚簡	石經	敦煌本	岩崎本	神田本b	九條本	島田本b	內野本	上圖本（元）	觀智院b	天理本	古梓堂b	足利本	上圖本（影）	上圖本（八）	古文尚書晁刻	書古文訓	尚書篇目
至於衡漳厥土惟白壤																	白	禹貢
濰淄其道厥土白墳																	白	禹貢

615、壤

「壤」字在傳鈔古文《尚書》有下列不同字形：

（1）羅1 羅2 羅3

《書古文訓》「壤」字或作羅1 羅2 羅3，為《說文》「襄」之古文羅之隸古定訛變，皆是假為「襄」之「毀」字的訛變，此乃再借假為「襄」之「毀」字為「壤」字。羅3 形類同於《汗簡》、《古文四聲韻》所錄「襄」字《古尚書》作襄汗5.66 襄四2.15、魏三體石經僖公「襄」字作襄；羅1 羅2 形則近於楚簡郭店〈語叢四〉23「則壤地不鈔」壤字作襄（參見"讓"字）。

（2）壤

敦煌本 P5522、九條本、內野本、觀智院本、足利本、上圖本（影）「壤」字或作壤，所從襄字之兩口筆畫省簡作點畫。

（3）壞

上圖本（八）「壤」字或作壞，偏旁「襄」字與「裹」字俗寫訛混。

【傳鈔古文《尚書》「壤」字構形異同表】

壤	戰國楚簡	石經	敦煌本	岩崎本	神田本b	九條本	島田本b	內野本	上圖本（元）	觀智院b	天理本	古梓堂b	足利本	上圖本（影）	上圖本（八）	古文尚書晁刻	書古文訓	尚書篇目
至於衡漳厥土惟白壤														壤	壞		羅	禹貢
厥土惟壤下土墳壚			壤 P5522			壤								壤			羅	禹貢
厥土惟黃壤厥田惟上上						壤								壤			羅	禹貢

| 咸則三壤成賦中邦錫土姓 | | | | 壤 | | | 壤 | | 壤 |
| 一二臣衛敢執壤奠 | | | | | 壤 壤b | | 壤 壤 | | |

禹貢	戰國楚簡	漢石經	魏石經	敦煌本 P3615 P3469	敦煌本 P3469	敦煌本 P5522	敦煌本 P5522 P4033	敦煌本 P4033	敦煌本 P4033 P3628	敦煌本 P3628 P4874	敦煌本 P3169	敦煌本 P2533	岩崎本	神田本	九條本	島田本	內野本	上圖本元	觀智院本	天理本	古梓堂	足利本	上圖本影	上圖本八	晁刻古文尚書	書古文訓	唐石經
厥賦惟上上錯厥田惟中中															氒賦惟上上錯本田惟中中					武賦惟上上錯厥田惟中々				武賦惟上上錯氒田惟中人	武賦惟上上錯氒田惟中々	氒賦惟上上鎃氒田惟中中	厥賦惟上上錯厥田惟中中

616、錯

「錯」字在傳鈔古文《尚書》有下列不同字形：

（1）鎃1鎃鎃2鎃3

敦煌本 P3615、P3169「錯」字或作鎃1，《書古文訓》或作鎃1鎃鎃2鎃3 等形，右皆從偏旁「昔」字古文隸古定，鎃鎃2 形復從古文「金」字，鎃3 則從古文「金」字之隸古定訛變（參見"昔" "金"字）。

（2）錯

岩崎本、九條本、觀智院本「錯」字或作錯，偏旁「昔」字上形作屮與偏旁「艸」字混同。

【傳鈔古文《尚書》「錯」字構形異同表】

錯	戰國楚簡	石經	敦煌本	岩崎本 b	神田本 b	九條本 b	島田本 b	內野	上圖（元）	觀智院 b	天理本	古梓堂 b	足利本	上圖本（影）	上圖本（八）	古文尚書晁刻	書古文訓	尚書篇目
厥賦惟上上錯厥田惟中中			鎃 P3615														鎃	禹貢

海物惟錯岱畎絲枲鉛松怪石			錯								錯	禹貢
厥田惟下下厥賦下上錯											錯	禹貢
厥田惟中上厥賦錯上中	錯 P3169		錯								錯	禹貢
錫貢磬錯浮于洛達于河			錯								錯	禹貢
厥土青黎厥田惟下上厥賦下中三錯			錯								錯	禹貢
殷既錯天命微子作誥父師少師			錯		錯b						錯	微子

617、昔

「昔」字在傳鈔古文《尚書》有下列不同字形：

（1）答汗 3.33 答四 5.16 又古孝經 答魏三體 答1 答答2

《汗簡》、《古文四聲韻》錄《古尚書》「昔」字作：答汗 3.33 答四 5.16 又古孝經，魏三體石經〈君奭〉「昔」字古文作答，與此同形，《說文》篆文作答，源自 答何尊 答卯簋 答克鼎 答史昔鼎 答齋壺等形。

《書古文訓》「昔」字或作答1，為答汗 3.33 答四 5.16 形之隸古定，敦煌本P2643、內野本、足利本、上圖本（影）、上圖本（八）或作答答2，其上形隸古定俗寫變似重「从」。

（2）答郭店緇衣 37

郭店〈緇衣〉簡 36.37 引《尚書》「〈君奭〉員：『昔才（在）上帝害戈（割）紳觀文王德』」「昔」字作答郭店緇衣 37，與 答中山王鼎同形。

（3）昔昔

敦煌本 P2748、岩崎本、觀智院本、上圖本（影）「昔」字或作昔昔，上形作屮與偏旁「屮」字混同。

【傳鈔古文《尚書》「昔」字構形異同表】

昔	傳抄古尚書文字 答汗 3.33 答四 5.16	戰國楚簡	石經	敦煌本	岩崎本	神田本b 九條本	島田本b	內野本	上圖（元） 觀智院b	天理本 古梓堂b	足利本	上圖本（影）	上圖本（八）	古文尚書晁刻	書古文訓	尚書篇目
	昔在帝堯聰明文思光宅天下							答			答	答			答	堯典

昔先正保衡作我先王		昔 P2643 P2516	昔	𣐈							𣐈		說命下
在昔殷先哲王迪畏天			𣐈	𣐈							𣐈		酒誥
王曰多士昔朕來自奄		昔 P2748	𣐈				昔	𣐈			𣐈		多士
我聞曰昔在殷王中宗		昔 P2748	𣐈				昔	𣐈			𣐈		無逸
我聞在昔成湯既受命	魏	昔 P2748	𣐈					𣐈			𣐈		君奭
在昔上帝割申勸寧王之德	郭店緇衣37	魏 昔 P2748	𣐈					𣐈			𣐈		君奭
昔周公師保萬民			𣐈	昔b			昔	𣐈			𣐈		君陳
昔在文武聰明齊聖		昔	𣐈				昔	𣐈			𣐈		冏命

禹貢	戰國楚簡	漢石經	魏石經	敦煌本 P3615 P3469	敦煌本 P3615 P3469	敦煌本 P3469	敦煌本 P5522	敦煌本 P5522 P4033	敦煌本 P4033	敦煌本 P4033 P3628 P4874	敦煌本 P3628 P5543	敦煌本 P3169	敦煌本 P2533	岩崎本	神田本	九條本	島田本	內野本	上圖本元	觀智院本	天理本	古梓堂	足利本	上圖本影	上圖本八	晁刻古文尚書	書古文訓	唐石經

（最下方各版本「恆」字圖形欄）

618、恆

「恆」字在傳鈔古文《尚書》有下列不同字形：

（1） 漢石經恒恒₁ 恒₂恒₃

漢石經「恆」字作 ，為篆文 之隸變，从心从舟在二之間，金文作 恒簋 恒簋等，篆文所从「舟」乃「月」之訛變。

《書古文訓》、尚書敦煌寫本、日諸古寫本「恆」字或作恒恒₁，與 樊

敏碑[字]郙閣碑同形，所从舟字隸變作「日」；九條本、內野本或作[字]2；復偏旁「忄」字寫與「十」混同；足利本、上圖本（影）或作[字]3，所从「日」與下橫合書，訛似「且」。

（2）[字]1[字][字]2[字]3

《書古文訓》「恆」字或作[字]1，爲《說文》古文作[字]之隸古定，與戰國作：[字]六年格氏令戈[字]楚帛書乙[字]郭店.成之1[字]包山220等同形，戰國又从心作[字]璽彙2675[字]郭店.魯穆1[字]包山221形。《書古文訓》又或作[字][字]2，所从「二」字訛作「仁」，又訛變作[字]3。

【傳鈔古文《尚書》「恆」字構形異同表】

恆	戰國楚簡	石經	敦煌本	岩崎本	神田本b	九條本	島田本b	內野本	上圖(元)	觀智院b	天理本	古梓堂本	足利本	上圖本(影)	上圖本(八)	古文尚書晁刻	書古文訓	尚書篇目
恆衛既從		漢[字]	[字]P3615					恒					恒	恒	恒		恒	禹貢
大行恆山至于碣石			[字]P4033 [字]P3169	恒				恒					恒	恒	恒		恒	禹貢
若有恆性克綏厥猷惟后								恒					恒	恒			恒	湯誥
乃罔恆獲小民方興相爲敵讎			恒P2643 恒P2516		恒			恒									亟	微子
日咎徵日狂恆雨若			恒					恒					恒	恒	恒		亟	洪範
以厥臣達王惟邦君汝若恆								恒	恒				恒	恒	恒		亟	梓材
來視予卜休恆吉			恒P2748					恒					恒	恒	恒		亟	洛誥
奉荅天命和恆四方民			恒P2748					✓					恒	恒	恒		亟	洛誥
政貴有恆			恒					恒					恒	恒	恒			畢命

619、衛

「衛」字在傳鈔古文《尚書》有下列不同字形：

（1）漢石經 衛

漢石經「衛」字作，《書古文訓》作衛，爲篆文之隸定，此形从韋省，《說文》从韋帀从行，漢碑或作劉曜碑。

（2）12 衛3

敦煌本 P3615、九條本、內野本、足利本、上圖本（影）、上圖本（八）「衛」字作3，从韋从行，與漢碑作鄭固碑同形；九條本、觀智院本或作2，敦煌本 S799「衛」字作衛3，皆从「韋」之隸書（參見"違"字）。「衛」字古作瓞文子衛爵七字衛簋袁衛簋袁衛簋五祀衛鼎爲攸比鼎司寇良父簋等形。

【傳鈔古文《尚書》「衛」字構形異同表】

衛	戰國楚簡	石經	敦煌本	岩崎本	神田本b	島田本b 九條本	內野本	上圖（元）	觀智院b 天理本	古梓堂b	足利本	上圖本（影）	上圖本（八）	古文尚書晁刻	書古文訓	尚書篇目
恆衛既從		漢	P3615												衛	禹貢
二百里奮武衛			P2533												衛	禹貢
邦甸侯衛駿奔走執豆籩			S799												衛	武成
侯甸男邦采衛百工播民和							衛				衛		衛		衛	康誥
越在外服侯衛甸男邦伯						衛									衛	酒誥
畢公衛侯毛公師氏虎臣百尹御事								b							衛	顧命
賓稱奉圭兼幣曰一二臣衛敢執壤奠							衛	b							衛	康王之誥

620、陸

「陸」字在傳鈔古文《尚書》有下列不同字形：

（1）汗 6.77 四 5.4 1 2

《古文四聲韻》錄《古尚書》「陸」字作：四 5.4，《汗簡》錄《古尚書》隋.汗 6.77 與此類同，注云「隋」乃與前字（隋）相涉而誤，當正爲「陸」字。

此形源自 ![字] 陸冊父庚卣 ![字] 陸父甲角 ![字] 陸冊父甲鼎 ![字] 義伯簋 ![字] 邾公鈄鐘等形。《說文》篆文作![字]、古文作![字]，其偏旁「𨸏」字作![字]、![字]無別。

《書古文訓》「陸」字或作![字]1![字]2，![字]1 為![字]汗 6.77 之隸古定，![字]2 形則為此形之隸古定訛變。

（2）![字]

九條本「陸」字或作![字]，所從「土」字作「圡」。

（3）![字]

上圖本（影）「陸」字或作![字]，其右形省訛作「圭」，與![字]謁者景君墓表同形，為俗訛字。

【傳鈔古文《尚書》「陸」字構形異同表】

陸 ![字]汗 6.77 ![字]四 5.4	戰國楚簡	石經	敦煌本	岩崎本b	神田本b	九條本b	島田本b	內野本	上圖（元）	觀智院b	天理本	古梓堂b	足利本	上圖本（影）	上圖本（八）	古文尚書晁刻	書古文訓	尚書篇目
恆衛既從大陸既作														陸	陸		陸	禹貢
至于大陸又北播為九河						陸								陸	陸		陸	禹貢

621、島

「島」字在傳鈔古文《尚書》有下列不同字形：

（1）![字]1![字]2

《書古文訓》「島」字作![字]1，敦煌本 P3615 省作![字]2，即《說文》篆文![字]之隸古定，從山鳥聲，「鳥」下今寫作「灬」形不省。

（2）![字]

上圖本（影）「島」字作![字]，移偏旁「山」字於左，《集韻》上聲 32 皓韻「島」字亦書作「嶋」。

（3）![字]

「島夷卉服」岩崎本「島」字作![字]，《集韻》上聲 32 皓韻「島」字古作「鳥」，此以聲符為字。

【傳鈔古文《尚書》「島」字構形異同表】

島	戰國楚簡	石經	敦煌本	岩崎本	神田本b	九條本	島田本b	內野本	上圖（元）	觀智院b	天理本	古梓堂b	足利本	上圖本（影）	上圖本（八）	古文尚書晁刻	書古文訓	尚書篇目
島夷皮服			島 P3615											嶋			島	禹貢
島夷卉服			鳥														島	禹貢

622、皮

「皮」字在傳鈔古文《尚書》有下列不同字形：

（1）𥫣汗 2.21 𥫣四 1.15 筊1 筊2

《汗簡》、《古文四聲韻》錄《古尚書》「皮」字作：𥫣汗 2.21 𥫣四 1.15，《說文》古文作𥫣，皆訛變自 弔皮父簋 九年衛鼎 盍壺 岸包 2.33、璽彙 3908 貨幣四等形。金文 中 ⊎ 訛作 ⊖（𥫣說文籀文）、⼗ 盍壺、⼗（璽彙 3908）、⼈⼈（𥫣說文古文）等形，⼈⼈與《說文》古文偏旁「竹」字相類，故𥫣四 1.15 𥫣汗 2.21 訛從「竹」。

《書古文訓》「皮」字或作筊1筊2，為𥫣汗 2.21 𥫣四 1.15 𥫣說文古文皮形之隸古定。

（2）笈

內野本、上圖本（影）、上圖本（八）「皮」字或作笈，為𥫣汗 2.21 𥫣四 1.15 𥫣說文古文皮形之隸古定訛變，訛作从竹从皮。

【傳鈔古文《尚書》「皮」字構形異同表】

皮　傳抄古尚書文字 𥫣汗 2.21 𥫣四 1.15	戰國楚簡	石經	敦煌本	岩崎本	神田本b	九條本	島田本b	內野本	上圖（元）	觀智院b	天理本	古梓堂b	足利本	上圖本（影）	上圖本（八）	古文尚書晁刻	書古文訓	尚書篇目
島夷皮服		𥫣 漢						筊						笈	笈			禹貢
熊羆狐貍織皮																	筊	禹貢
織皮崑崙析支渠搜																	筊	禹貢

禹貢	戰國楚簡	漢石經	魏石經	敦煌本 P3615 P3469	敦煌本 P3469	敦煌本 P5522	敦煌本 P5522 P4033	敦煌本 P4033	敦煌本 P4033 P3628	敦煌本 P3628 P4874	敦煌本 P5543	敦煌本 P3169	敦煌本 P2533	岩崎本	神田本	九條本	島田本	內野本	上圖本元	觀智院本	天理本	古梓堂本	足利本	上圖本影	上圖本八	晁刻古文尚書	書古文訓	唐石經
夾右碣石入于河濟河惟兗州				夾右碣石入于河濟河惟兗州											河濟河惟兗州			夾右碣石入于河濟河惟兗州					夾右碣石入于河濟河惟兗州	夾右碣石入于河濟河惟兗州	夾右碣石入于河濟河惟兗州	夾右碣后入于河涉河惟沿川	夾右碣石入于河濟河惟兗州	

623、夾

「夾」字在傳鈔古文《尚書》有下列不同字形：

（1）夾汗 4.56 夾四 5.20

《汗簡》、《古文四聲韻》錄《古尚書》「夾」字作：夾汗 4.56 夾四 5.20，源自甲金文作 夾河 669 夾擷續 169 夾盂鼎 夾夾卣 夾夾壺蓋，象人腋下挾二人形，夾汗 4.56 夾四 5.20 腋下二人形訛變作𠤎形。

（2）夾夾

敦煌本 P3615、S2074、九條本、觀智院本「夾」字或作隸變俗寫夾夾。

【傳鈔古文《尚書》「夾」字構形異同表】

夾 夾汗 4.56 夾四 5.20	傳抄古尚書文字	戰國楚簡	石經	敦煌本	岩崎本 神田本 b	九條本	島田本 b	內野本	上圖（元）	觀智院 b	天理本	古梓堂 b	足利本	上圖本（影）	上圖本（八）	古文尚書晁刻	書古文訓	尚書篇目
	夾右碣石入于河			夾 P3615														禹貢
	懷為夾庶邦享作兄弟					夾												梓材
	爾曷不夾介乂我周王享天之命			夾 S2074		夾												多方
	西夾南嚮									夾 b								顧命

四人綦弁執戈上刃夾兩階戺							夫b						顧命

624、碣

「碣」字在傳鈔古文《尚書》有下列不同字形：

（1）礘1礘2

《書古文訓》「碣」字或作礘1礘2，从古文「石」字厇（參見"石"字），與《汗簡》錄義雲章作礘汗4.52同形，《說文》古文作礘，左形當爲古文「石」厇之脫省，其右與「渴」字作渴中山王弓壺所从偏旁「曷」字同形。

（2）碣1碣2

上圖本（八）「碣」字或作碣1、足利本或作碣2，其偏旁「曷」字之日形下橫筆拉長，與「易」訛近。

【傳鈔古文《尚書》「碣」字構形異同表】

碣	戰國楚簡	石經	敦煌本	岩崎本	神田本b	九條本 島田本b	內野本	上圖（元）	觀智院b 天理本	古梓堂b	足利本	上圖本（影）	上圖本（八）	古文尚書晁刻	書古文訓	尚書篇目
夾右碣石入于河			碣 P3615				碣				碣	碣	碣		礘	禹貢
大行恆山至于碣石入于海			碣 P3169			碣	碣				碣	碣	碣		礘	禹貢

625、沇

「沇州」，《史記・夏本紀》、《集解》引鄭玄注、《漢書・天文志》皆作「沇州」。《說文》無「沇」字，《集韻》「沇」通作「沇」，《尚書隸古定釋文》卷4.1云：「案漢滬于長夏承碑錢氏跋尾云：『沇州本是沇水得名，今《尚書》沇州之沇作沇，與沇水異文。……予謂古文从水者或用立水，如江、河之類，或用橫水，如益、顥之類，沇本立水或从橫水作沇，而隸變爲沇爾。』」其說是也。又〈禹貢〉下文所敘「導沇水」皆作「沇」字。

「沇」字在傳鈔古文《尚書》有下列不同字形：

（1）沇：沇汗5.61沇四3.18沇沇1

《汗簡》、《古文四聲韻》錄《古尚書》「沇」字作：沇汗5.61沇四3.18，此即

《說文》「沇」字，《箋正》云：「『兗』即『沇』俗」，敦煌本 P3615、岩崎本「兗」字作「沇」：沇沇1。

（2）沿：𝀝沿.汗 5.61 𝀝四 3.18 沿1

《古文四聲韻》錄《古尚書》「兗」字又作：𝀝四 3.18，《汗簡》則錄「沿」字作：𝀝沿.汗 5.61，此即《說文》「沇」字古文作𝀝，𝀝四 3.18 寫誤，《箋正》云：「薛本沇水作『沇』，兗州與沿流作『沿』。兗州字古本同作『沇』，《說文》口部𠫓下見其說。故偽《書》于兗州用『沇』之古文。此當注『沿亦兗字』」。

《書古文訓》「兗州」「兗」字作沿1，為𝀝說文古文沇之隸定。

（3）㲚1 㲚2

內野本、足利本、上圖本（八）「兗」字作㲚1，其所從口、厶隸變不分（參見"公"字）；上圖本（影）或作㲚2，復「允」之下訛作「衣」之下半。

【傳鈔古文《尚書》「兗」字構形異同表】

傳抄古尚書文字 兗 𝀝汗 5.61 𝀝沿汗 5.61 𝀝四 3.18	戰國楚簡	石經	敦煌本	岩崎本	神田本b 九條本b 島田本b	內野本	上圖（元）	觀智院b 天理本 古梓堂b	足利本	上圖本（影）	上圖本（八）	古文尚書晁刻	書古文訓	尚書篇目
濟河惟兗州			沇 P3615	沇		㲚			㲚	㲚	兗		沿	禹貢

禹貢	戰國楚簡	漢石經	魏石經	敦煌本 P3615 P3469	敦煌本 P3469	敦煌本 P5522	敦煌本 P5522 P4033	敦煌本 P4033	敦煌本 P4033 P3628 P4874	敦煌本 P5543	敦煌本 P3169 P2533	岩崎本	神田本	九條本	島田本	內野本	上圖本元	觀智院本	天理本	古梓堂	足利本	上圖本影	上圖本八	晁刻古文尚書	書古文訓	唐石經
九河既道雷夏既澤灘沮會同	九河无道雷夏既澤灘沮會同								九河无道雷夏无澤灘沮㰱同			九河无道雷夏无澤灘沮㐱同			九河无道雷夏无澤灘沮㐱同	九河既道雷夏既澤灘沮㐱同	九河既道雷夏无澤灘沮㐱同								九河无道雷夏既澤灘沮會同	九河无道雷夏既澤灘沮㐱同

桑土既蠶是降丘宅土厥土黑墳

626、桑

「桑」字在傳鈔古文《尙書》有下列不同字形：

（1）桒₁桒₂桒₂

敦煌本 P3615「桑」字作桒₁，爲篆文桒之隸變俗寫，與桒睡虎地 **32.7** 桒孫臏 **191** 桒禮器碑同形，今隸定作「又」者變爲「十」，岩崎本、天理本「桑」字或作桒₂，其中二「十」形橫筆相接；內野本、足利本、上圖本（影）、上圖本（八）變作桒₂。

【傳鈔古文《尚書》「桑」字構形異同表】

桑	戰國楚簡	石經	敦煌本	岩崎本	神田本b	九條本	島田本b	內野本	上圖（元）b	觀智院b	天理本	古梓堂b	足利本	上圖本（影）	上圖本（八）	古文尚書晁刻	書古文訓	尚書篇目
桑土既蠶			桒 P3615	桒				桒					桒	桒	桒			禹貢
伊陟相大戊亳有祥桑穀共生于朝								桒				桒		桒	桒		桒	咸有一德

627、蠶

（1）蠶₁蠶₂

敦煌本 P3615、岩崎本、上圖本（八）「蠶」字作蠶₁，其上所從「兓」俗書變作「兂」，內野本作蠶₂。

（2）蛋

足利本、上圖本（影）「蠶」字作🐛，所从「朁」俗寫上變作「夶」，又省去「曰」，變作从虫。

【傳鈔古文《尚書》「蠶」字構形異同表】

蠶	戰國楚簡	石經	敦煌本	岩崎本	神田本b	九條本 島田本b	內野本	上圖（元）	觀智院b 天理本 古梓堂b	足利本	上圖本（影）	上圖本（八）	古文尚書晁刻	書古文訓	尚書篇目
桑土既蠶			蠶 P3615	蠶			蠶				蠶	蠶	蠶		蠶	禹貢

628、丘、邱

「丘」、「邱」字在傳鈔古文《尚書》有下列不同字形：

（1）丘

「丘」字《書古文訓》作丘，爲《說文》篆文𠀉之隸古定，訓土之高也，古文从土作。「邱」訓地名也，从邑丘聲，「東出于陶邱北」敦煌本 P4033、內野本、《書古文訓》各作𨚗丘丘，「丘」「邱」古今字。

【傳鈔古文《尚書》「丘」字構形異同表】

丘	戰國楚簡	石經	敦煌本	岩崎本	神田本b	九條本 島田本b	內野本	上圖（元）	觀智院b 天理本 古梓堂b	足利本	上圖本（影）	上圖本（八）	古文尚書晁刻	書古文訓	尚書篇目
是降丘宅土														丘	禹貢

【傳鈔古文《尚書》「邱」字構形異同表】

邱	戰國楚簡	石經	敦煌本	岩崎本	神田本b	九條本 島田本b	內野本	上圖（元）	觀智院b 天理本 古梓堂b	足利本	上圖本（影）	上圖本（八）	古文尚書晁刻	書古文訓	尚書篇目
東出于陶邱北			邱 P4033				丘							丘	禹貢

禹貢	戰國楚簡	漢石經	魏石經	敦煌本 P3615 P3469	敦煌本 P3469	敦煌本 P5522	敦煌本 P5522 P4033	敦煌本 P4033	敦煌本 P4033 P3628 P4874	敦煌本 P3628	敦煌本 P5543	敦煌本 P3169	敦煌本 P2533	岩崎本	神田本	九條本	島田本	內野本	上圖本元	觀智院本	天理本	古梓堂	足利本	上圖本影	上圖本八	晁刻古文尚書	書古文訓	唐石經
厥草惟繇厥木惟條厥田惟中下																												
厥賦貞作十有三載乃同																												

629、絲

「厥草惟繇厥木惟條」，《史記・夏本紀》作「草繇木條」，《漢書・地理志》作「屮繇木條」，《說文》「屮，艸木初生……古文或以爲艸字。」《撰異》謂「班書多以『屮』爲『艸』」。成孺《禹貢班義述》謂古今文並作「絲」。

「絲」字在傳鈔古文《尚書》有下列不同字形：

（1）蘨

《書古文訓》「絲」字作「蘨」，《集韻》平聲三 4 宵韻「絲」字或作「繇」，「蘨」字古作「蘨」通作「絲」，《說文》艸部「蘨」字，艸盛皃，引「夏書曰『厥艸惟蘨』」，段注本改作「厥艸惟絲」謂「依鎧本及宋本作『絲』，馬融注尚書曰：『絲，抽也』故合艸絲爲蘨。此許君引〈禹貢〉明從艸絲會意之旨。」《說文》「絲，隨從也。从糸昌聲。臣鉉等曰：『今俗从畜』」，又「絲」字金文

作   彔伯簋   懋史鼎   散盤，漢碑作   西狹頌   校官碑   王君石路碑，黃錫全謂「言」訛似「缶」形，是「絲」爲「絲」之俗字，「蘇」當亦爲「蘇」之俗體〔註257〕。

（2）絲

上圖本（八）「絲」字作絲，偏旁「系」字上少一畫訛作「糸」。

【傳鈔古文《尚書》「絲」字構形異同表】

絲	戰國楚簡	石經	敦煌本	岩崎本	神田本b	九條本	島田本b	內野本	上圖（元）	觀智院b	天理本	古梓堂b	足利本	上圖本（影）	上圖本（八）	古文尚書晁刻	書古文訓	尚書篇目
厥草惟絲厥木惟條			絲 P3615	絲				絲					絲	絲	絲		蘇	禹貢

630、條

「條」字在傳鈔古文《尚書》有下列不同字形：

（1）倏

「條」字敦煌本 P3615、岩崎本、上圖本（元）或作倏，偏旁「亻」字訛混作「彳」。

【傳鈔古文《尚書》「條」字構形異同表】

條	戰國楚簡	石經	敦煌本	岩崎本	神田本b	九條本	島田本b	內野本	上圖（元）	觀智院b	天理本	古梓堂b	足利本	上圖本（影）	上圖本（八）	古文尚書晁刻	書古文訓	尚書篇目
厥草惟絲厥木惟條			條 P3615	倏														禹貢
若網在綱有條而不紊				倏					倏									盤庚上

〔註257〕參見：黃錫全，《汗簡注釋》，武漢：武漢大學出版社，1993，頁 103～104，徐在國，《隸定古文疏證》，合肥：安徽大學出版社，2002，頁 28。

禹貢	戰國楚簡	漢石經	魏石經	敦煌本P3615P3469	敦煌本P3469	敦煌本P5522	敦煌本P5522P4033	敦煌本P4033	敦煌本P4033P3628	敦煌本P3628P4874	敦煌本P5543	敦煌本P3169	敦煌本P2533	岩崎本	神田本	九條本	島田本	內野本	上圖本元	觀智院本	天理本	古梓堂	足利本	上圖本影	上圖本八	晁刻古文尚書	書古文訓	唐石經
厥貢漆絲厥篚織文																												

631、漆

「漆」字在傳鈔古文《尚書》有下列不同字形：

（1）　彡汗4.48　彡四5.8　彡1　坐2　坐彡3　彡4

《汗簡》、《古文四聲韻》錄《古尚書》「漆」字作：彡汗4.48　彡四5.8，《箋正》云：「此『桼』字也。《玉篇》古文漆作『彡』較此可說。蓋隸變『桼』多作『来』，俗又以『来』正書之，故六朝有俗體『漆』字，單作『黍』則分水于旁斜書之，夾則下人橫書，移上一橫於下，是成『彡』字也。此左仍是『坐』字，漢隸或从二口，此依作之。」其說可從，彡汗4.48　彡四5.8當即六朝「桼」字俗體「黍」之變。

《書古文訓》「漆」字或作彡1，爲彡汗4.48形之隸古定，敦煌本P3615、P3169或作坐2，所從「坐」字左上隸變作「口」、右上仍作「人」，P5522、九條本或作坐彡3，復偏旁「彡」第三筆作丶；岩崎本或彡4，右爲「彡」旁由「久」再變似「多」之俗書。

（2）　刿

《書古文訓》「漆」字或作刿，爲彡汗4.48形之訛變，偏旁彡（彡）訛作刂（刂）。

（3）　淶

九條本、觀智院本「漆」字或作淶，源自漢隸「漆」字作淶禮器碑　淶漢印徵等，再變作淶魏廣六尺帳橋，右與「來」字隸書無別。張涌泉謂「按：『淶』爲『漆』的俗訛字。《新莽侯鉦》『桼』字作『来』，《鄭固碑》『膝』字作『膝』，

《廣韻・質韻》載『漆』俗作『㭿』（《鉅宋廣韻》本），皆可資比勘」〔註258〕。

（4）漆漆1漆2㯃3

內野本、上圖本（八）「漆」字或作漆漆，即《箋正》所謂六朝俗體「漆」字。漆漆欲改回「㭿」旁，又受漢隸俗書㭿禮器碑影響上形變作「來」，而反變作「麥」旁。

內野本、足利本、上圖本（影）、上圖本（八）或作漆2，復右下所從「水」變作「●　」，敦煌本 P3169 或作㯃3，右下所從「水」省變作「小」，俗書常見。

（5）㯃

九條本「漆」字或作㯃，右爲「㭿」字俗體「麥」之訛變，形構受其上形「來」類化而作重「來」，或由㯃漢石經.春秋.襄21 訛變。

【傳鈔古文《尚書》「漆」字構形異同表】

漆 傳抄古尚書文字 彡 汗4.48 彡 四5.8	戰國楚簡	石經	敦煌本	岩崎本	神田本b 九條本	島田本b	內野本	上圖（元）	觀智院b 天理本	古梓堂b	足利本	上圖本（影）	上圖本（八）	古文尚書晁刻	書古文訓	尚書篇目
厥貢漆絲厥篚織文			彡 P3615	漆			漆				漆	漆	漆	彡	禹貢
厥貢漆枲絺紵厥篚纖纊			彡 P5522 彡 P3169		彡		漆				漆	漆	漆	㲋	禹貢
漆沮既從澧水攸同			漆 P3169	漆	漆		漆				漆	漆	漆	㲋	禹貢
又東過漆沮					漆		漆				漆	漆	漆	彡	禹貢
西夾南嚮敷重筍席玄紛純漆仍几							漆	漆b			漆	漆漆	漆	彡	顧命

632、絲

「絲」字在傳鈔古文《尚書》有下列不同字形：

（1）絲1絲2絲3

〔註258〕張涌泉，《敦煌俗字研究》漆字條，頁305（上海：上海教育出版社，1996）。

上圖本（八）「絲」字作**絲₁絲₂**，偏旁「糸」字下形筆畫省簡，岩崎本則下形省作一畫作**絲₃**。「絲」字古作**㗊**商尊**㗊**辛伯鼎**㗊**守宮盤等形。

（2）**綵₁綵₂**

足利本、上圖本（影）「絲」字作**綵₁**，其右「糸」字上多一畫變作「系」；敦煌本 P3615 作**綵**，「糸」字皆變作「系」。

【傳鈔古文《尚書》「絲」字構形異同表】

絲	戰國楚簡	石經	敦煌本	岩崎本	神田本b	九條本	島田本b	內野本	上圖（元）	觀智院b	天理本	古梓堂b	足利本	上圖本（影）	上圖本（八）	古文尚書晁刻	書古文訓	尚書篇目
厥貢漆絲厥篚織文			絲 P3615	絲										綵	絲		絲	禹貢
岱畎絲枲鉛松怪石			絲 P3615	絲									綵	綵	絲		絲	禹貢
萊夷作牧厥篚檿絲			絲 P3615	絲									綵		絲		絲	禹貢

633、篚

「篚」字在傳鈔古文《尚書》有下列不同字形：

（1）棐

《書古文訓》「篚」字皆作「棐」，《漢書》〈地理志〉、〈食貨志〉皆引作「棐」，顏注曰：「棐與篚同」，二字音同，偏旁「竹」、「木」義類可通。

（2）篚

敦煌本 S799、九條本「篚」字作**篚**，從「匪」之俗書，匚省作∟。

【傳鈔古文《尚書》「篚」字構形異同表】

篚	戰國楚簡	石經	敦煌本	岩崎本	神田本b	九條本	島田本b	內野本	上圖（元）	觀智院b	天理本	古梓堂b	足利本	上圖本（影）	上圖本（八）	古文尚書晁刻	書古文訓	尚書篇目
厥貢漆絲厥篚織文			篚 P3615											篚			棐	禹貢
萊夷作牧厥篚檿絲			篚 P3615											篚			棐	禹貢

厥貢漆枲絺紵厥篚纖纊			𡳿				篚	棐	禹貢
篚厥玄黃		𡳿 S799	𡳿				篚	棐	武成

634、織

「織」字在傳鈔古文《尙書》有下列不同字形：

（1）𣂪汗 5.68 𣂪四 5.25 𣃁𣃁𣃁

《汗簡》、《古文四聲韻》錄《古尙書》「織」字作：𣂪汗 5.68 𣂪四 5.25，《集韻》入聲 24 職韻「織」字古作𣃁，敦煌本 P3615、P3169、岩崎本、九條本、內野本、足利本、上圖本（影）、上圖本（八）、《書古文訓》「織」字或作𣃁𣃁，即此形之隸定，當爲从糸𢧵省聲，由𢧵形而聲符「𢧵」省形。

（2）𣃁

九條本〈禹貢〉「熊羆狐貍織皮」「織」字作𣃁，从弋，與𣂪 鄂君啓舟節 𣂪 鄂君啓車節 𣂪包山 157「△司舟＝斳」等同形，黃錫全謂此爲「織」字古文〔註259〕。

（3）𣃁

《書古文訓》「厥篚織文」「織」字作𣃁，《集韻》入聲 24 職韻「織」字下云古作𣃁〔註260〕，乃聲符「𢧵」省形作𣃁，𣃁又「𢧵」再省作「戈」。

（4）𣃁

《書古文訓》「織」字或作𣃁，移偏旁「糸」於下。

【傳鈔古文《尚書》「織」字構形異同表】

傳抄古尚書文字 織 𣂪汗 5.68 𣂪四 5.25	戰國楚簡	石經	敦煌本	岩崎本	神田本b	九條本	島田本b	內野本	上圖（元）	觀智院b	天理本	古梓堂b	足利本	上圖本（影）	上圖本（八）	古文尚書晁刻	書古文訓	尚書篇目
厥篚織文			𣃁 P3615	𣃁													𣃁	禹貢
厥篚織貝厥包橘柚錫貢				𣃁													𣃁	禹貢

〔註259〕參見：黃錫全，《汗簡注釋》，武漢：武漢大學出版社，1993，頁 429，謂「𣂪蓋𣃁或𣃁省，本从弋，爲織字古文」。

〔註260〕《集韻》入聲 24 職韻「織」字下異體作「𣃁」，其下說明「古作𣃁」則作𣃁。

熊羆狐貍織皮	P3169								禹貢
織皮崑崙析支渠搜									禹貢

禹貢	戰國楚簡	漢石經	魏石經	敦煌本P3615P3469	敦煌本P3615	敦煌本P3469	敦煌本P5522	敦煌本P5522P4033	敦煌本P4033	敦煌本P4033P3628P4874	敦煌本P3628	敦煌本P5543	敦煌本P3169	敦煌本P2533	岩崎本	神田本	九條本	島田本	內野本	上圖本元	觀智院本	天理本	古梓堂	足利本	上圖本影	上圖本八	晁刻古文尚書	書古文訓	唐石經
浮于濟漯達于河																													
海岱惟青州嵎夷既略																													

635、浮

「浮」字在傳鈔古文《尚書》有下列不同字形：

（1）浮1淬2

「浮于洛達于河」「浮」字敦煌本 P2643 作浮1，與漢隸變作浮 流沙簡.簡牘 3.20浮 孔宙碑陰同形；《書古文訓》作淬2，「浮」字金文作 公父宅匜，古璽作 璽彙 1006，淬2 右形乃「孚」之訛變。

【傳鈔古文《尚書》「浮」字構形異同表】

浮		戰國楚簡	石經	敦煌本	岩崎本	神田本b	九條本	島田本b	內野本	上圖本（元）	觀智院b	天理本	古梓堂b	足利本	上圖本（影）	上圖本（八）	古文尚書晁刻	書古文訓	尚書篇目
浮于濟漯達于河																			禹貢

浮于洛達于河											泟	禹貢
而胥動以浮言恐沈于眾		浮 P3670 浮 P2643										盤庚上
保后胥慼鮮以不浮于天時		浮 P3670 浮 P2643										盤庚中

636、岱

「岱」字在傳鈔古文《尚書》有下列不同字形：

（1）戌₁戌₂

岩崎本「岱」字作戌₁戌₂，乃變自亻岱孔宙碑亻岱華山廟碑形，偏旁「亻」字省作，戌₂形復與「戈」形相合，俗訛變作从「戊」。

（2）代：代

《書古文訓》「岱畎絲枲鉛松怪石」「岱」字作代，乃以聲符「代」爲「岱」字。

【傳鈔古文《尚書》「岱」字構形異同表】

岱	戰國楚簡	石經	敦煌本	岩崎本	神田本b	九條本	島田本b	內野本	上圖（元）	觀智院b	天理本	古梓堂b	足利本	上圖本（影）	上圖本（八）	古文尚書晁刻	書古文訓	尚書篇目
海岱惟青州嵎夷既略				戌														禹貢
岱畎絲枲鉛松怪石				戌													代	禹貢
海岱及淮				戌														禹貢

637、略

「略」字在傳鈔古文《尚書》有下列不同字形：

（1）𠜶

「嵎夷既略」晁刻古文尚書、《書古文訓》「略」字作𠜶𠜶，《說文》田部「略」：「經略土地也」，此乃假「𠜶」爲「略」字。「𠜶」爲《說文》刀部「剭」

字籀文作[字]之隸定，訓劍刃也，《玉篇》「[字]」字今作「略」〔註261〕，王國維謂「案《爾雅・釋詁》『[字]，利也』《詩・周頌》『有[字]其耜』〈毛傳〉：『略，利也』《釋文》：『略，字書本作[字]』顏師古《匡謬正俗》引張揖《古今字詁》云：『略，古作[字]』利之訓由刀劍刃引申。『[字]』爲『剫』之籀文，其形與讀均與『略』近，故經典或作『略』也。周不[字]敦有[字]字，借爲雍州浸之洛。上同咢而下同略，殆爲『[字]』『剫』之初字矣。」〔註262〕是「[字]」、「略」形讀均近而相通假。

（2）[字][字]

敦煌本 P3615、上圖本（八）「略」字作[字][字]，移偏旁「田」字於上。

【傳鈔古文《尚書》「略」字構形異同表】

略	戰國楚簡	石經	敦煌本	岩崎本b	神田本b	九條本	島田本b	內野本	上圖（元）	觀智院b	天理本b	古梓堂b	足利本	上圖本（影）	上圖本（八）	古文尚書晁刻	書古文訓	尚書篇目
峋夷既略			[字] P3615												[字]	[字]	[字]	禹貢
以遏亂略															[字]			武成

禹貢	戰國楚簡	漢石經	魏石經	敦煌本 P3615・P3469	敦煌本 P3615・P3469	敦煌本 P3469	敦煌本 P5522	敦煌本 P5522・P4033	敦煌本 P4033	敦煌本 P4033・P3628	敦煌本 P3628・P4874	敦煌本 P5543	敦煌本 P3169	敦煌本 P2533	岩崎本	神田本	九條本	島田本	內野本	上圖本元	觀智院本	天理本	古梓堂	足利本	上圖本影	上圖本八	晁刻古文尚書	書古文訓	唐石經
濰淄其道厥土白墳			惟淄开導亏土白墳												淮淄开道亏土白墳			濰淄其道[字]土白墳						濰淄其道[字]土白墳	濰淄其道本土白墳	濰淄其道本土白墳	惟淄开導亏土白墳	惟淄开導亏土白墳	濰淄其道厥土白墳

638、濰

「濰淄其道」，《說文》「濰」字从水維聲，下引「夏書曰『濰淄其道』」，《釋

〔註261〕《玉篇》「[字]」字今作「略」，又籀文「剫」。

〔註262〕說見：王國維，《海寧王靜安先生遺書》，台北：臺灣商務印書館，1968，頁 210。

文》云：「灉，音惟，本亦作『惟』，又作『維』」，《漢書・地理志》作「惟甾」，
顏注曰：「『惟』字今作『灉』」又琅邪郡朱虛下、箕下作「維」，靈門下、橫下、
折泉下又作「淮」，《撰異》云：「其實班氏書一篇一郡內不應字體淆亂如此，皆
轉寫失之也。」《說文》「灉」字段注云：「蓋班从今文尚書作『維』，許从古文
尚書作『灉』。《左傳》襄十八年作『維』，〈音義〉曰：『本又作灉，今山東土語
與淮同音』，故竟作『淮』字。」顧炎武《日知錄》謂「其字或省水作『維』，
或省糸作『淮』，又或从心作『惟』，總是一字。」是「維」、「淮」皆「灉」字
轉寫之省作，「惟」與「灉」音同假借。

「灉」字在傳鈔古文《尚書》有下列不同字形：

（1）惟：

敦煌本 P3615「灉」字作，晁刻古文尚書作，《書古文訓》亦作，
「惟」「灉」二字音同假借。

（2）淮：

岩崎本「灉」字作，為轉寫省「糸」而作，或假「淮」為「灉」。

【傳鈔古文《尚書》「灉」字構形異同表】

灉	戰國楚簡	石經	敦煌本	岩崎本b	神田本b九條本	島田本b	內野本	上圖（元）	觀智院b	天理本	古梓堂b	足利本	上圖本（影）	上圖本（八）	古文尚書晁刻	書古文訓	尚書篇目
灉淄其道			惟 P3615	淮												惟	禹貢

639、淄

「淄」字《漢書・地理志》作「甾」，顏注曰：「『甾』字或作『淄』古今通
用也。」《史記・夏本紀》、《水經注》則作「淄」，《說文》無「淄」字，艸部「菑」
字或省作「甾」，《廣韻》「淄」古通用「菑」，《撰異》云：「按《周禮・職方》
『其浸菑時』字正作『菑』，則可知非『甾』字。」《說文》段注、江聲《音疏》、
孫星衍《注疏》皆謂「淄」為俗字。

「淄」字在傳鈔古文《尚書》有下列不同字形：

（1）甾：

晁刻古文尚書「淄」字作「甾」、《書古文訓》亦作「甾」，為《說文》
艸部「菑」字之或體省艸，「菑」為本字。

（2）淄：

敦煌本 P3615、足利本、上圖本（影）「淄」字作，其右上省作三點。

【傳鈔古文《尚書》「淄」字構形異同表】

淄	戰國楚簡	石經	敦煌本	岩崎本b	神田本b九條本	島田本b	內野本	上圖（元）	觀智院b天理本	古梓堂b	足利本	上圖本（影）	上圖本（八）	古文尚書晁刻	書古文訓	尚書篇目
灉淄其道			淄 P3615	淄								淄	淄		甾	禹貢

禹貢	戰國楚簡	漢石經	魏石經	敦煌本 P3615	敦煌本 P3615 P3469	敦煌本 P3469	敦煌本 P5522	敦煌本 P5522 P4033	敦煌本 P4033	敦煌本 P4033 P3628	敦煌本 P3628 P4874	敦煌本 P5543	敦煌本 P3169	敦煌本 P2533	岩崎本	神田本	九條本	島田本	內野本	上圖本元	觀智院本	天理本	古梓堂	足利本	上圖本影	上圖本八	晁刻古文訓	書古文訓	唐石經
海濱廣斥厥田惟上下																														
厥賦中上厥貢鹽絺																														

640、濱

「濱」字在傳鈔古文《尚書》有下列不同字形：

（1）汗 5.61四 1.32六 59

《汗簡》、《古文四聲韻》、《訂正六書通》錄《古尚書》「濱」字作：𣶒汗 5.61 𣶒四 1.32 𣶒六 59，此形所从「丏」字爲「賓」之初文，二字同（參見"賓"字），《箋正》謂「『濱』漢別出字」，《說文》作瀕：「水厓人所賓附瀕蹙不前而止，从頁从涉」，徐鉉云：「今俗作水濱非是」。

（2）瀕顮

晁刻古文尚書、《書古文訓》「濱」字分作瀕顮，爲《說文》篆文瀕之隸古定。

（3）濵1濵2

內野本、足利本、上圖本（影）、上圖本（八）「濱」字作濵1，敦煌本 P3615、岩崎本作濵2，右形皆爲「賓」字之隸書寫法（參見"賓"字）。

【傳鈔古文《尚書》「濱」字構形異同表】

濱	傳抄古尚書文字 𣶒汗 5.61 𣶒四 1.32 𣶒六書通 59	戰國楚簡	石經	敦煌本	岩崎本	神田本b	九條本	島田本b	內野本	上圖（元）	觀智院b	天理本	古梓堂b	足利本	上圖本（影）	上圖本（八）	古文尚書晁刻	書古文訓	尚書篇目
海濱廣斥厥田惟上下				濵 P3615	濵				濵					濵	濵	濵	瀕	顮	禹貢
泗濱浮磬					濵				濵					濵	濵	濵		顮	禹貢

641、斥

「斥」字在傳鈔古文《尚書》有下列不同字形：

（1）𢉖四 5.17 㡿㡿1㡿㡿2

《古文四聲韻》錄《古尚書》「斥」字作：𢉖四 5.17，《說文》篆文作㡿，从广屰聲，此形所从屰形乃「屰」字屰甲 2707 屰乙 8505 等形之訛變。

晁刻古文尚書、《書古文訓》「斥」字分作㡿㡿1，爲《說文》篆文㡿之隸古定。敦煌本 P3615、岩崎本作㡿㡿2，所从「屰」字訛作「干」。

（2）㡿1㡿2

上圖本（影）、上圖本（八）「斥」字各作㡿1㡿2，爲篆文㡿之隸古定訛變，㡿2 訛變似从「亻」。

【傳鈔古文《尚書》「斥」字構形異同表】

傳抄古尚書文字　斥　庐四5.17	戰國楚簡	石經	敦煌本	岩崎本	神田本b	九條本	島田本b	內野本	上圖（元）	觀智院b	天理本	古梓堂b	足利本	上圖本（影）	上圖本（八）	古文尚書晁刻	書古文訓	尚書篇目
海濱廣斥厥田惟上下			庐P3615	庐										庐	庐	庐	庐	禹貢

642、鹽

「鹽」字在傳鈔古文《尚書》有下列不同字形：

（1）鹽鹽₁鹽₂鹽₃塩₄

敦煌本P2643、P2516、岩崎本「鹽」字或作鹽鹽₁，岩崎本又作鹽₂，皆為篆文鹽之隸變，所從「鹵」省變為「田」，與鹽一號木竹簡 104鹽武威簡.少牢30鹽武梁祠畫像題字類同；上圖本（八）或作鹽₃，「鹵」省變為「口」；敦煌本P3615作塩₄，所從「臣」訛變為「土」。

（2）塩塩

上圖本（元）、足利本、上圖本（影）「鹽」字或作塩塩，乃由（1）鹽₃塩₄形再變，《玉篇》「塩」為「鹽」之俗字。

【傳鈔古文《尚書》「鹽」字構形異同表】

鹽	戰國楚簡	石經	敦煌本	岩崎本	神田本b	九條本	島田本b	內野本	上圖（元）	觀智院b	天理本	古梓堂b	足利本	上圖本（影）	上圖本（八）	古文尚書晁刻	書古文訓	尚書篇目
厥賦中上厥貢鹽絺			塩P3615	鹽											鹽			禹貢
爾惟鹽梅			鹽P2643 鹽P2516	鹽					塩					塩	塩			說命下

禹貢	戰國楚簡	漢石經	魏石經	敦煌本 P3615 P3469	敦煌本 P3469	敦煌本 P5522	敦煌本 P5522 P4033	敦煌本 P4033	敦煌本 P4033 P3628	敦煌本 P3628 P4874	敦煌本 P5543 P3169 P2533	岩崎本	神田本	九條本	島田本	內野本	上圖本元	觀智院本	天理本	古梓堂	足利本	上圖本影	上圖本八	晁刻古文尚書	書古文訓	唐石經
海物惟錯代畎絲枲鉛松怪石			海物惟錯	岱畎絲枲鉛松怪石								集物惟錯 岱畎枲鉛栗怪石				泉物惟錯岱絲枲鈆泉怪石					海物惟錯岱畎絲枲鉛松怪石	海物惟錯岱畎絲枲鉛松怪石	泉物惟錯岱畎絲枲鉛案怪后	栗物惟案怪后	泉物惟錯代畎絲枲鉛案怪后	海物惟錯岱畎絲枲鉛松怪石
萊夷作牧厥篚檿絲浮于汶達于濟																										

643、物

「物」字在傳鈔古文《尚書》有下列不同字形：

P2643

（1）勿

「物」字《書古文訓》「終南惇物」作勿，《說文》勿部「勿」字云：「勿，州里所建旗，象其柄，有三游，襍帛，幅半異，所以趣民也。」段注云：「經典多作『物』，《周禮》以「物」爲「勿」，如〈春官〉「大夫士建物帥都建旗州里建旟」、「九旗襍帛爲物」，〈士喪禮〉「爲銘各以其物」，注云：「襍帛爲物，大夫之所建也。」「勿」爲事物之本字。

【傳鈔古文《尚書》「物」字構形異同表】

物	戰國楚簡	石經	敦煌本	岩崎本	神田本b	九條本	島田本b	內野本	上圖（元）	觀智院b	天理本	古梓堂b	足利本	上圖本（影）	上圖本（八）	古文尚書晁刻	書古文訓	尚書篇目
海物惟錯																		禹貢
終南惇物																	勿	禹貢
享多儀儀不及物			物 P2748															洛誥

644、鈆

「鈆」字在傳鈔古文《尚書》有下列不同字形：

（1）鈆鈆鈆

「鈆」字《史記・夏本紀》、《漢書・地理志》、敦煌本 P3615、日諸古寫本、《書古文訓》、唐石經、各刊木（除《蔡傳》本外）皆同，《釋文》：「鈆，寅專反，字從㕣，㕣音以選反。」《說文》金部「鉛」字從金㕣聲，與專反，「鈆」即「鉛」字，從厶、口形之隸變常互作（參見"公"字）。《撰異》云：「《五經文字》水部曰：『沿，《說文》也，從㕣，㕣音鈆。沿，經典相承隸省。』玉裁謂隸省『鈆』、『沿』恐與『公侯』字相混無別，故不從唐石經，而作『鉛』、『沿』」。

【傳鈔古文《尚書》「鈆」字構形異同表】

鈆	戰國楚簡	石經	敦煌本	岩崎本	神田本b	九條本	島田本b	內野本	上圖（元）	觀智院b	天理本	古梓堂b	足利本	上圖本（影）	上圖本（八）	古文尚書晁刻	書古文訓	尚書篇目
絲枲鈆松怪石			鈆 P3615	鈆				鈆					鈆	鈆	鈆		鈆	禹貢

645、松

「松」字在傳鈔古文《尚書》有下列不同字形：

（1）松汗 3.30松四 1.1松隸 1

《汗簡》、《古文四聲韻》錄《古尚書》「松」字作：松汗 3.30松四 1.1，《說文》「松」字或體松從容，松汗 3.30松四 1.1 與松信陽 2.08 類同，此從「容」字古文松，

如十一年车鼎，其下「厶（口）」形中綴增一點，又偏旁「木」字移於下，與「木」在左旁作鄂君啓舟節璽彙 **2402** 形無異。

晁刻古文尚書「松」字作，《書古文訓》作窊**1**，與汗 **3.30**四 **1.1** 類同，從「容」字古文隸古定如十一年车鼎。

（2）窊

內野本、上圖本（八）「松」字作窊，即《說文》「松」字或體从容之隸定，松、窊為聲符替換。

（3）

敦煌本 P3615「松」字作，為《說文》篆文偏旁「木」字移下。

（4）

岩崎本「松」字作，與「柬」字作相訛混，當為「松」字作（3）形之訛誤。

【傳鈔古文《尚書》「松」字構形異同表】

傳抄古尚書文字 松 汗 3.30 四 1.1	戰國楚簡	石經	敦煌本	岩崎本	神田本b	九條本	島田本b	內野本	上圖（元）	觀智院b	天理本	古梓堂b	足利本	上圖本（影）	上圖本（八）	古文尚書晁刻	書古文訓	尚書篇目
岱畎絲枲鉛松怪石			P3615														窊	禹貢

646、怪

「怪」字在傳鈔古文《尚書》有下列不同字形：

（1）怪

「怪」字《說文》篆文作，从心圣聲，岩崎本作，敦煌本作P3615，偏旁「圣」字訛作「在」，「圣」「在」二字音義迥別，隸變而形混（參見"在"字）。

【傳鈔古文《尚書》「怪」字構形異同表】

怪	戰國楚簡	石經	敦煌本	岩崎本b	神田本b九條本	島田本b	內野本	上圖（元）	觀智院b天理本	古梓堂b	足利本	上圖本（影）	上圖本（八）	古文尚書晁刻	書古文訓	尚書篇目
岱畎絲枲鈆松怪石			恠 P3615	恠												禹貢

647、㠯

「厥篚㠯絲」「㠯」字《史記・夏本紀》作「畬」，乃音同假借，《撰異》謂「㠯者，古文尚書，畬者，今文尚書也。二字古音同讀如『音』，《毛詩》『懕懕』，《韓詩》『愔愔』，古同音也。蓋今文尚書作『畬』而太史公仍之⋯⋯其義當為六書之假借也。」

「㠯」字在傳鈔古文《尚書》有下列不同字形：

（1）畬：畬汗6.82 畬畬.四4.40畬1 畬畬2 貪3

《汗簡》錄《古尚書》「㠯」字作：畬汗6.82，與《史記》、《漢書》作「畬」同，乃「㠯」之假借字，《箋正》云：「太史公傳孔安國古文學，『畬絲』當用古文，壁中本以同聲借『畬』作『㠯』，造薛本者依采。」此形源自甲今文作：合乙8710 合粹1316 合辛巳簋 畬伯戔壺 畬伯作姬畬壺 畬�伯畬匜 畬畬章作曾侯乙鎛 畬畬志鼎 畬畬朏盤等形；《古文四聲韻》則錄古尚書此形注作「畬」字：畬畬.四4.40。《說文》欠部「●畬欠」從「畬」，而「酉」部無「畬」字，乃今本奪佚，小徐本列於「醰」字上。

《書古文訓》「㠯」字作畬1，為「畬」字之訛變，敦煌本P3615作畬2，內野本「㠯」字旁注畬2，所從「今」訛作「合」；岩崎本作貪3，乃「畬」字之訛誤。

（2）㠯：㟃㟃

內野本、足利本、上圖本（影）、上圖本（八）「㠯」字作㟃㟃，移「木」於右「犬」之下。

【傳鈔古文《尚書》「𥫱」字構形異同表】

傳抄古尚書文字 𥫱 會汗6.82 會.四4.40	戰國楚簡	石經	敦煌本	岩崎本b	神田本b	九條本	島田本b	內野本	上圖（元）	觀智院b	天理本	古梓堂b	足利本	上圖本（影）	上圖本（八）	古文尚書晁刻	書古文訓	尚書篇目
厥篚𥫱絲			會 P3615					廐						厤	厤	厤		㑹	禹貢

648、汶

「汶」字在傳鈔古文《尚書》有下列不同字形：

（1）濃

「汶」字《書古文訓》作濃，偏旁「文」字右加飾筆彡，為古文「文」字（參見"文"字）。

【傳鈔古文《尚書》「汶」字構形異同表】

汶	戰國楚簡	石經	敦煌本	岩崎本b	神田本b	九條本	島田本b	內野本	上圖（元）	觀智院b	天理本	古梓堂b	足利本	上圖本（影）	上圖本（八）	古文尚書晁刻	書古文訓	尚書篇目
浮于汶達于濟			濃					沒							汶			禹貢
又東北會于汶			從											沿	汶		濃	禹貢

禹貢	戰國楚簡	漢石經	魏石經	敦煌本 P3615 P3469	敦煌本 P3615 P3469	敦煌本 P3469	敦煌本 P5522	敦煌本 P5522 P4033	敦煌本 P4033	敦煌本 P4033 P3628	敦煌本 P3628 P4874	敦煌本 P5543	敦煌本 P3169	敦煌本 P2533	岩崎本	神田本	九條本	島田本	內野本	上圖本元	觀智院本	天理本	古梓堂	足利本	上圖本影	上圖本八	晁刻古文尚書	書古文訓	唐石經
海岱及淮惟徐州淮沂其又				海岱及淮惟徐州淮沂其又											海岱及淮惟徐州淮沂其又			秉岱及淮惟徐州淮沂其又	海岱及淮惟徐州淮沂其又	海岱及淮惟徐州淮沂其又				海岱及淮惟徐州淮沂其又	海岱及淮惟徐州淮沂其又	海岱及淮惟徐州淮沂其又		兼岱及淮惟徐州淮沂元又	海岱及淮惟徐州淮沂其又

649、蒙

「蒙」字在傳鈔古文《尚書》有下列不同字形：

（1）壼：𠂤汗 6.72 𠦜四 1.10 壼1 壼2 壼3

《汗簡》、《古文四聲韻》錄《古尚書》「蒙」字作：𠂤汗 6.72 𠦜四 1.10，此爲「壼」字，其上所從「亡」與 中山王鼎 𠆢壺 中山王兆域圖 璽彙 2506 璽彙 4528 璽彙 4770 形類同，此乃假借音近之「壼」字爲「蒙」。

島田本〈洪範〉「蒙」字作壼1 壼2，內野本「蒙」字（蒙）旁注壼3，皆爲「壼」字之訛。

（2）蒙：蒙1 蒙2 蒙3

九條本、足利本、上圖本（八）「蒙」字或少一畫作蒙蒙1，內野本或作蒙2，復「豕」形多一點；岩崎本、上圖本（影）或作蒙3，所從「豕」訛作「家」。

【傳鈔古文《尚書》「蒙」字構形異同表】

傳抄古尚書文字 蒙 𠂤汗 6.72 𠦜四 1.10	戰國楚簡	石經	敦煌本	岩崎本 神田本b	九條本 島田本b	內野本	上圖（元）本	觀智院b 天理本	古梓堂b	足利本	上圖本（影）	上圖本（八）	古文尚書晁刻	書古文訓	尚書篇目
蒙羽其藝大野既豬				蒙		蒙				蒙	蒙	蒙			禹貢
蔡蒙旅平和夷底績				蒙		蒙				蒙	蒙	蒙			禹貢
臣下不匡其刑墨具訓于蒙士						蒙						蒙			伊訓
曰蒙曰驛				壼b		壼 蒙						蒙			洪範

日蒙恆風若				遷b				蒙 蒙			洪範

650、豬

「大野既豬」《史記・夏本紀》作「大野既都」，此蓋假「豬」爲「都」字。酈道元《水經注》云：「水澤所聚謂之『都』，亦曰『豬』」，《禮記・檀弓下》「洿其宮而豬焉」鄭注云：「豬，都也，南方謂『都』爲『豬』。」《撰異》云：「玉裁按古音無魚、虞、模斂侈之別，『都』音『豬』二字皆『者』聲也。『南方謂都爲豬』者，謂北人二音略有別，南音則無別也。〈堯典〉曰『幽都』孔〈傳〉曰：『都謂所聚也』〈穀梁傳〉曰：『民所聚曰都』……〈堯典〉作『都』〈禹貢〉作『豬』，實是一字。鄭注《周禮》引〈禹貢〉『熒波既都』又曰『望諸明都』也，鄭以正字易其假借。若〈夏本紀〉凡『豬』皆作『都』蓋今文尚書然也。」

「豬」字在傳鈔古文《尚書》有下列不同字形：

（1）都：毻毻

《書古文訓》「豬」字作毻毻，此爲「都」字（參見"都"字），當爲假借本字。

（2）豬

九條本、內野本、上圖本（影）、上圖本（八）「豬」字或作豬，偏旁「豕」字少右二筆。

（3）猪

敦煌本 P3469、P5522、P3169、岩崎本、九條本「豬」字或作猪，偏旁「豕」字訛作「犭」。

【傳鈔古文《尚書》「豬汶」字構形異同表】

豬	戰國楚簡	石經	敦煌本	岩崎本b	神田本b 九條本	島田本b	內野本	上圖（元）	觀智院b 天理本	古梓堂b	足利本	上圖本（影）	上圖本（八）	古文尚書晁刻	書古文訓	尚書篇目
大野既豬			猪 P3469	猪		豬						豬	豬		毻	禹貢
彭蠡既豬陽鳥攸居			猪			豬						豬	豬		毻	禹貢
榮波既豬				猪	猪							豬		毻	禹貢

		P5522 豬 P3169 豬	豬	豬			豬	㹠	禹貢
導菏澤被孟豬									
原隰底績至于豬野			豬	豬			豬	㹠	禹貢

禹貢	戰國楚簡	漢石經	魏石經	敦煌本P3615	敦煌本P3615P3469	敦煌本P3469	敦煌本P5522	敦煌本P5522P4033	敦煌本P4033	敦煌本P4033P3628	敦煌本P3628	敦煌本P5543	敦煌本P3169	敦煌本P2533	岩崎本	神田本	九條本	島田本	內野本	上圖本元	觀智院本	天理本	古梓堂	足利本	上圖本影	上圖本八	晁刻古文尚書	書古文訓	唐石經
厥土赤埴墳草木漸包厥田惟上中																	平土赤墊墳巾木漸苞苹田惟上中		本土赤埴墳巾木漸送亦	武土赤埴墳中木漸苞武田惟上中								麥牟土赤戴墳中木漸苞牟田惟上中	厥土赤埴墳草木漸包厥田惟上中

651、赤

「赤」字在傳鈔古文《尚書》有下列不同字形：

（1）炎汗6.73炎四5.17烾

「赤」字《汗簡》、《古文四聲韻》錄《古尚書》作：炎汗6.73炎四5.17，與《說文》古文作烾同，《書古文訓》作烾，爲此形之隸古定。

【傳鈔古文《尚書》「赤」字構形異同表】

傳抄古尚書文字 赤 炎汗6.73 炎四5.17	戰國楚簡	石經	敦煌本	岩崎本 神田本b	九條本 島田本b	內野本	上圖本（元）	觀智院b	天理本	古梓堂b	足利本	上圖本（影）	上圖本（八）	古文尚書晁刻	書古文訓	尚書篇目
厥土赤埴墳																禹貢
若保赤子惟民其康乂															烾	康誥
越玉五重陳寶赤刀大訓弘璧琬琰															烾	顧命

652、埴

「埴」字在傳鈔古文《尚書》有下列不同字形：

（1）𡐤𡑳

「埴」字《釋文》：「埴，市立反。鄭作『戠』，徐（邈）、鄭、王（肅）接讀曰『熾』，韋昭音『試』。」敦煌本 P3469、岩崎本、《書古文訓》「埴」字作𡐤𡑳，「戠」與「哉」通假，《說文》「埴，黏土也」，《集韻》入聲 24 職韻「埴」字或作「戠」皆訓黏土，孔《疏》謂「戠埴音義同」。

【傳鈔古文《尚書》「埴」字構形異同表】

埴	戰國楚簡	石經	敦煌本	岩崎本	神田本b	九條本	島田本b	內野本	上圖（元）	觀智院b	天理本	古梓堂b	足利本	上圖本（影）	上圖本（八）	古文尚書晁刻	書古文訓	尚書篇目
厥土赤埴墳			𡐤 P3469	𡑳													戠	禹貢

653、漸

「漸」字在傳鈔古文《尚書》有下列不同字形：

（1）蔪

「漸」字《釋文》云：「如字，本又作『蔪』。《字林》：『才冉反，草之相包裹也。』」《說文》艸部「蔪」字：「艸相蔪苞也，从艸斬聲。書曰：『艸木蔪苞』」引作「蔪」，《書古文訓》亦同作蔪，「蔪」為本字，今本假「漸」為「蔪」。

【傳鈔古文《尚書》「漸」字構形異同表】

漸	戰國楚簡	石經	敦煌本	岩崎本	神田本b	九條本	島田本b	內野本	上圖（元）	觀智院b	天理本	古梓堂b	足利本	上圖本（影）	上圖本（八）	古文尚書晁刻	書古文訓	尚書篇目
草木漸包																	蔪	禹貢

654、包

「包」字在傳鈔古文《尚書》有下列不同字形：

（1）苞₁苞₂

「包」字，《釋文》云：「字或作『苞』，非叢生也。馬云，相包裹也。」敦煌本 P3469 作「草木漸包」，岩崎本、《書古文訓》「包」字皆作苞1，《說文》亦引作「苞」，艸部「薪」字引「書曰『艸木薪苞』」，《撰異》謂「徐楚金《說文解字繫傳》苞字下云『《尚書》草木漸苞』，亦正可以證南唐時《尚書》作從艸之包」。岩崎本「包」字作「苞」寫作苞2形，所從「勹」形訛作「宀」。

【傳鈔古文《尚書》「包」字構形異同表】

包	戰國楚簡	石經	敦煌本	岩崎本b	神田本b／九條本	島田本b	內野本	上圖（元）b／觀智院b	天理本／古梓堂b	足利本	上圖本（影）	上圖本（八）	古文尚書晁刻	書古文訓	尚書篇目
草木漸包			苞											苞	禹貢
厥包橘柚錫貢			苞											苞	禹貢
包匭菁茅														苞	禹貢

禹貢	戰國楚簡	漢石經	魏石經	敦煌本 P3615	敦煌本 P3615·P3469	敦煌本 P3469	敦煌本 P5522	敦煌本 P5522·P4033	敦煌本 P4033	敦煌本 P4033·P3628	敦煌本 P3628·P4874	敦煌本 P3628	敦煌本 P5543	敦煌本 P3169	敦煌本 P2533	岩崎本	神田本	九條本	島田本	內野本	上圖本元	上圖本	觀智院本	天理本	古梓堂	足利本	上圖本影	上圖本八	晁刻古文尚書	書古文訓	唐石經
厥賦中中厥貢惟土五色																															
羽畎夏翟嶧陽孤桐泗濱浮磬																															

655、翟

「翟」字在傳鈔古文《尙書》有下列不同字形：

（1）狄狄狄

「翟」字敦煌本 P3469、岩崎本、《書古文訓》皆作「狄」狄狄狄，《史記・夏本紀》、《漢書・地理志》、《周禮・天官・染人》鄭注皆引此文作「狄」，「翟」、「狄」通假，《撰異》云：「古『狄』、『翟』異部相假借，有假借『翟』爲『狄』者，如《春秋》傳『翟人』是也；有假借『狄』爲『翟』者，如……《毛詩》『右手秉翟』，《韓詩》作『秉狄』」。

【傳鈔古文《尙書》「翟」字構形異同表】

翟	戰國楚簡	石經	敦煌本	岩崎本	神田本b	九條本	島田本b	內野本	上圖（元）	觀智院b	天理本	古梓堂b	足利本	上圖本（影）	上圖本（八）	古文尚書晁刻	書古文訓	尚書篇目
羽畎夏翟嶧陽孤桐			狄 P3469	狄													狄	禹貢

656、嶧

「嶧」字在傳鈔古文《尙書》有下列不同字形：

（1）嶧

《說文》山部「嶧」字引「夏書曰嶧陽孤桐」，岩崎本「嶧」字作嶧，其偏旁「睪」上形俗作血。

【傳鈔古文《尙書》「嶧」字構形異同表】

嶧	戰國楚簡	石經	敦煌本	岩崎本	神田本b	九條本	島田本b	內野本	上圖（元）	觀智院b	天理本	古梓堂b	足利本	上圖本（影）	上圖本（八）	古文尚書晁刻	書古文訓	尚書篇目
羽畎夏翟嶧陽孤桐			嶧															禹貢

657、孤

（1）孤1 孤2 孤3

敦煌本、日古寫本「孤」字或作孤1，所從「瓜」字與「爪」混同；岩崎

本或作 孤2，所从「瓜」字訛多一畫（參見"呱""狐"字）；上圖本（八）或作 㽺3，偏旁「子」字訛作「歹」。

【傳鈔古文《尚書》「孤」字構形異同表】

孤	戰國楚簡	石經	敦煌本	岩崎本	神田本b	九條本	島田本b	內野本	上圖本（元）	觀智院b	天理本	古梓堂b	足利本	上圖本（影）	上圖本（八）	古文尚書晁刻	書古文訓	尚書篇目
羽畎夏翟嶧陽孤桐			孤					孤						孤	孤		孤	禹貢
無弱孤有幼			孤P3670 孤P2643	孤					孤					孤	孤			盤庚上
惟其人少師少傅少保曰三孤								孤	孤				孤	孤	㽺			周官

658、桐

「桐」字在傳鈔古文《尚書》有下列不同字形：

（1） 槑汗3.30 槑槑

《汗簡》錄《古尚書》「桐」字作：槑汗3.30，移「木」於下，與 桼曾侯乙簡212 同，金文作 桼蓼生盨 桼蓼生盨二 桼宜桐盂 桼蔡侯殘鐘，則「木」在上，皆為上下形構。

內野本、足利本、上圖本（影）、上圖本（八）、《書古文訓》「桐」字皆作 槑槑，與 槑汗3.30 同形。

（2）同：

和闐本〈太甲上〉「予弗狎于弗順營于桐宮」「桐」字作 同，乃假「同」為「桐」字。

【傳鈔古文《尚書》「桐」字構形異同表】

桐 傳抄古尚書文字 槑汗3.30	戰國楚簡	石經	敦煌本	岩崎本	神田本b	九條本	島田本b	內野本	上圖本（元）	觀智院b	天理本	古梓堂b	足利本	上圖本（影）	上圖本（八）	古文尚書晁刻	書古文訓	尚書篇目
羽畎夏翟嶧陽孤桐																	槑	禹貢

						太甲上
太甲既立不明伊尹放諸桐三年			杲	杲 杲 杲		杲
予弗狎于弗順營于桐宮	同 和闐本		杲	杲 杲 杲		杲
王徂桐宮居憂克終允德			杲	杲 杲 杲		杲

禹貢	戰國楚簡	漢石經	魏石經	敦煌本 P3615 P3469	敦煌本 P3615	敦煌本 P3469	敦煌本 P5522	敦煌本 P5522 P4033	敦煌本 P4033	敦煌本 P4033 P3628	敦煌本 P3628 P4874	敦煌本 P3169	敦煌本 P2533	岩崎本	神田本	九條本	島田本	內野本	上圖本元	觀智院本	天理本	古梓堂	足利本	上圖本影	上圖本八	晁刻古文尚書	書古文訓	唐石經
淮夷蠙珠曁魚厥篚玄纖縞				淮尼蠙珠泉魚氏蓬玄纖縞										淮尼蠙珠泉魚氐蓬玄纖縞				淮左蠙珠泉魚本蓬玄纖縞					淮尼蠙珠泉魚氏蓬玄纖縞	淮尼蠙珠泉魚氏蓬玄纖縞	淮夷蠙珠泉魚氐蓬玄纖縞	淮尼玭珠泉魚氐棐玄纖縞	淮夷蠙珠曁魚厥篚玄纖縞

659、蠙

「蠙」字在傳鈔古文《尚書》有下列不同字形：

（1）玭

《書古文訓》「蠙」字作玭，《釋文》「蠙」字下云：「字又作『玭』」，《漢書》引此，顏師古注云：「『蠙』，步干反，字又作『玭』」。《說文》玉部「玭」字下「夏書『玭』從虫賓」段注云：「謂古文尚書『玭』字如此，作從虫賓聲。」《撰異》謂「『玭』是小篆，『蠙』是壁中古文，故許云夏書『玭』字作『蠙』……蓋今文尚書作『玭』，古文尚書作『蠙』」。

（2）蠙蠙

敦煌本 P3469、內野本、足利本、上圖本（影）、上圖本（八）「蠙」字作蠙，右從「賓」字之隸書寫法（參見“賓”字）。

【傳鈔古文《尚書》「蠙」字構形異同表】

蠙	戰國楚簡	石經	敦煌本	岩崎本b	神田本九條本b	島田本b	內野本	上圖（元）觀智院b	天理本	古梓堂本b	足利本	上圖本（影）	上圖本（八）	古文尚書晁刻	書古文訓	尚書篇目
淮夷蠙珠暨魚			蛢 P3469	蠙		蠙					蠙	蠙	蠙		玭	禹貢

660、魚

「魚」字在傳鈔古文《尚書》有下列不同字形：

（1）魚汗5.63魚四1.22

《汗簡》、《古文四聲韻》錄《古尚書》「魚」字作：魚汗5.63魚四1.22，由魚伯魚父壺魚毛公鼎魚番生簋變作魚（鮮.盆壺）魚包山257魚包山256魚陶彙3.319魚璽彙0347等形。

（2）魚1魚2

上圖本（八）「魚」字或作魚1，其下形訛似「大」，內野本、足利本、上圖本（影）作魚2，皆為篆文魚之隸變俗寫，與魚漢帛書老子乙前169上魚一號墓竹簡12等類同。

【傳鈔古文《尚書》「魚」字構形異同表】

傳抄古尚書文字 魚 魚汗5.63 魚四1.22	戰國楚簡	石經	敦煌本	岩崎本b	神田本九條本b	島田本b	內野本	上圖（元）觀智院b	天理本	古梓堂本b	足利本	上圖本（影）	上圖本（八）	古文尚書晁刻	書古文訓	尚書篇目
淮夷蠙珠暨魚				魚			魚				魚	魚				禹貢
暨鳥獸魚鼈							魚				魚	魚	魚			伊訓

661、纖

「纖」字在傳鈔古文《尚書》有下列不同字形：

（1）鐵：纖汗5.68鐵四2.27鐵1鐵2

《汗簡》錄《古尚書》「纖」字作：纖汗5.68，《古文四聲韻》此形鐵四2.27錄作「鐵」字，此假「鐵」為「纖」字，《說文》戈部「鐵」字：「山韭也，

從韭戋聲」，糸部「纖」字：「細也，从糸韱聲」。秦簡、漢帛書「纖」字作「韱」，與此類同。

《書古文訓》「纖」字作韱1，岩崎本、九條本作韱2，皆假「韱」爲「纖」字。韱2形，所从「戋」訛作「戈」，「韭」訛作「非」。

（2）纖纖1繊2

內野本、足利本、上圖本（影）、上圖本（八）「纖」字或作纖纖1，所从「戋」訛作「戈」；敦煌本P3169、P3469作繊2，復「韭」訛作「非」。

【傳鈔古文《尚書》「纖」字構形異同表】

纖 纖汗 5.68 韱四 2.27	戰國楚簡	石經	敦煌本	岩崎本 神田本b	九條本 島田本b	內野本	上圖（元）	觀智院b 天理本	古梓堂b 足利本	上圖本（影）	上圖本（八）	古文尚書晁刻	書古文訓	尚書篇目
厥篚玄纖縞			纖 P3469	韱		纖				纖	繊	纖	韱	禹貢
厥篚纖纊			繊 P3169	韱		纖				纖	繊	纖	韱	禹貢

禹貢	戰國楚簡	漢石經	魏石經	敦煌本 P3615 · P3469	敦煌本 P3615 P3469	敦煌本 P5522	敦煌本 P5522 P4033	敦煌本 P4033	敦煌本 P4033 · P3628	敦煌本 P3628 P5543	敦煌本 P3169	敦煌本 P2533	岩崎本	神田本	九條本	島田本	內野本	上圖本元	觀智院本	天理本	古梓堂	足利本	上圖本影	上圖本八	晁刻古文尚書	書古文訓	唐石經
浮于淮泗達于河淮海惟揚州				浮于淮泗達少河淮海惟揚州									浮于細淮達于河淮海惟揚州			浮亐淮泗達亐河淮海惟揚州	浮亐淮泗達亐河淮海惟揚州	浮于淮四達于河淮海惟揚州					浮亐淮泗達亐河淮海惟揚州	浮亐淮泗達亐河淮海惟揚州	浮亐淮泗達亐河淮海惟揚州	浮亐淮泗達亐河淮泉惟揚州	浮于淮泗達于河淮海惟揚州

彭蠡既豬陽鳥攸居三江既入	彭蠡旡豬陽鳥迻居三江旡入	彭蠡旡豬陽鳥迻居三江旡入	彭蠡旡豬陽鳥迻居三江旡入	彭蠡旡豬陽鳥迻居三江旡入 彭蠡旡豬陽鳥迻居三江旡入	彭蠡旡豬陽鳥迻居三江旡入	彭蠡旣豬陽鳥攸居弎江旣入

662、彭

「彭」字在傳鈔古文《尚書》有下列不同字形：

（1）彭₁歆₂

「彭」字日古寫本或作彭₁歆₂形，偏旁彡字作久，歆₂形則「彡」俗與「久」混同（參見"文""章"字）。

【傳鈔古文《尚書》「彭」字構形異同表】

彭	戰國楚簡	石經	敦煌本	岩崎本b 神田本	九條本 島田本b	內野本	上圖（元） 觀智院b	天理本 古梓堂b	足利本	上圖本（影）	上圖本（八）	古文尚書晁刻	書古文訓	尚書篇目
彭蠡既豬陽鳥攸居			彭							歆	歆			禹貢
東匯澤爲彭蠡東爲北江				彭						歆	歆			禹貢

663、鳥

「鳥」字在傳鈔古文《尚書》有下列不同字形：

（1）鳳

〈君奭〉「我則鳴鳥不聞矧曰其有能格」九條本「鳥」字作「鳳」鳳，《釋文》云：「鳴鳥，馬云，鳴鳥謂鳳皇也，本或作鳴鳳者，非。」《管寧傳》引鄭玄注云：「鳴鳥謂鳳也」，孔傳承之釋云：「我周則鳴鳳不得聞況曰其有能格于皇天乎」，此處九條本作「鳴鳥」作「鳴鳳」正可證當有異本作「鳴鳳」。

【傳鈔古文《尚書》「鳥」字構形異同表】

鳥	戰國楚簡	石經	敦煌本	岩崎本 神田本 b	九條本 島田本 b	內野本	上圖（元） 觀智院 b	天理本 古梓堂 b	足利本	上圖本（影）	上圖本（八）	古文尚書晁刻	書古文訓	尚書篇目
彭蠡既豬陽鳥攸居														禹貢
我則鳴鳥不聞														君奭

禹貢	戰國楚簡	漢石經	魏石經	敦煌本 P3615	敦煌本 P3615・P3469	敦煌本 P3469	敦煌本 P5522	敦煌本 P5522・P4033	敦煌本 P4033	敦煌本 P4033・P3628	敦煌本 P3628・P4874	敦煌本 P5543	敦煌本 P3169	敦煌本 P2533	岩崎本	神田本	九條本	島田本	內野本	上圖本元	觀智院本	天理本	古梓堂	足利本	上圖本影	上圖本八	晁刻古文尚書	書古文訓	唐石經
震澤厎定篠簜既敷厥草惟夭																													
厥木惟喬厥上惟塗泥																													

664、篠

「篠」字在傳鈔古文《尚書》有下列不同字形：

（1）筱.汗 2.21筱.四 3.18

《說文》竹部「簜」字下引「夏書曰瑤琨筱簜」「篠」字作「筱」，《汗簡》、《古文四聲韻》錄《古尚書》「筱」字作：筱.汗 2.21筱.四 3.18，《書古文訓》

「篠」字作筱，皆相合。「篠」乃「筱」字聲符繁化，《說文》「筱」箭屬小竹也，段注謂「今字作篠」，《爾雅·釋草》云：「篠，箭也」，《周禮》注曰：「箭，篠也」。

【傳鈔古文《尚書》「篠」字構形異同表】

篠	戰國楚簡	石經	敦煌本	岩崎本	神田本b	九條本	島田本b	內野本	上圖（元）	觀智院b	天理本	古梓堂b	足利本	上圖本（影）	上圖本（八）	古文尚書晁刻	書古文訓	尚書篇目
篠簜既敷厥草惟夭																	筱	禹貢
瑤琨篠簜																	筱	禹貢

665、簜

《說文》竹部「簜」字下引「夏書曰瑤琨筱簜」。

「簜」字在傳鈔古文《尚書》有下列不同字形：

（1）𥫣汗2.21 𥬖四3.24 簜

《汗簡》、《古文四聲韻》錄《古尚書》「簜」字作：𥫣汗2.21 𥬖四3.24，《釋文》云：「簜，或作簜」，《說文》「簜」：「大竹也，從竹湯聲」，「簜」：「大竹箭也，從竹易聲」，《書古文訓》「簜」字或作簜，假「簜」為「簜」。

（2）蕩

《書古文訓》「簜」字或作蕩，當為「簜」之訛，偏旁「竹」字訛作「艹」。

（3）簜1簜2簜3

上圖本（影）「簜」字或作簜1，所從「易」與「易」訛近；足利本或作簜2，所從「易」訛作「易」；上圖本（影）或作簜3，「易」訛與「曷」混同。

【傳鈔古文《尚書》「簜」字構形異同表】

簜 傳抄古尚書文字 𥫣汗2.21 𥬖四3.24		戰國楚簡	石經	敦煌本	岩崎本	神田本b	九條本	島田本b	內野本	上圖（元）	觀智院b	天理本	古梓堂b	足利本	上圖本（影）	上圖本（八）	古文尚書晁刻	書古文訓	尚書篇目
篠簜既敷															簜			蕩	禹貢

瑤琨篠簜									蕩蕩		篡	禹貢

666、夭

「夭」字在傳鈔古文《尚書》有下列不同字形：

（1）夨魏三體

魏三體石經〈君奭〉「夭」字古文作夨，《說文》篆文作夨，源自甲金文作夨 後 2.4.13 夨甲 2810 夨 亞夨爵，戰國作夨璽彙 0911 夨璽彙 3774 夨楚帛書夨郭店.唐虞 11 等形。

（2）夭₁夭₂夭₃友₄

敦煌本 P2643「夭」字作夭₁，右多一飾點；岩崎本或作夭₂，復右下多一撇，與漢碑作夭夏承碑夭石門頌相類；敦煌本 P2516 又變作夭₃，其右下多一撇後上又曲折而作「又」形；上圖本（元）或作友₄，與「友」混同。

【傳鈔古文《尚書》「夭」字構形異同表】

夭	戰國楚簡	石經	敦煌本	岩崎本b	神田本b	九條本	島田本b	內野本	上圖（元）	觀智院b	天理本	古梓堂b	足利本	上圖本（影）	上圖本（八）	古文尚書晁刻	書古文訓	尚書篇目
篠簜既敷厥草惟夭			夭															禹貢
非天夭民			夭 P2643 夭 P2516	夭					友									高宗肜日
有若閎夭		魏	夭 P2748															君奭

667、喬

「喬」字在傳鈔古文《尚書》有下列不同字形：

（1）蕎四 2.8 蕎汗 2.21 蕎六 98 蕎

《古文四聲韻》、《訂正六書通》錄《古尚書》「喬」字作：蕎四 2.8 蕎六 98，《汗簡》錄此形注「蕎」：蕎汗 2.21《箋正》謂「偽本不知采何書，且《說文》無『蕎』，蓋《爾雅》『大管謂之喬』俗字。〈疏〉引李巡云：『聲高大故曰喬，喬，高也』，《御覽》引舍人注同。知古止作『喬』，从竹因大管之義後增，郭注

本用之。」其說可從。《書古文訓》作**簥**爲此形之隸定。

（2）**喬**

岩崎本「喬」字訛變作**喬**。

【傳鈔古文《尚書》「喬」字構形異同表】

喬	傳抄古尚書文字 **喬**四2.8 **喬**簥汗2.21 **喬**六98	戰國楚簡	石經	敦煌本	岩崎本	神田本b	九條本 島田本b	內野本	上圖（元）	觀智院b 天理本	古梓堂b	足利本	上圖本（影）	上圖本（八）	古文尚書晁刻	書古文訓	尚書篇目
厥木惟喬厥上惟塗泥					**喬**											**簥**	禹貢

668、泥

「泥」字在傳鈔古文《尚書》有下列不同字形：

（1）**屋**汗6.73**眉**四1.28**屍**四4.14**屋**

《汗簡》、《古文四聲韻》錄《古尚書》「泥」字作：**屋**汗6.73**眉**四1.28**屍**四4.14，後二者稍變，《書古文訓》隸定作**屋**。《六書統》「坭」同「泥」，《集韻》「泥」字或作「**屋**」，黃錫全謂「按水與土義近，『坭』蓋『泥』字別體」並以《說文》「坻」字或作「汦」、「渚」爲例〔註263〕。

（2）**泥**1**泥**2

岩崎本、上圖本（八）「泥」字或作**泥**1，從偏旁「尼」字之隸變，如**尼**魯峻碑，**泥**1所從「匕」變似「工」；岩崎本又變作**泥**2。

（3）**埿**

敦煌本 P3469「泥」字作**埿**，爲「泥」之俗字，《汗簡》「泥」字**屋**汗6.73《箋正》謂「『泥』俗作『埿』，見《篇韻》」。

〔註263〕參見：黃錫全，《汗簡注釋》，武漢：武漢大學出版社，1993，頁 455。

【傳鈔古文《尚書》「泥」字構形異同表】

泥	傳抄古尚書文字	戰國楚簡	石經	敦煌本	岩崎本	神田本b	九條本	島田本b	內野本	上圖（元）	觀智院b	天理本	古梓堂b	足利本	上圖本（影）	上圖本（八）	古文尚書晁刻	書古文訓	尚書篇目
	𡰥汗 6.73 𡰥四 1.28 𡰥四 4.14																		
厥木惟喬厥上惟塗泥				𡍮 P3469	泥											泥		𡰥	禹貢
雲土夢作乂厥土惟塗泥					泥											泥		𡰥	禹貢

禹貢	戰國楚簡	漢石經	魏石經	敦煌本P3615	敦煌本P3615・P3469	敦煌本P3469	敦煌本P5522	敦煌本P5522・P4033	敦煌本P4033	敦煌本P4033・P3628	敦煌本P3628・P4874	敦煌本P5543	敦煌本P3169	敦煌本P2533	岩崎本	神田本	九條本	島田本	內野本	上圖本元	觀智院本	天理本	古梓堂	足利本	上圖本影	上圖本八	晁刻古文尚書	書古文訓	唐石經
厥田惟下下厥賦下上錯						田惟丅〻氒賦丅上〻錯										乎田惟丅〻乎賦丅上〻錯			𠀠田惟丅丅𠀠賦丅丄丄錯					弍田惟下〻弍賦下上〻錯	弍田惟下〻弍賦下上〻錯	𠀠田惟丅丅𠀠賦丅丄上錯		氒田惟丅丅氒賦丅丄丄錯	厥田惟下下厥賦下上上錯
厥貢惟金三品瑤琨篠簜						氒貢惟金瑤琨篠簜										乎貢惟金三品瑤琨篠簜			𠀠貢惟金三品瑤琨篠簜					弍貢惟金三品瑤琨篠簜	弍貢惟金三品瑤琨篠簜	𠀠貢惟金三品瑤琨篠簜		氒貢惟金弎品瑤環筱簜	厥貢惟金三品瑤琨篠簜
齒革羽毛惟木島夷卉服						齒革羽毛惟木島夷卉服										𠚕革羽毛惟木島𡰥卉服			齒革羽毛惟木島𡰥卉服					齒革羽毛惟木島𡰥卉服	齒革羽毛惟木島𡰥卉服	齒革羽毛惟木島𡰥卉服		𠚕革羽旄惟木島𡰥芔服	齒革羽毛惟木島夷卉服

厥篚織貝厥包橘柚錫貢		厥篚織貝厥包橘柚錫貢		平篚戴貝平苞橘柚錫貢	本篚織貝本包橘柚錫貢	式篚織貝式包橘柚錫貢	式篚織貝本包橘柚錫貢、我包橘柚錫貢	厥篚戴貝平苞橘柚錫貢

669、琨

「琨」字在傳鈔古文《尚書》有下列不同字形：

（1）瑻

「琨」字《釋文》曰：「馬本作『瑻』」，《書古文訓》作瑻與此相合，《漢書・地理志》亦作「瑻」，《說文》竹部「簬」字下引「夏書曰瑤琨筱簜」，玉部「琨」字或體「瑻」从貫，引「虞書曰楊州貢瑤琨」，段注云：「貫聲在 14 部與 13 部昆聲合韻最近而又雙聲，如『昆夷』亦爲『毌夷』。「琨」、「瑻」爲聲符替換。

【傳鈔古文《尚書》「琨」字構形異同表】

琨	戰國楚簡	石經	敦煌本	岩崎本	神田本b	九條本 島田本b	內野本	上圖（元） 觀智院b	天理本	古梓堂b	足利本	上圖本（影）	上圖本（八）	古文尚書晁刻	書古文訓	尚書篇目
瑤琨筱簜															瑻	禹貢

670、齒

「齒」字在傳鈔古文《尚書》有下列不同字形：

（1）𠚁𠚁₁当₂齿₃⿱止齿₄齿₅

《書古文訓》「齒」字作𠚁𠚁₁，內野本、足利本、上圖本（影）或作当₂，岩崎本、內野本或作齿₃，上圖本（八）或作齿₄，九條本或變作齿₅，旁注「齒」字齒齿；上述諸形皆爲《說文》古文之隸古定訛變，源自甲骨文象齒形作：𦥑甲 2319 𦥑乙 7482。

（2）齒1齒2

「齒」字《說文》篆文作齒，下象齒形而後加注聲符「止」，與戰國作 中山王壺 璽彙0912 郭店.唐虞5 信陽2.2 等同形。敦煌本 P5522、S5626、岩崎本、上圖本（八）「齒」字或作齒1，爲篆文齒隸定，而少一畫；足利本、上圖本（影）或訛變作齒2，其下形內部省略作「米」與「幽」字作幽類同。

【傳鈔古文《尚書》「齒」字構形異同表】

齒	戰國楚簡	石經	敦煌本	岩崎本	神田本b 九條本	島田本b 內野本	上圖（元）	觀智院b 天理本	古梓堂b 足利本	上圖本（影）	上圖本（八）	古文尚書晁刻	書古文訓	尚書篇目
齒革羽毛惟木島夷卉服			P3469	齒		齒			齒	齒			齒	禹貢
厥貢羽毛齒革			P5522	齒		齒			齒	齒	齒		齒	禹貢
三年不齒			S5626	齒	幽				齒	齒	幽		幽	蔡仲之命

671、卉

「卉」字在傳鈔古文《尚書》有下列不同字形：

（1）卉

「卉」字《書古文訓》作卉，作《說文》篆文卉形體。

【傳鈔古文《尚書》「卉」字構形異同表】

卉	戰國楚簡	石經	敦煌本	岩崎本	神田本b 九條本	島田本b 內野本	上圖（元）	觀智院b 天理本	古梓堂b 足利本	上圖本（影）	上圖本（八）	古文尚書晁刻	書古文訓	尚書篇目
齒革羽毛惟木島夷卉服													卉	禹貢

禹貢	戰國楚簡	漢石經	魏石經	敦煌本P3615	敦煌本P3615 P3469	敦煌本P3469	敦煌本P5522	敦煌本P5522 P4033	敦煌本P4033	敦煌本P4033 P3628	敦煌本P3628 P4874	敦煌本P5543	敦煌本P3169	敦煌本P2533	岩崎本	神田本	九條本	島田本	內野本	上圖本元	觀智院本	天理本	古梓堂	足利本	上圖本影	上圖本八	晁刻古文尚書	書古文訓	唐石經
汩于江海達于淮泗					汩于江衆達										汩于江海達于淮泗				汩于江衆達于淮泗					汩于江海達于淮泗	汩于江海達于淮泗	汩于江衆達于淮泗	沿于江衆達于淮泗	沿于江海達于淮泗	汩于江海達于淮泗
荊及衡陽惟荊州江漢朝宗于海															荊及衡陽惟荊州江漢朝宗于衆				荊及奧陽惟荊州江漢朝宗于海					荊及衡陽惟荊州江漢朝宗于海	荊及衡陽惟荊州江漢朝宗于海	荊及奧陽惟荊州江漢朝宗于海	荊及奧陽惟荊州江漢朝宗于衆	荊及奧陽惟荊州江漢朝宗于衆	荊及衡陽惟荊州江漢朝宗于海

672、汩

「汩」字在傳鈔古文《尚書》有下列不同字形：

（1）沿

「汩于江海達于淮泗」，《釋文》云：「鄭本作『松』，『松』當爲『汩』。馬本作『均』，云均平。」孔〈傳〉謂「順流而下曰汩」，「汩」字即「沿」字，《五經文字》水部曰：「沿，《說文》也，从𠫠，𠫠音鉛。汩，經典相承隸省。」从厶、口之形隸變常互作（參見"公""鉛"字）。此處當作「汩」爲是。《史記》作「均江海通淮泗」，《集解》云：「鄭玄曰：『均讀曰沿。沿，順水行』」《漢書·地理志》作「均江海通于淮泗」。《書古文訓》作沿。

【傳鈔古文《尚書》「㳂」字構形異同表】

㳂	戰國楚簡	石經	敦煌本	岩崎本	神田本b	九條本	島田本b	內野本	上圖（元）	觀智院b	天理本	古梓堂b	足利本	上圖本（影）	上圖本（八）	古文尚書晃刻	書古文訓	尚書篇目
㳂于江海達于淮泗				㳂			浴						㳂	㳂	㳂		浴	禹貢

673、荊

「荊」字在傳鈔古文《尚書》有下列不同字形：

（1）𦴼汗1.5𦴼四2.19

《汗簡》、《古文四聲韻》錄《古尚書》「荊」字作：𦴼汗1.5𦴼四2.19，與《說文》古文作𦴼同形。「荊」字本作 𠛱 貞簋，後加「井」聲作 㓵 過伯簋 㓵 狀馭簋 㓵 師虎簋， 𠛱 省訛變作刀形，如 㓵 牆盤而與「刑」字訛混，𦴼汗1.5𦴼四2.19𦴼說文古文荊所从𠛱形乃由 𠛱 析離訛變。

（2）荊

《書古文訓》「荊」字作荊，與傳抄《古尚書》「荊」字𦴼汗1.5𦴼四2.19類同，惟右下訛變作「刃」形。

【傳鈔古文《尚書》「荊」字構形異同表】

荊 傳抄古尚書文字 𦴼汗1.5 𦴼四2.19	戰國楚簡	石經	敦煌本	岩崎本	神田本b	九條本	島田本b	內野本	上圖（元）	觀智院b	天理本	古梓堂b	足利本	上圖本（影）	上圖本（八）	古文尚書晃刻	書古文訓	尚書篇目
荊及衡陽惟荊州江漢																	荊	禹貢
至于南河荊河惟豫州																	荊	禹貢
荊岐既旅終南惇物																	荊	禹貢
導岍及岐至于荊山																	荊	禹貢

674、漢

「漢」字在傳鈔古文《尚書》有下列不同字形：

（1）𣷖汗5.61𣷖四4.21減1

　　《汗簡》、《古文四聲韻》錄《古尚書》「漢」字作：(符)汗 5.61(符)四 4.21，與
《說文》古文作(符)類同，《書古文訓》作(符)1，爲此形之隸古定。

　　（2）漢漢1漢漢漢2(符)3

　　內野本、足利本、上圖本（影）、上圖本（影）「漢」字或作漢漢漢1，敦
煌本 P5522、岩崎本、九條本、內野本或作漢漢漢2，皆爲《說文》篆文(符)之
隸變俗寫，與(符)廣漢郡書刀 2(符)衡方碑(符)華山廟碑(符)流沙簡.屯戍 9.4(符)韓仁銘(符)尹
宙碑類同，戰國作：(符)陶彙 3.1106(符)鄂君啟舟節(符)鄂君啟舟節等形。足利本、上圖
本（影）或作(符)，爲俗寫漢漢漢2省變。

【傳鈔古文《尚書》「漢」字構形異同表】

漢 (符)汗 5.61 (符)四 4.21	傳抄古尚書文字	戰國楚簡	石經	敦煌本	岩崎本b	神田本b	九條本b	島田本b	內野本	上圖（元）	觀智院b	天理本	古梓堂b	足利本	上圖本（影）	上圖本（八）	古文尚書晁刻	書古文訓	尚書篇目
	惟荊州江漢朝宗于海			漢					漢					渼	漢	漢		滇	禹貢
	浮于江沱潛漢			漢 P5522					漢 漢					渼	渼	漢		滇	禹貢
	東流爲漢			漢 漢										漢	漢	漢		滇	禹貢

禹貢	戰國楚簡	漢石經	魏石經	敦煌本 P3615	敦煌本 P3615 P3469	敦煌本 P3469	敦煌本 P5522	敦煌本 P5522 P4033	敦煌本 P4033	敦煌本 P4033 P3628	敦煌本 P3628 P4874	敦煌本 P5543	敦煌本 P3169	敦煌本 P2533	岩崎本	神田本	九條本	島田本	內野本	上圖本元	上圖本影	觀智院本	天理本	古梓堂	足利本	上圖本影	上圖本八	晁刻古文尚書	書古文訓	唐石經
九江孔殷沱潛既道															九江孔殷沱潛既道		九江孔殷沱潛既道								九江孔殷沱潛既道	九江孔殷沱潛既道	九江孔殷沱潛既道	九江孔殷沱潛既道		

雲土夢作乂厥土惟塗泥								雲土夢作乂年玉惟塗泥	雲土㙩作大木土惟塗泥	雲土㙩作乂式土惟漢泥	雲土夢作乂式土惟漢泥	云土夢洤乂年土惟徙屋	雲土夢作乂厥土惟塗泥
厥田惟下中厥賦上下								年田惟下中年賦上丁	本田惟下中式賦上丁	本田惟下中式賦上下	式田惟下中式賦上下	本田惟下中式賦上下	年田惟下中年賦上丁

675、沱

「沱」字在傳鈔古文《尚書》有下列不同字形：

（1）沱1沱2

九條本「沱」字或作沱1、上圖本（八）或作沱2，爲篆文之隸變俗書，與睡虎地53.34、漢帛書老子甲後185同形，源自遹簋、靜簋、趙孟壺、楚屈弔沱戈、曹公子沱戈、璽彙1774、郭店.五行17等形。

（2）池

岩崎本、九條本「沱」字或作「池」，《集韻》平聲8戈韻「池」字通作「沱」，《說文繫傳》「沱」字下云：「今又爲『池』字」，金文「它」、「也」同形，作：子仲匜、沈子它簋、師遽方彝、取它人鼎，於偏旁可通，「沱」字古作遹簋、靜簋、趙孟壺、楚屈弔沱戈、曹公子沱戈，隸定作「池」亦通。

（3）㳠1㳠2

敦煌本P5522、內野本「沱」字或作㳠1，上圖本（八）或訛作㳠2，《玉篇》「沱」字俗作「㳠」，《集韻》「沱」字或作「㳠」，偏旁「㲼」字變自金文「它」、「也」，如師遽方彝（參見"施""池"字）。

【傳鈔古文《尚書》「沱」字構形異同表】

沱	戰國楚簡	石經	敦煌本	岩崎本	神田本b	九條本	島田本b	內野本	上圖（元）	觀智院b	天理本	古梓堂b	足利本	上圖本（影）	上圖本（八）	古文尚書晁刻	書古文訓	尚書篇目
九江孔殷沱潛既道				〔字形〕				〔字形〕							〔字形〕			禹貢
浮于江沱潛漢			〔字形〕 P5522			〔字形〕									〔字形〕			禹貢
沱潛既道						〔字形〕									〔字形〕			禹貢
岷山導江東別爲沱						〔字形〕												禹貢

676、潛

「沱潛既道」《史記・夏本紀》作「沱涔已道」，《集解》引鄭玄注：「水出江爲沱，漢爲涔」，《漢書・地理志》作「沱灊既道」。潛、灊、涔三字通用，《說文》水部「灊」：「水出巴郡宕渠西南入江」，「潛」：「……一曰漢爲潛」。酈道元《水經注》云：「宕渠水即潛水、渝水矣」《水經》又曰：「潛水出巴郡宕渠縣又南入於江」，以「灊水」即「潛水」。

「潛」字在傳鈔古文《尚書》有下列不同字形：

（1）潛1潛2潛3潜4

岩崎本、九條本「潛」字或作潛1，與潛夏承碑同形，曹全碑作潜，「潛」字所從「兓」變作兂兂、云云；敦煌本 P5522、P3169、上圖本（影）、上圖本（八）或作潛2，足利本或作潛3，內野本、足利本或作潜4。上述諸形皆爲「潛」字篆文隸變俗寫。

（2）涔

《書古文訓》〈禹貢〉篇「潛」字皆作「涔」，與《史記》同，《撰異》云：「古『潛』『涔』通用，如《毛詩》『潛有多魚』《韓詩》作『涔有多魚』是也」。

【傳鈔古文《尚書》「潛」字構形異同表】

潛	戰國楚簡	石經	敦煌本	岩崎本b	神田本b	九條本	島田本b	內野本	上圖（元）	觀智院b	天理本	古梓堂b	足利本	上圖本（影）	上圖本（八）	古文尚書晁刻	書古文訓	尚書篇目
九江孔殷沱潛既道			潛					潛						潛	潛	潛	涔	禹貢
浮于江沱潛漢			潛 P5522					潛	潛					潛	潛	潛	涔	禹貢
沱潛既道蔡蒙旅平和			潛 P3169					潛	潛					潛	潛	潛	涔	禹貢
浮于潛逾于沔								潛	潛					潛	潛	潛	涔	禹貢
變友柔克沈潛剛克								潛							潛		潛	洪範

677、雲

「雲土夢作乂」，《史記‧夏本紀》作「雲夢土作治」，《漢書‧地理志》作「雲夢土作乂」，孔〈傳〉云：「雲夢之澤在江南，其中有平土丘，水去可為耕作畎畝之治。」是該本原亦作「雲夢土」。

「雲」字在傳鈔古文《尚書》有下列不同字形：

（1）云

「雲」字《釋文》曰：「徐本作『云』」，《書古文訓》作「云」與此相合，內野本「雲」字左旁注「亦作云」，「云」為《說文》「雲」字古文云。

【傳鈔古文《尚書》「雲」字構形異同表】

雲	戰國楚簡	石經	敦煌本	岩崎本b	神田本b	九條本	島田本b	內野本	上圖（元）	觀智院b	天理本	古梓堂b	足利本	上圖本（影）	上圖本（八）	古文尚書晁刻	書古文訓	尚書篇目
雲土夢作乂																	云	禹貢

678、夢

「夢」字在傳鈔古文《尚書》有下列不同字形：

（1）𡪌𡪌1𡪌𡪌2𡪌3𡪌4

《書古文訓》「夢」字或作𡪌𡪌1𡪌𡪌2，為《說文》𡪌部瘳字之隸定，瘳

而有覺也，从宀从𠬶夢聲，夕部「夢」：「不明也，从夕瞢省聲」，《九經字樣》
云：「『寤寐』見《周禮》，夢，不明也，今經典相承通用之。」寤爲「寤寐」
之本字，今乃假「夢」爲「寤」字。足利本、上圖本（影）或各作寤3寐4，
爲「寤」字之訛誤。

（2）号

足利本「夢」字或俗訛省作号。

【傳鈔古文《尚書》「夢」字構形異同表】

夢	戰國楚簡	石經	敦煌本	岩崎本	神田本b	九條本b	島田本b	內野本	上圖本（元）	觀智院b	天理本b	古梓堂b	足利本	上圖本（影）	上圖本（八）	古文尚書晁刻	書古文訓	尚書篇目
雲土夢作乂厥土惟塗泥								寤						寤	寐		寤	禹貢
高宗夢得說使百工營求諸野																	寤	說命上
夢帝賚予良弼其代予言													号				寤	說命上
天其以予乂民朕夢協朕卜																	寤	泰誓中

禹貢	戰國楚簡	漢石經	魏石經	敦煌本P3615	敦煌本P3615P3469	敦煌本P3469	敦煌本P5522	敦煌本P5522P4033	敦煌本P4033	敦煌本P4033P3628	敦煌本P3628P4874	敦煌本P5543	敦煌本P3169	敦煌本P2533	岩崎本	神田本	九條本	島田本	內野本	上圖本元	觀智院本	天理本	古梓堂	足利本	上圖本影	上圖本八	晁刻古文尚書	書古文訓	唐石經
厥貢羽毛齒革					氒貢羽毛齒革											年貢羽毛齒革				本貢羽毛齒革				武貢羽毛齒革	武貢羽毛齒革	武貢羽毛齒革	氒貢羽旄齒革	厥貢羽毛齒革	

679、杶

「杶榦栝柏」，《周禮・考工記》鄭玄注作：「荊州貢櫄？榦栝柏」，《釋文》：「杶，勑倫反，又作木熏。」《說文》木部「杶」字引「夏書曰杶榦栝柏」或體「木熏」从熏**檘**。

「杶」字在傳鈔古文《尚書》有下列不同字形：

（1）**柆**汗3.30**杻**1

《汗簡》錄《古尚書》「杶」字作：**柆**汗3.30，與《說文》木部「杶」字古文作**柆**同形，《書古文訓》隸定作杻1。黃錫全謂**柆**汗3.30由古「杶」形隸變，欒書缶「春」字作**義**，所从之「屯」**丸**形與**丸**類似〔註264〕。

（2）**柆**四1.33**枆**1

《古文四聲韻》錄《古尚書》「杶」字作：**柆**四1.33，岩崎本則訛作**枆**1，偏旁「屯」字訛與「毛」混同。

（3）**桃**

上圖本（八）「杶」字作**桃**，偏旁「屯」字訛與「兆」混同，乃「杶」字寫誤作「桃」。

〔註264〕參見：黃錫全，《汗簡注釋》，武漢：武漢大學出版社，1993，頁223。

【傳鈔古文《尚書》「杶」字構形異同表】

杶	傳抄古尚書文字 杶汗3.30 杶四1.33	戰國楚簡	石經	敦煌本	岩崎本	神田本b	九條本	島田本b	內野本	上圖（元）	觀智院b	天理本	古梓堂b	足利本	上圖本（影）	上圖本（八）	古文尚書晁刻	書古文訓	尚書篇目
杶樎栝柏				杶												桃		杻	禹貢

680、樎

「杶樎栝柏」，《漢書・地理志》「樎」字作「幹」，《釋文》：「樎，本又作幹」，《玉篇》「樎」、「幹」皆柯旦切，二字音同假借。

「樎」字在傳鈔古文《尚書》有下列不同字形：

（1）樎：樎

內野本「樎」字或作樎，右上「十」形直筆作「丶」。

（2）幹：幹1幹2幹3

上圖本（八）「樎」字霍作「幹」幹；上圖本（影）「樎」字或作幹1，岩崎本、九條本或變作幹2，敦煌本 P3871 變作幹3，皆「幹」字之訛變，此乃假「幹」爲「樎」字。

【傳鈔古文《尚書》「樎」字構形異同表】

樎	戰國楚簡	石經	敦煌本	岩崎本	神田本b	九條本	島田本b	內野本	上圖（元）	觀智院b	天理本	古梓堂b	足利本	上圖本（影）	上圖本（八）	古文尚書晁刻	書古文訓	尚書篇目
杶樎栝柏			幹					樎					幹	幹				禹貢
魯人三郊三遂峙乃楨樎			幹 P3871	幹	樎										幹			費誓

681、幹

「幹」字在傳鈔古文《尚書》有下列不同字形：

（1）幹1樎2

敦煌本 P2748「幹」字變作幹1，《書古文訓》作樎2，「幹」爲「樎」之假借。

【傳鈔古文《尚書》「幹」字構形異同表】

幹	戰國楚簡	石經	敦煌本	岩崎本b	神田本b	九條本	島田本b	內野本	上圖（元）	觀智院b	天理本	古梓堂b	足利本	上圖本（影）	上圖本（八）	古文尚書晃刻	書古文訓	尚書篇目
爾乃尚寧幹止			幹 P2748														榦	多士

682、栝

「栝」字《釋文》：「古活反」，孔〈傳〉：「柏葉松身曰栝」，《爾雅・釋木》：「檜，柏葉松身」，《說文》木部亦云：「檜，柏葉松身」，《詩・竹竿》毛傳亦云此，其《釋文》謂「檜，古活反」，是《尚書》此處「栝」與「檜」音義皆同。然《說文》木部「栝」字：「檃也，从木昏聲，一日矢栝築弦處」古活切，「栝」字：「炊竈木，从木舌聲」他念切，徐鉉謂「當从甘舌省乃得聲」，二字音義均異，而《玉篇》謂「栝」與「栝」同，《尚書隸古定釋文》卷4.4謂「蓋因隸變凡从昏者俱省从舌，遁捂涽語等字皆然，以致『栝』『栝』二字混用，並非『栝』可通於『栝』。」其說是也。

「栝」字在傳鈔古文《尚書》有下列不同字形：

（1）栝

「杶榦栝柏」「栝」字《周禮・考工記》鄭玄注作「栝」，《書古文訓》亦作栝，《集韻》入聲13末韻「檜」古作「栝」，「檜」、「栝」同屬見鈕月部，此乃假「栝」為「檜」。

【傳鈔古文《尚書》「栝」字構形異同表】

栝	戰國楚簡	石經	敦煌本	岩崎本b	神田本b	九條本	島田本b	內野本	上圖（元）	觀智院b	天理本	古梓堂b	足利本	上圖本（影）	上圖本（八）	古文尚書晃刻	書古文訓	尚書篇目
杶榦栝柏																	栝	禹貢

683、柏

「柏」字在傳鈔古文《尚書》有下列不同字形：

（1）栢

《玉篇》「檆」字下引「《書》曰『杶檆栝栢』」，日古寫本「柏」字多作栢，「柏」、「栢」爲聲符替換（參見＂伯＂字）。

柏	戰國楚簡	石經	敦煌本	岩崎本 神田本b	九條本 島田本b	內野本	上圖 （元）	觀智院 天理本	古梓堂本b	足利本	上圖本 （影）	上圖本 （八）	古文尚書晁刻	書古文訓	尚書篇目
杶檆栝柏			栢			栢					栢	栢	栢			禹貢
熊耳外方桐柏				栢							栢	栢	栢			禹貢

684、礪

「礪砥砮丹」，《漢書・地理志》「礪」字作「厲」，《撰異》謂「『厲』，唐石經作『礪』，俗字也，必衛包所改。」「礪」字《說文》列於石部新附，云：「經典通用『厲』」，「厂」，山石之厓巖，偏旁「厂」、「石」義類通同。

「礪」字在傳鈔古文《尚書》有下列不同字形：

（1）砅：砅砅砅

敦煌本 P2643、P2516、日諸古寫本、《書古文訓》「礪」字多作「砅」砅砅砅，《一切經音義》引尚書亦作「砅」，宋庠《國語補音》引古文尚書「若金用汝作砅」，《說文》水部「砅」：「履石渡水也。从水石。詩曰『深則砅』」今《毛詩》、《論語》所引皆作「厲」，「砅」、「厲」乃音同假借。《集韻》去聲 13 祭韻「砅」、「礪」、「厲」三字通用：「厲」字通作「礪」，又「砅」字「或从厲，通作『厲』」。《撰異》云：「詩云『深則砅』此正假『砅』爲『厲』，與〈禹貢〉『砅』爲『厲』正同，亦如假『妝』爲『好』、假『狟狟』爲『桓桓』、假『堋』爲『朋』」。

（2）礪：礪

敦煌本 P5522「礪」字作礪，从石从萬，「礪」與金文作「厲」字厲子仲匜同形，郭沫若謂此字即「厲」之繁文〔註265〕，「礪」字當由此隸變，按「礪」字从「厂」又从「石」則重複，作「礪」爲正。

〔註265〕轉引自：徐在國《隸定古文疏證》「厲」字條，頁 200（合肥：安徽大學出版社，2002）。

（3）砺：

足利本、上圖本（影）「礪」字或作「砺」，偏旁「厲」字偏旁「萬」作「万」。

【傳鈔古文《尚書》「礪」字構形異同表】

礪	戰國楚簡	石經	敦煌本	岩崎本	神田本b	九條本 島田本b	內野本	上圖（元） 觀智院b	天理本 古梓堂b	足利本	上圖本（影）	上圖本（八）	古文尚書晁刻	書古文訓	尚書篇目
礪砥砮丹			P5522	砅			砅			砅	砅			砅	禹貢
若金用汝作礪			砅 P2643 砅 P2516	砅			砺	砅		砺	砺			砅	說命上
礪乃鋒刃							砅	砅		砺	砺	砅		砅	費誓

685、砥

「砥」字在傳鈔古文《尚書》有下列不同字形：

（1）

足利本、上圖本（影）、上圖本（八）「砥」字作，其右上加一飾點。

（2）12

敦煌本 P5522「砥」字作1、岩崎本作2，其右從偏旁「氐」字之俗寫（參見"底""袛"字）。

（3）

《書古文訓》「砥」字作，其上為「砥」字，右從「氐」之俗寫，下形與「旨」字俗寫同形，當為累增聲符。

【傳鈔古文《尚書》「砥」字構形異同表】

砥	戰國楚簡	石經	敦煌本	岩崎本b／神田本b	九條本b／島田本b	內野本	上圖(元)／觀智院b／天理本b	古梓堂本b	足利本	上圖本(影)	上圖本(八)	古文尚書晁刻	書古文訓	尚書篇目
礪砥砮丹		石砥	砥 P5522						砥	砥	砥		晉	禹貢

禹貢	戰國楚簡	漢石經	魏石經	敦煌本 P3615 P3469	敦煌本 P3615 P3469	敦煌本 P3469	敦煌本 P5522	敦煌本 P5522 P4033	敦煌本 P4033	敦煌本 P4033 P3628	敦煌本 P3628 P4874	敦煌本 P3628	敦煌本 P5543	敦煌本 P3169	敦煌本 P2533	岩崎本	神田本	九條本	島田本	內野本	上圖本元	觀智院本	天理本	古梓堂	足利本	上圖本影	上圖本八	晁刻古文尚書	書古文訓	唐石經
惟箘簬楛三邦底貢厥名							底簬乎名										惟箘簬楛三邦底座貢乎名			惟箘簬楛三邦底座貢夲名					惟箘簬楛三邦底貢夫名	惟箘簬楛三邦底貢夫名	惟箘簬楛三邦底貢夫名	惟箘簬楛三邦底貢夫名	惟箟簬枯弍曽底貢夫名	惟箘簬楛三邦底貢厥名
包匭菁茅厥篚玄纁璣組							菁茅社										璣組			包匭菁茅武篚玄纁璣組					包匭菁茅式篚玄纁璣組	包匭菁茅式篚玄纁璣組	包匭菁茅式篚玄纁璣組	包匭菁茅式篚玄纁璣組	苞匭菁茅厥篚玄纁璣組	

686、箘

（1）[古文]汗2.21 [古文]四3.14 箟

　　《汗簡》、《古文四聲韻》錄《古尚書》「箘」字作：[古文]汗2.21[古文]四3.14，《書古文訓》作箟為此形之隸定，《箋正》云：「此漢世『箘』之別體。東方朔〈七諫〉『菎蕗雜於廳蒸』，嚴夫子〈哀時命〉作『箟簬雜於廳蒸』。『箟簬』即《書》『箘簬』，或从艸者，隸寫艸竹偏旁多混也。」宋玉〈招魂〉「菎蔽象棋有六簙」王逸沣：「菎，玉也。蔽，簙箸以玉飾之。或言菎蕗，今之箭囊也。」《說文》

「篋」字下云「一曰博棊」。由上可知篋、箟（或作茛）二字通用，困，溪紐文部，昆，見紐文部，「篋」作「箟」爲聲符替換。

（2）箘₁菌₂

上圖本（影）「箘」字作箘₁，岩崎本「箘」字作菌₂，偏旁「竹」字作「艸」，又其中「禾」俗混作「木」。

【傳鈔古文《尚書》「箘」字構形異同表】

箘	傳抄古尚書文字 茣 汗2.21 茮 四3.14	戰國楚簡	石經	敦煌本	岩崎本	神田本b	九條本	島田本b	內野本	上圖（元）	觀智院b	天理本	古梓堂b	足利本	上圖本（影）	上圖本（八）	古文尚書晁刻	書古文訓	尚書篇目
	惟箘簵楛				菌										箘	箘		箟	禹貢

687、簵

「簵」字在傳鈔古文《尚書》有下列不同字形：

（1）簵

「簵」字，今本尚書、日諸古寫本、《書古文訓》皆同作簵簵，亦與《說文》竹部「簵」字古文从輅作簵同，其下引「夏書曰惟箘簵楛」「簵」字作「簵」，木部「枯」字引作「夏書曰唯箘輅枯」則作「輅」。路、輅同屬來紐鐸部，「簵」作「簵」爲聲符替換，作「輅」字則爲假借。

【傳鈔古文《尚書》「簵」字構形異同表】

簵	戰國楚簡	石經	敦煌本	岩崎本	神田本b	九條本	島田本b	內野本	上圖（元）	觀智院b	天理本	古梓堂b	足利本	上圖本（影）	上圖本（八）	古文尚書晁刻	書古文訓	尚書篇目
惟箘簵楛				簵			簵						簵	簵	簵		簵	禹貢

688、楛

「楛」字在傳鈔古文《尚書》有下列不同字形：

（1）枯

《釋文》：「楛，音戶」，《說文》竹部「簵」字下引〈夏書〉亦作「楛」，《書

古文訓》作「枯」，同於木部「枯」字引作「夏書曰唯箘輅枯」。《撰異》以《儀禮·鄉涉禮》、《考工記》鄭注、《說文》木部皆引作「枯」，謂「許、鄭所據古文尚書皆作『枯』」。

【傳鈔古文《尚書》「楛」字構形異同表】

楛	戰國楚簡	石經	敦煌本	岩崎本	神田本b	九條本	島田本b	內野本	上圖（元）	觀智院b	天理本	古梓堂b	足利本	上圖本（影）	上圖本（八）	古文尚書晁刻	書古文訓	尚書篇目
惟箘簵楛																	枯	禹貢

689、貢

「貢」字在傳鈔古文《尚書》有下列不同字形：

（1）𧸇

「三邦底貢厥名」「貢」字敦煌本 P5522 作𧸇，乃「貢」字之假借。

【傳鈔古文《尚書》「貢」字構形異同表】

貢	戰國楚簡	石經	敦煌本	岩崎本	神田本b	九條本	島田本b	內野本	上圖（元）	觀智院b	天理本	古梓堂b	足利本	上圖本（影）	上圖本（八）	古文尚書晁刻	書古文訓	尚書篇目
三邦底貢厥名			𧸇 P5522															禹貢

690、甌

「甌」字在傳鈔古文《尚書》有下列不同字形：

（1）甌簋.汗5.69 甌簋.四3.6 甌1

《汗簡》錄《古尚書》「簋」字作甌簋.汗5.69、《古文四聲韻》錄此形作「甌」字：甌簋.四3.6，「甌」字為《說文》竹部「簋」字古文或體甌，从匚軌聲。足利本、上圖本（八）「甌」字作甌1，所从「九」訛與「几」混同。

（2）甌簋.汗5.69 甌簋.四3.6

《汗簡》、《古文四聲韻》、錄《古尚書》「簋」字作：甌簋.汗5.69 甌簋.四3.6，同形於《說文》「簋」字古文甌，从匚飢，段玉裁改作「从匚从食九聲」，金

文从皀作：明令簋 明毛公旅鼎 明獻簋 明彔簋 明伯簋 明格伯簋，或从食作：餃敔簋 餃伯簋 餃函皇父簋，或省變作：創霝簋，古文画簋.汗5.69 画簋.四3.6 画說文匚內所從之形當由此變來，亦即由从食之「皀」（簋）字 餃 形省變〔註266〕。

（3）匭

《書古文訓》「匭」字作匭，為古文画汗5.69 画四3.6 画說文隸古定訛變。

【傳鈔古文《尚書》「匭」字構形異同表】

傳抄古尚書文字 匭 画簋.汗5.69 画簋 画匭.四3.6	戰國楚簡	石經	敦煌本	岩崎本b	神田本b	九條本	島田本b	內野本	上圖（元）	觀智院b	天理本	古梓堂b	足利本	上圖本（影）	上圖本（八）	古文尚書晁刻	書古文訓	尚書篇目
包匭菁茅														匭	匭		匭	禹貢

691、茅

「茅」字在傳鈔古文《尚書》有下列不同字形：

（1）茆

足利本、上圖本（影）「茅」字作茆，其下从「卯」，此為「茆」字，乃假「茆」為「茅」。

【傳鈔古文《尚書》「茅」字構形異同表】

茅	戰國楚簡	石經	敦煌本	岩崎本b	神田本b	九條本	島田本b	內野本	上圖（元）	觀智院b	天理本	古梓堂b	足利本	上圖本（影）	上圖本（八）	古文尚書晁刻	書古文訓	尚書篇目
包匭菁茅								菁					茆	茆	茅			禹貢

〔註266〕參見：黃錫全，《汗簡注釋》，武漢：武漢大學出版社，1993，頁 436。又朱德熙謂画所从飢可能是「飢」字之誤，「飢可能是『餃』的簡化形式，即省去了『攴』字所从的『又』」（朱德熙，《朱德熙古文字論集》，北京：中華書局，1995，頁 163）。

唐石經	書古文訓	晁刻古文尚書	上圖本八	上圖本影	足利本	古梓堂	天理本	觀智院本	上圖本元	內野本	島田本	九條本	神田本	岩崎本	敦煌本P2533	敦煌本P3169	敦煌本P5543	敦煌本P3628P4874	敦煌本P4033P3628	敦煌本P4033	敦煌本P5522P4033	敦煌本P5522	敦煌本P3469	敦煌本P3615P3469	魏石經	漢石經	戰國楚簡	禹貢
九江納錫大龜浮于江沱潛漢	九江納錫大龜浮于江沱潛漢	九江內錫大龜浮于江沱潛漢	九江納錫大龜浮于江沱潛漢	九江納錫大龜浮于江沱潛漢	九江納錫大龜浮于江沱潛漢				九江納錫大龜浮于江沱潛漢	九江納錫大龜浮于江沱潛漢		九江納錫大龜浮于江沱潛漢									九江納錫大龜浮于江沱潛于漢							九江納錫大龜浮于江沱潛漢
逾于洛至于南河荊河惟豫州	俞于洛至于南河荊河惟豫州	逾于洛至于南河荊河惟豫州	逾于洛至于南河荊河惟豫州	逾于洛至于南河荊河惟豫州	逾于洛至于南河荊河惟豫州				逾于洛至于南河荊河惟豫州	逾于洛至于南河荊河惟豫州		逾于洛至于南河荊河惟豫州									逾于洛荊河惟豫州							逾于洛至于南河荊河惟豫州

692、逾

「逾」字在傳鈔古文《尚書》有下列不同字形：

（1）俞

「逾」字《史記・夏本紀》作「踰」，偏旁「辵」、「足」相通。《書古文訓》〈武成〉「既戊午師逾孟津」、〈顧命〉「無敢昏逾」作俞，乃以聲符「俞」爲「逾」字。

【傳鈔古文《尚書》「逾」字構形異同表】

逾	戰國楚簡	石經	敦煌本	岩崎本b	神田本b	九條本	島田本b	內野本	上圖（元）	觀智院b	天理本b	古梓堂b	足利本	上圖本（影）	上圖本（八）	古文尚書晁刻	書古文訓	尚書篇目
逾于洛至于南河			逾															禹貢

浮于潛逾于沔					⟨逾⟩						禹貢
逾于河壺口雷首						⟨逾⟩					禹貢
既戊午師逾孟津										⟨俞⟩	武成
無敢昏逾										⟨俞⟩	顧命
我心之憂日月逾邁若弗云來						⟨逾⟩					秦誓

693、洛

「洛」字《史記・夏本紀》作「雒」，《撰異》謂「凡〈禹貢〉『雒』字今本皆改爲『洛』，此衛包所爲也，今更正。兩漢人書『洛』通作『雒』，其或作『洛』者轉寫改之」魏黃元初年以五行說改「雒」爲「洛」。雍州洛水、豫州雒水其字分別，如《漢書・郊祀志》「汧洛」從水，「成王郊於雒邑」、「周公加牲告徙新邑定郊禮於雒」則從隹。〈禹貢〉言「洛」者皆豫州雒水，尙書有豫水無雍水，《廣韻》引《書》「導洛自熊耳」云：「《漢書》作『雒』」，是其古本作「雒」。《隸釋》錄漢石經尙書殘碑〈多士〉二見「洛」字皆作「雒」，《撰異》謂「此必伏生壁藏之本固爾」《周禮》鄭注引〈召誥〉「太保朝至于洛」「乃以庶殷攻位于洛汭」「洛」字亦作「雒」，是今文、古文尙書本皆作「雒」。

「洛」字在傳鈔古文《尙書》有下列不同字形：

（1）**㲺**汗5.61 **㲺**四5.24 **㴑㴑㴑**₁ **㴑**₂ **㴑**₃ **㴑**₄

《汗簡》、《古文四聲韻》錄《古尙書》「洛」字作：**㲺**汗5.61 **㲺**四5.24，移「水」於下，相類於「海」字又作**㴋**汗5.61古尙書，「澤」字又作**㴡**魏三體，鄂君啓舟節「漢」字作**㶊**鄂君啓舟節、「湘」字作**㵼**鄂君啓舟節等。

敦煌本尙書寫本、日諸古寫本、《書古文訓》「洛」字多作**㴑㴑㴑**₁，與傳抄《古尙書》「洛」字同形。上圖本（八）或作**㴑**₂，偏旁「水」字訛與「木」混同，或作**㴑**₃，其上所從「各」訛作「谷」；九條本或作**㴑**₄，所從「各」訛省口。

（2）**雒**隸釋

《隸釋》錄漢石經尙書〈多士〉「洛」字作「雒」**雒**。

【傳鈔古文《尚書》「洛」字構形異同表】

傳抄古尚書文字 洛 汗5.61 四5.24	戰國楚簡	石經	敦煌本	岩崎本b 神田本b	九條本 島田本b	內野本	上圖(元) 觀智院b 天理本 古梓堂b	足利本	上圖本(影)	上圖本(八)	古文尚書晁刻	書古文訓	尚書篇目
逾于洛至于南河			〔洛〕P5522		〔洛〕	〔洛〕		〔洛〕	〔洛〕	〔洛〕		〔洛〕	禹貢
伊洛瀍澗既入于河					〔洛〕	〔洛〕		〔洛〕	〔洛〕	〔洛〕		〔洛〕	禹貢
錫貢磬錯浮于洛達于河			〔洛〕P3169		〔洛〕	〔洛〕		〔洛〕	〔洛〕	〔洛〕		〔洛〕	禹貢
須于洛汭作五子之歌			〔洛〕P2533		〔洛〕	〔洛〕		〔洛〕	〔洛〕	〔洛〕		〔洛〕	五子之歌
畋于有洛之表十旬弗反						〔洛〕		〔洛〕	〔洛〕	〔洛〕		〔洛〕	五子之歌
作新大邑于東國洛						〔洛〕				〔洛〕		〔洛〕	康誥
成王在豐欲宅洛邑						〔洛〕	〔洛〕		〔洛〕			〔洛〕	召誥
太保朝至于洛						〔洛〕	〔洛〕					〔洛〕	召誥
乃以庶殷攻位于洛汭						〔洛〕	〔洛〕		〔洛〕	〔洛〕		〔洛〕	召誥
若翼日乙卯周公朝至于洛則達觀于新邑營						〔洛〕	✓		✓			〔洛〕	召誥
使來告卜作洛誥						〔洛〕				〔洛〕		〔洛〕	洛誥
朝至于洛師						〔洛〕				〔洛〕		〔洛〕	洛誥
我乃卜澗水東瀍水西惟洛食						✓				〔洛〕		〔洛〕	洛誥
惟三月周公初于新邑洛						〔洛〕				〔洛〕		〔洛〕	多士
今朕作大邑于茲洛		雒 隸釋 P2748	〔洛〕P2748			〔洛〕				〔洛〕		〔洛〕	多士
爾厥有幹有年于茲洛		雒 隸釋 P2748	〔洛〕P2748			〔洛〕				〔洛〕		〔洛〕	多士
爾乃自時洛邑			〔洛〕S2074		〔洛〕	〔洛〕				〔洛〕		〔洛〕	多方
愍殷頑民遷于洛邑					〔洛〕	〔洛〕				〔洛〕		〔洛〕	畢命

694、伊

「伊」字在傳鈔古文《尚書》有下列不同字形：

（1）𤕣魏三體𦦗𦦗₁𦦗₂𦦗₃𦦗₄𦦗𦦗₅

「伊」字魏三體石經〈文侯之命〉古文作𤕣魏三體，與《說文》古文从死作𦦗同形，《書古文訓》或作此形之隸古定：𦦗𦦗₁，或隸古定訛變作𦦗₂𦦗₃𦦗₄𦦗𦦗₅等形。

【傳鈔古文《尚書》「伊」字構形異同表】

伊	戰國楚簡	石經	敦煌本	岩崎本	神田本b	九條本	島田本b	內野本	上圖（元）	觀智院b	天理本	古梓堂b	足利本	上圖本（影）	上圖本（八）	古文尚書晁刻	書古文訓	尚書篇目
伊洛瀍澗既入于河																	伊	禹貢
伊尹去亳適夏既醜有夏																	𦦗	胤征
伊尹相湯伐桀升自陑																	𦦗	湯誓
伊尹作伊訓肆命徂后																	𦦗	伊訓
伊尹祠于先王																	𦦗	伊訓
伊尹乃明言烈祖之成德以訓于王																	𦦗	伊訓
伊尹作書																	𦦗	太甲上
伊尹作咸有一德																	𦦗	咸有一德
伊尹既復政厥辟將告歸																	𦦗	咸有一德
沃丁既葬伊尹于亳																	𦦗	咸有一德
伊陟相大戊亳有祥桑穀共生于朝																	𦦗	咸有一德
周人乘黎祖伊恐										伊〔註267〕							𦦗	西伯戡黎

〔註267〕上圖本（元）〈西伯戡黎〉「祖伊」作「伊尹」。

西伯既戡黎祖伊恐奔告于王						伊〔註268〕				𠨄	西伯戡黎
時則有若伊尹格于皇天										勛	君奭
則有若伊陟臣扈										勛	君奭
惟祖惟父其伊恤朕躬	㒸 魏									𣃡	文侯之命

禹貢	戰國楚簡	漢石經	魏石經	敦煌本 P3615·P3469	敦煌本 P3615·P3469	敦煌本 P3469	敦煌本 P5522	敦煌本 P5522·P4033	敦煌本 P4033	敦煌本 P4033·P3628	敦煌本 P3628·P4874	敦煌本 P5543	敦煌本 P3169	敦煌本 P2533	岩崎本	神田本	九條本	島田本	內野本	上圖本元	觀智院本	天理本	古梓堂	足利本	上圖本影	上圖本八	晁刻古文尚書	書古文訓	唐石經
伊洛瀍澗既入于河			河														伊洛瀍澗旡於于河		伊洛瀍澗旡入于河							伊洛瀍澗旡入于河州	伊洛瀍澗旡入于河	伊洛瀍澗既入于河	伊洛瀍澗既入于河
滎波既豬導菏澤被孟豬				道菏澤被盟豬													滎波既豬道菏澤被明豬		滎波旡豬導菏澤被孟豬							滎波旡豬道菏澤被孟豬	滎波旡豬道菏澤被孟豬	滎波既豬道菏澤被盟豬	滎波既豬導菏澤被孟豬

695、瀍

「瀍」字《說文》所無，江聲謂「廛，直然反，俗加水旁非，《說文》水部無有，淮南本經訓云：『導廛澗』則『廛』水之『廛』不從水。」

「瀍」字在傳鈔古文《尚書》有下列不同字形：

（1）㰆浬

敦煌本 P2748、九條本、《書古文訓》「瀍」字作㰆浬，「厘」為「廛」之省形，《說文》广部「廛」字从广里八土，《集韻》平聲三2僊韻「廛」字或作

〔註268〕同前註。

「厘」。偏旁「壓」字俗多作「厘」，如《廣韻》「纏」字俗作「緾」下云：「餘皆仿此」，唐碑「纏」、「瀍」、「躔」字旁多有從「厘」者〔註269〕。

（2）瀍

內野本、足利本、上圖本（影）、上圖本（八）「瀍」字或訛作瀍，其偏旁「壓」與壓漢石經魯詩殘碑相類，右下形與「墨」混同。

【傳鈔古文《尚書》「瀍」字構形異同表】

瀍	戰國楚簡	石經	敦煌本	岩崎本	神田本b	九條本	島田本b	內野本	上圖（元）	觀智院b	天理本	古梓堂b	足利本	上圖本（影）	上圖本（八）	古文尚書晁刻	書古文訓	尚書篇目
伊洛瀍澗既入于河								瀍						瀍	瀍	瀍	瀍	禹貢
入于河導洛自熊耳東北會于澗瀍								瀍						瀍	瀍	瀍	瀍	禹貢
我乃卜澗水東瀍水西惟洛食		瀍 P2748						瀍						瀍	瀍	瀍	瀍	洛誥
我又卜瀍水東亦惟洛食		瀍 P2748						瀍						瀍	瀍	瀍	瀍	洛誥

696、澗

「澗」字在傳鈔古文《尚書》有下列不同字形：

（1）潤

《書古文訓》「澗」字從「閒」作潤，「閒」與「間」通同（參見“間”字）。

【傳鈔古文《尚書》「澗」字構形異同表】

澗	戰國楚簡	石經	敦煌本	岩崎本	神田本b	九條本	島田本b	內野本	上圖（元）	觀智院b	天理本	古梓堂b	足利本	上圖本（影）	上圖本（八）	古文尚書晁刻	書古文訓	尚書篇目
伊洛瀍澗既入于河														澗	澗			禹貢
東北會于澗瀍														澗	澗			禹貢
我乃卜澗水東瀍水西惟洛食														澗	澗	澗	潤	洛誥

〔註269〕參見《尚書隸古定釋文》卷4.4，劉世珩輯，《聚學軒叢書》7，台北：藝文印書館。

697、榮

「滎波既豬」，《史記・夏本紀》作「滎播既都」，〈索隱〉謂：「古文尙書作『滎波』，此及今文並云『滎播』。『播』是水播溢之義。『滎』是澤名，故《左傳》云『狄及衞戰於滎澤』。鄭玄云：『今塞爲平地，滎陽人猶謂其處爲滎播』」。

「滎」字在傳鈔古文《尙書》有下列不同字形：

（1）熒：

敦煌本 P3169、九條本「滎」字作，與《撰異》謂「熒澤字古皆从火不从水」相合，乃衞包妄改「熒」作「滎」，《玉篇》焱部「熒」字下云「亦熒陽縣」，漢韓勅後碑、劉寬碑陰等均从火作「熒陽」。《說文》水部「滎」：「絕小水也，从水熒省聲」，《撰異》引證高誘注《淮南》毎云：「熒，惑也，沛水出沒不常，故取名曰『熒』」於「絕小水」之義無涉。

（2）榮：

內野本、上圖本（影）「滎」字作，偏旁「水」字與「木」寫混，如「滎」字居延簡作居延簡乙 131.18，與「榮」字混同。

【傳鈔古文《尙書》「滎」字構形異同表】

滎	戰國楚簡	石經	敦煌本	岩崎本 b	神田本 b	島田本 b 九條本	內野本	上圖（元）b 上圖	觀智院 b	天理本 b	古梓堂 b	足利本	上圖本（影）	上圖本（八）	古文尚書晁刻	書古文訓	尚書篇目
滎波既豬			熒 P3169			榮	榮						榮				禹貢
入于河溢爲滎						熒							榮				禹貢

698、波

「波」字在傳鈔古文《尙書》有下列不同字形：

（1）播

「波」字《釋文》云：「波，如字，馬本作『播』。『滎播』，澤名」，《撰異》謂「『播』古文尙書、今文尙書並同，惟僞孔古文尙書本作『波』。……《正義》曰：『馬鄭王本皆作熒播，謂此澤名』」。陳喬樅《經說考》云：「《漢書》作『波』，即『潘』之假借。……《說文》作『潘』、《史記》作『播』、《漢書》作『波』，

疑皆三家尙書之異文。」《周禮・職方氏》「其浸波溠」鄭玄注云：「波讀爲播。〈禹貢〉曰『滎播既都』〈賈疏〉謂「〈禹貢〉有『播水』，無『波』」，「播」爲水名，《說文》水部「潘」：「水名，在河南滎揚」，皮錫瑞《考證》謂「播水蓋即潘水」。潘、播、波同音通用，「滎澤」又稱滎播、滎潘、滎波〔註270〕。《書古文訓》作𤃃，爲「播」字之假借。

【傳鈔古文《尚書》「波」字構形異同表】

波	戰國楚簡	石經	敦煌本	岩崎本	神田本b	九條本	島田本b	內野本	上圖（元）	觀智院b	天理本	古梓堂b	足利本	上圖本（影）	上圖本（八）	古文尚書晁刻	書古文訓	尚書篇目
滎波既豬																	𤃃	禹貢

699、菏

「菏」字在傳鈔古文《尙書》有下列不同字形：

（1）荷荷

「導菏澤」，《史記・夏本紀》、《漢書・地理志》皆作「道荷澤」，《五經文字》水部曰：「『菏』見夏書，古本亦作『荷』」。敦煌本 P3169、九條本、內野本、足利本、上圖本（影）、上圖本（八）均作荷荷，皆假「荷」爲「菏」字，足利本旁注「菏」字荷菏。

【傳鈔古文《尚書》「菏」字構形異同表】

菏	戰國楚簡	石經	敦煌本	岩崎本	神田本b	九條本	島田本b	內野本	上圖（元）	觀智院b	天理本	古梓堂b	足利本	上圖本（影）	上圖本（八）	古文尚書晁刻	書古文訓	尚書篇目
導菏澤被孟豬			荷 P3169			荷	荷						荷		荷			禹貢
又東至于菏						荷	荷						荷	荷	荷			禹貢

700、孟

「孟豬」，《史記・夏本紀》作「明都」，《漢書・地理志》作「盟豬」，《尙

〔註270〕參見顧頡剛、劉起釪著，《尙書校釋譯論》，北京：中華，2005，頁 676。

書大傳》作「孟諸」,《史記·索隱》云:「明都音『孟豬』。孟豬澤在梁國睢陽縣東北。《爾雅》、《左傳》(僖公 28 年)謂之『孟諸』,今文亦爲然,惟《周禮》(職方)稱『望諸』,皆此地之一名也。」《撰異》謂「明、盟、孟、望古音皆讀如『盲』,在第十部。諸、豬、都古音皆在今之九魚,在第五部,皆同音通用」。

「孟」字在傳鈔古文《尚書》有下列不同字形:

（1）孟:盂1孟2孟3

敦煌本 P3752「孟」字作盂1,其上所從「子」隸變省訛作「口」,漢代作孟漢帛書老子甲後 237、孟馬王堆.易 8 形;上圖本 (八) 或作孟2,所從「子」訛作作「又」;九條本或又省訛作孟3。

（2）𠇷

敦煌本 P2533〈胤征〉「每歲孟春」「孟」字作𠇷,爲《說文》古文作𠇷之隸古定訛變。

（3）盟:盟1盟2盟3盟4

除〈胤征〉「每歲孟春」之外「孟豬」、「孟津」、「孟侯」《書古文訓》「孟」字均作盟1,爲《說文》「盟」字篆文盟之隸定,敦煌本 P5522、P3169 亦作「盟」盟2,S799 作盟3,右上所從「月」與其左「日」形相涉而混同,岩崎本作盟4,則其左「日」形多一畫作「目」,「月」與之相涉形亦似「目」。

（4）明:明

九條本〈禹貢〉「導菏澤被孟豬」「孟」字作「明」明,偏旁「日」混作「目」,明、盟同音通用。

【傳鈔古文《尚書》「孟」字構形異同表】

孟	戰國楚簡	石經	敦煌本	岩崎本	神田本b	九條本	島田本b	內野本	上圖 (元)	觀智院b	天理本	古梓堂b	足利本	上圖本 (影)	上圖本 (八)	古文尚書晁刻	書古文訓	尚書篇目
導菏澤被孟豬			盟 P5522 盟 P3169			明											盟	禹貢
又東至于孟津						孟											盟	禹貢

經文	敦煌等本			足利等本	書古文訓	篇名
每歲孟春		宋 盂 P2533 P3752				胤征
師渡孟津作泰誓三篇		盟			盟	泰誓上
大會于孟津		盟盟			盟	泰誓上
既戊午師逾孟津	盟 S799	盟			盟	武成
孟侯朕其弟小子封				孟	盟	康誥

禹貢	戰國楚簡	漢石經	魏石經	敦煌本P3615 P3469	敦煌本P3469	敦煌本P5522	敦煌本P5522 P4033	敦煌本P4033 P3628	敦煌本P3628 P5543 P4874	敦煌本P3169 P2533	岩崎本	神田本	九條本	島田本	內野本	上圖本元	觀智院本	天理本	古梓堂	足利本	上圖本影	上圖本八	晁刻古文尚書	書古文訓	唐石經
厥土惟壤下土墳壚						壤下土墳壚							厥土惟壤下土墳壚		厥土惟壤下土墳壚					厥土惟壤下土墳壚	厥土惟壤下土墳壚	厥土惟壤下土墳壚	厥土惟壤下土墳壚	厥土惟壤下土墳壚	厥土惟壤下土墳壚
厥田惟中上厥賦錯上中						厥田							厥田惟中上厥賦錯上中		厥田惟中上厥賦錯上中					厥田惟中上厥賦錯上中	厥田惟中上厥賦錯上中	厥田惟中上厥賦錯上中	厥田惟中上厥賦錯上中	厥田惟中上厥賦錯上中	厥田惟中上厥賦錯上中
厥貢漆枲絺紵厥篚纖纊						厥貢漆枲絺紵厥篚纖纊							厥貢漆枲絺紵厥篚纖纊		厥貢漆枲絺紵厥篚纖纊					厥貢漆枲絺紵厥篚纖纊	厥貢漆枲絺紵厥篚纖纊	厥貢漆枲絺紵厥篚纖纊	厥貢漆枲絺紵厥篚纖纊	厥貢漆枲絺紵厥篚纖纊	厥貢漆枲絺紵厥篚纖纊

701、紵

「紵」字在傳鈔古文《尚書》有下列不同字形：

（1）𡨁

敦煌本 P5522「紵」字作𡨁，偏旁「宁」字多一點，訛與「守」混同。

【傳鈔古文《尚書》「紵」字構形異同表】

紵	戰國楚簡	石經	敦煌本	岩崎本神田本b	九條本島田本b	內野本	上圖（元）	觀智院b	天理本	古梓堂本	足利本	上圖本（影）	上圖本（八）	古文尚書晁刻	書古文訓	尚書篇目
厥貢漆枲絺紵			𡨁 P5522 紵 P3169		紵	紵						絺	紵	紵		紵	禹貢

702、岷

「岷嶓」、「岷山之陽」、「岷山導江」《史記・夏本紀》「岷」字皆作「汶」，〈索隱〉云：「汶，一作『嶓』，又作『岐』。」〈封禪書〉一曰『瀆』，在蜀郡湔氐道西徼」〈封禪書〉「瀆山，蜀之汶山也」是漢人呼爲「汶山」。《說文》山部「嶅」字：「山在蜀湔氐西徼外」，水部「江」字：「水出蜀湔氐西徼外嶓山入海」，《撰異》謂「『岷』俗字，當依《說文》作『嶅』，或省作『嶓』，〈夏本紀〉作『汶』……玉裁按此蓋古文尚書作『嶅』，今文尚書作『汶』也」。

「岷」字在傳鈔古文《尚書》有下列不同字形：

（1）汶

《書古文訓》「岷嶓」「岷」字作「汶」，與《史記・夏本紀》相合，乃漢時作「汶」字，《撰異》謂「必以伏生尚書字正作『汶』」。「汶」古讀重脣音，與「岷」同聲，二字通用，「汶」爲「岷」字之假借。

（2）岷岷

九條本、足利本、上圖本（影）、上圖本（八）「岷」字或作岷岷，右上多一飾點。

（3）嶓₁岳₂𡸣₃

《書古文訓》「岷山之陽」、「岷山導江」、上圖本（八）「岷山之陽」「岷」字作嶓₁，內野本「岷山之陽」、「岷山導江」、上圖本（八）「岷山導江」作岳₂，皆爲「嶅」字之省形；敦煌本 P4033「岷山之陽」「岷」字作𡸣₃，復移山於上。

（4）峨

上圖本（影）「岷山導江」「岷」字作峨，偏旁「民」字訛作「我」，乃由（2）岷訛變，誤作「峨」字。

【傳鈔古文《尚書》「岷」字構形異同表】

岷	戰國楚簡	石經	敦煌本	岩崎本b	神田本b	九條本b	島田本b	內野本	上圖（元）	觀智院b	天理本	古梓堂b	足利本	上圖本（影）	上圖本（八）	古文尚書晁刻	古文尚書訓	書古文訓	尚書篇目
岷嶓既藝			山民 P3169				岷						岷	岷	岷			汶	禹貢
岷山之陽			嶽 P4033				岷	嶓					岷	岷	嶓			嶓	禹貢
岷山導江			岷				岷	峨					岷	峨	嶓			嶓	禹貢

禹貢	戰國楚簡	漢石經	魏石經	敦煌本 P3615 P3469	敦煌本 P3615 P3469	敦煌本 P3469	敦煌本 P5522	敦煌本 P5522 P4033	敦煌本 P4033	敦煌本 P4033 P3628	敦煌本 P3628 P4874	敦煌本 P3628 P5543	敦煌本 P3169	敦煌本 P2533	岩崎本	神田本	九條本	島田本	內野本	上圖本元	上圖本	觀智院本	天理本	古梓堂	足利本	上圖本影	上圖本八	晁刻古文尚書	書古文訓	唐石經
錫貢磬錯浮于洛達于河									錫貢磬錯 浮于象達于河			錫貢磬錯 浮于象達于河	錫貢磬錯 浮于象達于河					錫貢磬錯 浮于象達于河	錫貢磬錯 浮亏象達亏河	錫貢磬錯 浮亏象達于河				錫貢磬錯 浮于象達于河	錫貢磬錯 浮亏象達亏河		錫貢磬錯 浮亏象達亏河	錫貢磬錯淨亏象達亏河	錫貢磬錯浮于洛達于河
華陽黑水惟梁州岷嶓既藝									華陽黑水惟梁州 岷嶓无藝			華陽黑水惟梁州 岷嶓无藝	華陽黑水惟梁州 岷嶓无藝					華陽黑水惟梁州 岷嶓无藝	華陽黑水惟梁州 岷嶓无藝	華陽黑水惟梁州 岷嶓无藝				華陽黑水惟梁州 岷嶓无藝	華陽黑水惟梁州 岷嶓无藝		華陽黑水惟梁州岷嶓无藝	華陽黑水惟梁州岷嶓既藝

沱潛既道蔡蒙旅平和夷底績	沱潛尢道蔡蒙崈平味尼底績	沱潛尢道蔡蒙崈平味尼底	沱潛尢道蔡蒙崈平味尼底績	沱潛尢道蔡蒙崈平味尼底績	沱涔尢衙蔡蒙崈平味尼底績
厥土青黎厥田惟下上厥賦下中三錯	厥土青黎厥田惟下上厥賦下中三錯	厥土青黎厥田惟下上厥賦下中三錯	厥土青黎厥田惟下上厥賦下中三錯	厥土青黎厥田惟下上厥賦下中三錯	厥土青黎厥田惟下上厥賦下中三錯
厥貢璆鐵銀鏤砮磬熊羆狐狸織皮	厥貢璆鐵銀鏤砮磬熊羆狐狸織皮	厥貢璆鐵銀鏤砮磬熊羆狐狸織皮	厥貢璆鐵銀鏤砮磬熊羆狐狸織皮	厥貢璆鐵銀鏤砮磬熊羆狐狸織皮	厥貢璆鐵銀鏤砮磬熊羆狐狸織皮

703、璆

「厥貢璆鐵銀鏤砮磬」，《史記・集解》引鄭玄曰：「黃金之美者謂之鏐。」《釋文》云：「璆，音虯，又居虯反，又閭幼反，馬同，韋昭、郭樸云『紫磨金』。案郭注《爾雅》璆即紫磨金。」《撰異》「璆」字作「鏐」謂「美玉之字从玉作

『璆』，紫磨金之字从玉作『鏐』，不能混一。……《釋文》『馬同』之下當亦有『鄭作鏐』三字。……按郭注《爾雅》鏐即紫磨金。蓋引韋昭者，以其注〈地理志〉即注〈禹貢〉也。故又引郭注《爾雅》證之，如此乃爲通貫。馬本作『璆』，孔同；鄭本作『鏐』，韋昭《漢書》同。……今從鄭作『鏐』，韋昭《漢書》作『鏐』，疑《史記》亦本作『鏐』，蓋本今文尚書，而古文尚書則作『璆』。馬不改字，鄭則依今文讀『璆』爲『鏐』」。

「璆」字在傳鈔古文《尚書》有下列不同字形：

（1）璆1 璆2 璆3

今寫本皆作「璆」，此處當爲「鏐」之假借字：敦煌本 P3169 作璆1，與璆華山廟碑同形，「彡」形多隸變俗作「介」形，如「瘳」字作瘵曹全碑，「殄」字作歺介度尚碑 歺介孔𪘌碑，九條本作璆2，右下訛多一點；上圖本（影）作璆3，右下訛作「久」形。

【傳鈔古文《尚書》「璆」字構形異同表】

璆	戰國楚簡	石經	敦煌本	岩崎本	神田本b	九條本	島田本b	內野本	上圖（元）	觀智院b	天理本	古梓堂b	足利本	上圖本（影）	上圖本（八）	古文尚書晁刻	書古文訓	尚書篇目
厥貢璆鐵銀鏤砮磬			璆 P3169			璆		璆						璆	璆	璆		禹貢

704、鐵

「鐵」字在傳鈔古文《尚書》有下列不同字形：

（1）鐵

內野本、足利本、上圖本（影）、上圖本（八）「鐵」字作鐵，其中下形訛作「豆」，漢簡隸變作鐵流沙簡.屯戍 14.13，「弋」下即多一短橫。

（2）鐵

九條本作「鐵」字作鐵，同於《集韻》入聲 16 屑韻「鐵」字古作「鐵」，此當爲俗字，漢簡「鐵」字或作《說文》或體鐵之隸變鐵居延簡甲 2165 形，右偏旁左下省變，「鐵」字變作「鐵」字當與此相類，且「截」與「鐵」字同爲屑韻，張涌泉亦謂「鐵」爲俗書：「『鐵』字左形右聲，但由於右半聲旁爲生僻字，

於是俗書便改從形近的『截』」〔註271〕。

【傳鈔古文《尚書》「鐵」字構形異同表】

鐵	戰國楚簡	石經	敦煌本	岩崎本	神田本b 九條本	島田本b 內野本	上圖（元）	觀智院b 天理本	古梓堂b	足利本	上圖本（影）	上圖本（八）	古文尚書晁刻	書古文訓	尚書篇目
厥貢璆鐵銀鏤砮磬			鐵鐵								鐵	鐵	鐵			禹貢

705、貍

「貍」字在傳鈔古文《尚書》有下列不同字形：

（1）狹：**狹**汗 4.55 **狹**四 1.20

《汗簡》、《古文四聲韻》錄《古尚書》「貍」字作：**狹**汗 4.55 **狹**四 1.20，**狹**汗 4.55 形寫誤，《書古文訓》作此形之隸定狹1，「狹」與「貅」同，《箋正》云：「《篇韻》並『貅』正『狹』別。古有『貅』名，作『狹』即俗，且『貍』『貅』異音，僞本以『貅』作『貍』，非也。自《汗簡》信之，《集韻》以後乃合『貅』『狹』于『貍』矣。」《方言》則謂「貔，陳楚江淮之閒謂之『貅』，關西謂之『貍』」。

（2）貍：**貍貍**

敦煌本 P3169、日諸古寫本「貍」字作「貍」**貍貍**，偏旁「豸」字俗多作「犭」。

【傳鈔古文《尚書》「貍」字構形異同表】

貍	傳抄古尚書文字 狹汗 4.55 狹四 1.20	戰國楚簡	石經	敦煌本	岩崎本	神田本b 九條本	島田本b 內野本	上圖（元）	觀智院b 天理本	古梓堂b	足利本	上圖本（影）	上圖本（八）	古文尚書晁刻	書古文訓	尚書篇目
熊羆狐貍織皮				貍 P3169		貍	貍				貍	貍	貍		狹	禹貢

〔註271〕說見：張涌泉，《敦煌俗字研究》，上海：上海教育出版社，1996，頁 79。

禹貢	戰國楚簡	漢石經	魏石經	敦煌本 P3615	敦煌本 P3615 P3469	敦煌本 P3469	敦煌本 P5522	敦煌本 P5522 P4033	敦煌本 P4033	敦煌本 P4033 P3628	敦煌本 P3628 P4874	敦煌本 P3628 P5543	敦煌本 P3169 P2533	岩崎本	神田本	九條本	島田本	內野本	上圖本元	觀智院本	天理本	古梓堂	足利本	上圖本影	上圖本八	晁刻古文尚書	書古文訓	唐石經
西傾因桓是來浮于潛逾于沔									西傾因桓是來浮于潛逾于沔							西傾因桓是來降于潛逾于沔		西傾因桓是來浮于潛逾于沔					西傾因桓是來浮于潛逾于沔	西傾因桓是來浮于層逾于沔	西傾因桓是徐浮于涔逾于沔		西傾因桓是來浮于潛逾于沔	西傾因桓是來浮于潛逾于沔
入于渭亂于河黑水西河惟雍州									入于渭率于河黑水西河惟雍州							入于渭肆于河黑水西河惟雍州		入于渭率于河黑水西河惟雍州					入于渭率于河黑水西河惟雍州	入于渭率于河黑水西河惟雍州	入于渭亂于河黑水西河惟雍州		入于渭亂于河黑水西河惟雍州	入于渭亂于河黑水西河惟雍州

706、因

「因」字在傳鈔古文《尚書》有下列不同字形：

（1）囙囙

敦煌本 S2074、九條本、內野本、觀智院本、上圖本（影）「因」字或作囙囙，《干祿字書》：「囙因，上俗下正」，漢碑「因」字或作（图）尹宙碑（图）史晨碑，其內「工」形為「大」之俗寫訛變，囙囙乃此形又變，與「器」字或作（图）P3315.上圖本（影）.上圖本（八）（图）居延簡.甲 2165，變作（图）（图）島田本.內野本.足利本.上圖本（元）（图）居延簡.甲 712 類同。

【傳鈔古文《尚書》「因」字構形異同表】

因	戰國楚簡	石經	敦煌本	岩崎本	神田本b	九條本	島田本b	內野本	上圖（元）	觀智院b	天理本	古梓堂b	足利本	上圖本（影）	上圖本（八）	古文尚書晁刻	書古文訓	尚書篇目
西傾因桓是來								曰										禹貢
有窮后羿因民弗忍							曰	曰						曰				五子之歌
因甲于內亂			曰 S2074				曰	曰										多方
惟民生厚因物有遷								曰	曰b									君陳

707、傾

「西傾因桓是來」，《漢書‧地理志》引此「傾」字作「頃」，顏注云：「『頃』讀曰『傾』，二字古通」，乃假「頃」為「傾」字。

「傾」字在傳鈔古文《尚書》有下列不同字形：

（1）傾：**傾**

內野本、足利本、上圖本（影）、上圖本（八）「傾」字或作**傾**，中所從「七」俗混作「工」。

（2）頃：**頃頃₁頃₂**

「傾」字《書古文訓》作「頃」頃₁，九條本作**頃₁頃₂**形，**頃₂**從「七」俗混作「工」，假「頃」為「傾」字。

【傳鈔古文《尚書》「傾」字構形異同表】

傾	戰國楚簡	石經	敦煌本	岩崎本	神田本b	九條本	島田本b	內野本	上圖（元）	觀智院b	天理本	古梓堂b	足利本	上圖本（影）	上圖本（八）	古文尚書晁刻	書古文訓	尚書篇目
西傾因桓是來						頃		傾					傾	傾	傾		頃	禹貢
西傾朱圉鳥鼠						頃		傾					傾	傾	傾		頃	禹貢

708、桓

「桓」字在傳鈔古文《尚書》有下列不同字形：

（1）桓：**桓**1**桓**2

足利本「桓」字或作**桓**1**桓**2，**桓**1 形之偏旁「亘」下半與「且」混同（參見 "且" 宣字），**桓**2 形則「亘」下少一畫。

（2）狟：

《書古文訓》牧誓「夫子尚桓桓」「桓」字作「狟」**狟**，乃假「狟」為「桓」字，《說文》犬部「狟」犬行也，引「周書曰『尚桓桓』」，段注云：「許用壁中古文也。〈釋訓〉曰：『桓桓，威也』，〈魯頌〉傳曰：『桓桓，威武貌』，然則『狟狟』者『桓桓』之假借字」。

【傳鈔古文《尚書》「桓」字構形異同表】

桓	戰國楚簡	石經	敦煌本	岩崎本	神田本b	九條本 島田本b	內野本	上圖（元）	觀智院b	天理本b	古梓堂b	足利本	上圖本（影）	上圖本（八）	古文尚書晁刻	書古文訓	尚書篇目
西傾因桓是來							桓	桓				桓		桓			禹貢
夫子尚桓桓			桓 S799													狟	牧誓
太保命仲桓南宮毛												桓	桓				顧命

709、沔

「沔」字在傳鈔古文《尚書》有下列不同字形：

（1）沔：**黑**汗4.48**严**四3.18**沔**1**沔**2

《汗簡》、《古文四聲韻》錄《古尚書》「沔」字作：**黑**汗4.48**严**四3.18，乃移「水」於下，相類「洛」字又作**洛**汗5.61**洛**四5.24，「海」字又作**海**汗5.61 古尚書，「澤」字又作**澤**魏三體，鄂君啓舟節「漢」字作**漢**鄂君啓舟節、「湘」字作**湘**鄂君啓舟節等。

內野本、足利本、上圖本（影）、上圖本（八）或作**沔**1，敦煌本 P3169、九條本則省訛作**沔**2，偏旁「丏」字作「丂」。

（2）湎：

《書古文訓》「沔」字作涵，二字同音通假，如《史記・樂書》「流沔沉佚」、《漢書・禮樂志》「湛沔目若」，皆假「沔」爲「涵」。

【傳鈔古文《尚書》「沔」字構形異同表】

沔　傳抄古尚書文字　亞汗4.48　四3.18	戰國楚簡	石經	敦煌本	岩崎本	神田本b	九條本	島田本b	內野本	上圖（元）	觀智院b	天理本	古梓堂b	足利本	上圖本（影）	上圖本（八）	古文尚書晁刻	書古文訓	尚書篇目
浮于潛逾于沔			沔 P3169			沔 湑								沔	沔 沔		涵	禹貢

710、渭

「渭」字在傳鈔古文《尚書》有下列不同字形：

（1）渭1、渭2

「渭」字日諸寫本多作渭1，右下所從「月」訛作「日」，足利本或作渭2，右下則作省略符號「=」。上圖本（影）「入于渭亂于河」、「會于渭汭」「渭」字分別誤作謂、滔，乃於其上更正爲渭。

【傳鈔古文《尚書》「渭」字構形異同表】

渭	戰國楚簡	石經	敦煌本	岩崎本	神田本b	九條本	島田本b	內野本	上圖（元）	觀智院b	天理本	古梓堂b	足利本	上圖本（影）	上圖本（八）	古文尚書晁刻	書古文訓	尚書篇目
入于渭亂于河						渭							渭	謂渭	渭			禹貢
弱水既西涇屬渭汭						渭	渭						渭	渭	渭			禹貢
會于渭汭						渭	渭						渭	滔渭	渭			禹貢

唐石經	書古文訓	晁刻古文尚書	觀智院本	天理本	古梓堂本	足利本	上圖本影	上圖本八	內野本	上圖本元	島田本	九條本	神田本	岩崎本	敦煌本P2533	敦煌本P3169	敦煌本P5543/P4874	敦煌本P3628/P3628	敦煌本P4033/P4033	敦煌本P5522/P4033	敦煌本P5522	敦煌本P3469/P3469	敦煌本P3615/P3469	敦煌本P3615	魏石經	漢石經	戰國楚簡	禹貢
																												弱水既西涇屬渭汭
																												漆沮既從灃水攸同
																												荊岐既旅終南惇物至于鳥鼠

711、弱

「弱」字在傳鈔古文《尚書》中有下列字形：

（1）弱₁弱弱₂弱₃

敦煌本 P3169「弱」字作弱₁，變自隸變俗寫如秦簡作弱睡虎地 **17.141**。敦煌本 P3670、P2643「弱」字各作弱弱₂，張涌泉謂弱弱即「弱」的手寫變體〔註272〕，島田本、九條本、上圖本（八）或作弱₃，由弱再變，冫變作「口」。

〔註272〕敦煌伯（P）4094 號《王梵志詩集・他貧不得笑》「他貧不得笑，他弱不須欺」斯（S）76 號《食療本草》「甜瓜」下云：「多食令人贏憊虛弱，腳手少力」。見：張

（2）流：流 **隸釋**

《隸釋》錄漢石經殘碑〈盤庚上〉「無弱孤有幼」「弱」字作「流」流，馮登府《漢石經考異》謂「流」「弱」音近通假，吳汝綸則以爲借「溺」爲「弱」，字形作「休」，洪適編《隸釋》時因形近誤認爲「流」。

【傳鈔古文《尚書》「弱」字構形異同表】

弱	戰國楚簡	石經	敦煌本	岩崎本 b	神田本 b九條本	島田本 b	內野本	上圖(元)	觀智院 b天理本 古梓堂 b	足利本	上圖本（影）	上圖本（八）	古文尚書晁刻	書古文訓	尚書篇目
弱水既西涇屬渭汭			弱 P3169		弱										禹貢
導弱水至于合黎					弱										禹貢
兼弱攻昧					弱										仲虺之誥
無弱孤有幼		流 隸釋	弱 P3670 弱 P2643												盤庚上
五日惡六日弱					弱 b								弱		洪範

712、涇

（1）涇₁涇涇₂

「涇」字，敦煌本 P4874、上圖本（影）、上圖本（八）作涇₁，所從「川」形寫作三點，與「淫」字上半訛近；九條本、足利本復中貫直筆作涇涇₂。

【傳鈔古文《尚書》「涇」字構形異同表】

涇	戰國楚簡	石經	敦煌本	岩崎本 b	神田本 b九條本	島田本 b	內野本	上圖(元)	觀智院 b天理本 古梓堂 b	足利本	上圖本（影）	上圖本（八）	古文尚書晁刻	書古文訓	尚書篇目
弱水既西涇屬渭汭			涇								涇 涇 涇				禹貢

涌泉，《敦煌俗字研究》，上海：上海教育出版社，1996，頁 206。

又東會于涇		涇 P4874	涇			涇 逕 涇		禹貢

713、屬

「屬」字在傳鈔古文《尚書》有下列不同字形：

（1）嫋

《書古文訓》〈梓材〉「至于屬婦」「屬」字作嫋，相合於《說文》女部「嫋」字引「周書曰『至于嫋婦』」，段注云：「許所據則壁中文也。崔子玉〈清河王誄〉『惠於嫋媚』亦取諸古文。」今本作「屬」為「嫋」之假借字。

（2）屬屬屬

敦煌本 P2643「屬」字作屬，內野本、上圖本（八）、《書古文訓》或作屬屬，《說文》尸部「屬」字从尾蜀聲，此為篆文屬之隸定，而其中所从「毛」隸省直筆。

（3）屬1屬2屬屬3

岩崎本、九條本「屬」字作屬1，上圖本（元）作屬2，內野本、足利本、上圖本（影）、上圖本（八）、《書古文訓》或作屬屬3，皆為篆文屬之隸變俗寫：屬1屬2 由秦簡作屬睡虎地 25.53、漢代作屬漢帛書.老子甲 24屬居延簡甲 763屬流沙簡補遺 1.19屬石門頌等形而變，其下「蜀」字俗變作「禹」，又變作屬3，从尸从禹，與屬淮源廟碑同形。

【傳鈔古文《尚書》「屬」字構形異同表】

屬	戰國楚簡	石經	敦煌本	岩崎本b	神田本b	九條本b	島田本b	內野本	上圖（元）b	觀智院b	天理本b	古梓堂b	足利本	上圖本（影）	上圖本（八）	古文尚書晁刻	書古文訓	尚書篇目
弱水既西涇屬渭汭								屬	屬					屬	屬		屬	禹貢
爾忱不屬惟胥以沈			屬 P3670 屬 P2643										屬	屬	屬		屬	盤庚中
至于屬婦								屬	屬					屬	屬		嫋	梓材
六卿分職各率其屬								屬	屬					屬	屬			周官

墨罰之屬千			属	屬		屬	屬		屬	呂刑
荆罰之屬五百			属	屬		屬	屬	屬	屬	呂刑
無疆之辭屬于五極			属	屬		屬	屬	屬	屬	呂刑

714、灃

「灃水攸同」，《史記‧夏本紀》作「灃水所同」，《漢書‧地理志》作「酆水逌同」，《撰異》云：「文王有聲作『豐』，《正義》引〈禹貢〉『東會于豐』，此字从水旁恐是俗字。」謂此古作「豐水」，《錐指》云：「《水經》無『灃水』之目，其附見渭水篇中者，曰渭水自槐里縣故城南……又東，豐水從南來注之」，又云：「昔文王作豐，武王治鎬，《詩》詠其事。鄭康成云：『豐在豐水之西，鎬在豐水之東，相去蓋二十五里也』」。

「灃」字在傳鈔古文《尚書》有下列不同字形：

（1）澧：

足利本、上圖本（影）、上圖本（八）「灃」字均作「澧」**澧**，九條本、《書古文訓》「東會于灃」亦作「澧」**澧澧**，爲「澧」字之誤。

（2）豐：

九條本「灃水攸同」「灃」字作「豐」**豐**，乃「豐」字之誤，「豐」假借爲「灃」字。

【傳鈔古文《尚書》「灃」字構形異同表】

灃	戰國楚簡	石經	敦煌本	岩崎本b / 神田本b	九條本 / 島田本b	內野本	上圖（元） / 觀智院b	天理本 / 古梓堂b	足利本	上圖本（影）	上圖本（八）	古文尚書晁刻	書古文訓	尚書篇目
灃水攸同			灃 P3169		豐				澧	澧	澧		灃	禹貢
東會于灃			澧 澧						澧	禮	澧		澧	禹貢

715、灃

「灃」字《史記‧夏本紀》、《漢書‧地理志》皆作「醴」，《撰異》謂「尚書經、傳、疏皆作『醴』」「唐石經以下『醴』作『灃』，蓋依衛包妄改……〈夏

本紀〉、〈地理志〉皆作『醴』，今文尚書與古文尚書同也」。

「澧」字在傳鈔古文《尚書》有下列不同字形：

（1）醴：

敦煌本 P4033、九條本「澧」字作「醴」[字形][字形]，與《史記·夏本紀》、《漢書·地理志》相合。

（2）澧：

內野本「澧」字作「澧」[字形]，爲「澧」字之誤。

【傳鈔古文《尚書》「澧」字構形異同表】

澧	戰國楚簡	石經	敦煌本	神田本b / 岩崎本b	島田本b / 九條本	內野本	上圖(元) / 觀智院院b	天理本 / 古梓堂b	足利本	上圖本(影)	上圖本(八)	古文尚書晁刻	書古文訓	尚書篇目
又東至于澧			[醴]P4033		[醴] [澧]					[澧]	[醴] [澧]		[澧]	禹貢

禹貢	戰國楚簡	漢石經	魏石經	敦煌本 P3615·P3469	敦煌本 P3615·P3469	敦煌本 P3469	敦煌本 P5522·P4033	敦煌本 P5522·P4033	敦煌本 P4033	敦煌本 P4033·P3628	敦煌本 P3628·P4874	敦煌本 P3628	敦煌本 P5543	敦煌本 P3169	敦煌本 P2533	岩崎本	神田本	九條本	島田本	內野本	上圖本元	觀智院本	天理本	古梓堂	足利本	上圖本影	上圖本八	晁刻古文尚書	書古文訓	唐石經
原隰底績至于豬野																															
三危既宅三苗丕敘																															

厥土惟黃壤厥田惟上上					朵大惟黃壤亇田惟上上	亇土惟黃壤亇田惟上上	牛土惟黃壤亇田惟上上	弌土惟黃崖弌田惟上上	牛土惟炎𡎺牛田惟上上／厥土惟黃壤厥田惟上上

716、隰

（1）䜞

《書古文訓》「隰」字作䜞，同形於《古文四聲韻》錄義雲章「隰」字作：䜞四 5.22，《集韻》入聲 26 緝韻「隰」字古作「䜞」，「㬎」、「習」皆為邪鈕緝部字，「隰」、「䜞」二字為聲符替換。

（2）㵗

九條本「隰」字作㵗，乃《集韻》「隰」字或作「隰」之訛，其右本從「㬎」之省作「累」，此形俗訛作從「累」，與「顯」字碑省作累頁魯峻碑訛作累頁綏民校尉熊君碑類同，《隸辨》謂「按從『㬎』之字諸碑或書作『累』，如『濕』為『㵗』，『隰』為『㶟』之類」。

（3）㶟1㶟2

足利本「隰」字作㶟1，為省變之形，上圖本（影）訛變作㶟2。

【傳鈔古文《尚書》「隰」字構形異同表】

隰	戰國楚簡	石經	敦煌本	岩崎本	神田本b	九條本b	島田本b	內野本	上圖（元）	觀智院本b	天理本b	古梓堂本b	足利本	上圖本（影）	上圖本（八）	古文尚書晁刻	書古文訓	尚書篇目
原隰底績至于豬野						㵗							㶟	㶟			䜞	禹貢

717、黃

「黃」字在傳鈔古文《尚書》有下列不同字形：

（1）炗炗1炗2

　　《書古文訓》「黃」字或作炗炗1等形，為《說文》古文作炗之隸古定，或訛作炗2，其下「火」形訛似「交」之下半。

【傳鈔古文《尚書》「黃」字構形異同表】

黃	戰國楚簡	石經	敦煌本	岩崎本	神田本b	九條本	島田本b	內野本	上圖本（元）	觀智院本b	天理本	古梓堂本b	足利本	上圖本（影）	上圖本（八）	古文尚書晁刻	書古文訓	尚書篇目
厥土惟黃壤							黃	黃					黃				炗	禹貢
王左杖黃鉞			黃 S799														炗	牧誓
篚厥玄黃昭我周王			黃 S799					黃									炗	武成
入應門右皆布乘黃朱								黃							黃		炗	康王之誥
尚猷詢茲黃髮			黃 P3871					黃										秦誓

禹貢	戰國楚簡	漢石經	魏石經	敦煌本 P3615 P3615：P3469	敦煌本 P3469	敦煌本 P5522	敦煌本 P5522：P4033	敦煌本 P4033	敦煌本 P4033：P3628	敦煌本 P3628	敦煌本 P5543	敦煌本 P3169	敦煌本 P2533	岩崎本	神田本	九條本	島田本	內野本	上圖本元	觀智院本	天理本	古梓堂	足利本	上圖本影	上圖本八	晁刻古文尚書	書古文訓	唐石經
厥賦中下厥貢惟球琳琅玕																厥賦中下厥貢惟球琳琅玕		厥賦中下厥貢惟球琳琅玕					厥賦中下厥貢惟球琳琅玕		厥賦中下厥貢惟球琳琅玕	厥賦中下厥貢惟球琳琅玕	厥賦中下厥貢惟珠琳琅玕	厥賦中下厥貢惟球琳琅玕

浮于積石至于龍門西河						浮于積石至于龍門山在河上	墮于積石至于龍門西河	浮於積石至于龍門西河	浮于積石至于龍門西河	浮于積石至于龍門西河	浮于積石至坐于龍門卤河	浮于積石至于龍門西河

718、琳

《釋文》云：「璆，其繆反，又其休反。琳，字又作玲，音林。孔安國云『璆玲，美玉也』。鄭注《尚書》云：『璆，美玉。玲，美石。……琅玕，珠也。』」《撰異》謂「《釋文》此條訛舛，當云：『琳音林，字又作玲，音斟。』孔安國云『璆琳，美玉也』。鄭注《尚書》云：『璆，美玉。玲，美石。』蓋孔本作『琳』，鄭本作『玲』。『琳』與『玲』異字，音雖同部，義則異物。」《說文》玉部「琳，美玉也」，「玲，石之次玉者」，《撰異》又云：「疑古文尚書作『玲』，今文尚書作『琳』，與《爾雅》合（按：《爾雅》璆琳玉也）。孔本用今文尚書者也。鄭本作『玲』……薛氏《書古文訓》作『玲』，採諸鄭本也」。

「琳」字在傳鈔古文《尚書》有下列不同字形：

（1）玲玲1琇2

「琳」字敦煌本 P3169、《書古文訓》作「玲」各為玲玲1，與鄭本同，九條本作「玲」琇2，為「玲」字之俗訛，今本作「琳」為「玲」之假借。

【傳鈔古文《尚書》「琳」字構形異同表】

琳	戰國楚簡	石經	敦煌本	岩崎本b	神田本b	九條本b	島田本b	內野本	上圖本（元）	觀智院b	天理本	古梓堂b	足利本	上圖本（影）	上圖本（八）	古文尚書晁刻	書古文訓	尚書篇目
厥貢惟球琳琅玕			玲 P3169			琇											玲	禹貢

719、玕

「玕」字在傳鈔古文《尚書》有下列不同字形：

（1）玗玗1.4玕四1.37玕1

《汗簡》、《古文四聲韻》錄《古尚書》「玕」字作：𤪐汗 1.4 𤪐四 1.37，《說文》引「禹貢『雝州璆琳琅玕』」古文作𤪐，與此同，段注云：「蓋壁中尚書如此，作干聲、旱聲一也。」「玕」字古文作「𤪐」乃聲符繁化〔註273〕。

《書古文訓》「玕」字作𤪐1。

（2）玗：

九條本、上圖本（影）「玕」字作作玗，偏旁「干」字與「于」混同。

【傳鈔古文《尚書》「玕」字構形異同表】

玕	傳抄古尚書文字 𤪐汗 1.4 𤪐四 1.37	戰國楚簡	石經	敦煌本	岩崎本	神田本b	九條本	島田本b	內野本	上圖（元）	觀智院b	天理本	古梓堂b	足利本	上圖本（影）	上圖本（八）	古文尚書晁刻	書古文訓	尚書篇目
	厥貢惟球琳琅玕			玕 P3169			玗								玗			𤪐	禹貢

720、積

「積」字在傳鈔古文《尚書》有下列不同字形：

（1）積1積2稽3

《書古文訓》「積」字或作積1積2，左從「責」字篆文之隸古定訛變（參見 "績" 字），變自商鞅方升積雲夢.效律 27 等形；或作稽3，所從「貝」俗省混作「目」。

（2）積

九條本「積」字或作積，偏旁「禾」字訛作「礻」。

【傳鈔古文《尚書》「積」字構形異同表】

積	戰國楚簡	石經	敦煌本	岩崎本	神田本b	九條本	島田本b	內野本	上圖（元）	觀智院b	天理本	古梓堂b	足利本	上圖本（影）	上圖本（八）	古文尚書晁刻	書古文訓	尚書篇目
浮于積石						積											積	禹貢

〔註273〕參見：徐在國，《隸定古文疏證》，合肥：安徽大學出版社，2002，頁 21。

導河積石至于龍門											穦	禹貢
丕乃敢大言汝有積德											稽	盤庚上
道積于厥躬											稺	說命下

721、河

「河」字在傳鈔古文《尚書》有下列不同字形：

（1）菏

〈禹貢〉「浮于淮泗達于河」《說文》水部「菏」字下引「禹貢浮于淮泗達于菏」，「河」字作「菏」，段注曰：「《五經文字》云：『菏見夏書，古本亦作荷』玉裁謂古尚書、史記、漢書、水經注皆作『荷』，或是假借或是字誤，不可定。應劭曰：『尚書荷水一名湖』韋注：『漢曰荷，胡阿反』是則湖陵以荷亦得名，荷與湖語之轉，至若今史記、漢書、俗本尚書作『浮于淮泗達于河』皆誤字也。」是〈禹貢〉「浮于淮泗達于河」「河」字古本作「荷」字，或假借或字誤作「菏」，今作「河」字爲訛誤字。

（2）泉

岩崎本〈泰誓中〉「王次于河朔」「河」字作泉，移偏旁「水」字於下，如「洛」字作**汗 5.61 古尚書**、，「海」字作**汗 5.61 古尚書**、。

（3）何

九條本「河」字作何，偏旁「氵」字訛作「亻」，寫本中偏旁「氵」「亻」常見混同。

【傳鈔古文《尚書》「河」字構形異同表】

河	戰國楚簡	石經	敦煌本	岩崎本b	神田本b九條本	島田本b	內野本	上圖（元）上圖院b	觀智院b天理本	古梓堂b	足利本	上圖本（影）	上圖本（八）	古文尚書晁刻	書古文訓	尚書篇目
至于龍門西河					菏											禹貢
導河積石至于龍門					何											禹貢
王次于河朔				泉												泰誓中

比較表（《禹貢》）

版本	會于渭汭織皮崑崙析支渠搜	西戎即敍導岍及岐至于荊山	逾于河壺口雷首至于太岳	底柱析城至于王屋
唐石經	㑹亏渭汭戠皮崐崘析支渠叟	卤戎即敘衛岍及嵳坙亏荊山	俞亏河壺口靁旹坖亏太岳	底柱析城坖亏王屋
書古文訓	㑹亏渭内戠篋昆侖析支渠叟	西戎即敍衛岍及嵳坙亏荊山	俞亏河壺口靁旹坖亏太㸚	底柱析城坖亏王屋
晁刻古文尚書				
上圖本八	㑹于渭汭織皮崐崘析支渠搜	西戎即敍導岍及岐至亏荊山	逾亏河壺口雷普至亏太岳	底柱析城至于王屋
上圖本影	㑹于渭汭織皮崐崘析支渠搜	西戎即敍導岍及岐至于荊山	逾于河壺口雷普至于太岳	底柱析城至于王屋
足利本	㑹于渭汭戠皮崐崘析支渠搜	西戎即敍導岍及岐至于荊山	逾于河壺口雷普至于太岳	底柱析城至于王屋
古梓堂				
天理本				
觀智院本				
上圖本元				
內野本	㑹于渭汭戠皮崐崘析支渠搜	西戎即敍導岍及岐至于荊山	逾于河壺口雷普至于太岳	底柱析城至于王屋
島田本	㑹于渭汭戠皮崐崘析支渠搜	西戎即敍導岍及岐至于荊山	逾于河壺口雷普至于太岳	底柱析城至于王屋
九條本	炭于渭汭戠皮昆侖析支渠搜	西戎即敘西戎即敘荊山	逾于河壺口雷首至于太岳	底柱析城至于王屋
神田本				
岩崎本				
敦煌本 P2533	交渠叟			
敦煌本 P3169				
敦煌本 P5543				
敦煌本 P3628 P4874				
敦煌本 P4033 P3628				
敦煌本 P4033				
敦煌本 P5522 P4033			于大岳	底柱
敦煌本 P5522				
敦煌本 P3469				
敦煌本 P3615 P3469				
敦煌本 P3615				
魏石經				
漢石經				
戰國楚簡				
禹貢（禹）	會于渭汭織皮崑崙析支渠搜	西戎即敘導岍及岐至于荊山	逾于河壺口雷首至于太岳	底柱析城至于王屋

722、崑

「崑崙」，《史記・夏本紀》作「昆侖」，《漢書・地理志》作「昆崙」。「崑」字在傳鈔古文《尚書》有下列不同字形：

（1）昆：**昆昆**

九條本、《書古文訓》「崑」字作「昆」昆。

（2）崐：

內野本、足利本、上圖本（影）「崑」字作「崐」**崐**，移「山」於左，與「崑」無別，如「島」字作島亦作「嶋」。

【傳鈔古文《尚書》「崑」字構形異同表】

崑	戰國楚簡	石經	敦煌本	岩崎本	神田本b	九條本	島田本b	內野本	上圖（元）	觀智院b	天理本	古梓堂b	足利本	上圖本（影）	上圖本（八）	古文尚書晁刻	書古文訓	尚書篇目
織皮崑崙析支渠搜						昆		崐						崐	崐		昆	禹貢

723、崐

「崐」字在傳鈔古文《尚書》有下列不同字形：

（1）**崑1崤2**

〈胤征〉「火炎崐岡」「崐」字敦煌本 P5557 作崑1，「崑」、「崐」二字同，九條本作崤2，偏旁「昆」字上下錯置訛作「皆」。

崐	戰國楚簡	石經	敦煌本	岩崎本	神田本b	九條本	島田本b	內野本	上圖（元）	觀智院b	天理本	古梓堂b	足利本	上圖本（影）	上圖本（八）	古文尚書晁刻	書古文訓	尚書篇目
火炎崐岡			崐 P2533 崑 P5557			崤		崐									崐	胤征

724、崙

「崙」字在傳鈔古文《尚書》有下列不同字形：

（1）侖：

《書古文訓》「崙」字作侖，與《史記‧夏本紀》作「侖」同。

（2）崘：

內野本、足利本、上圖本（影）「崙」字作崘，移「山」於左，與《漢書‧地理志》作「崘」同。

【傳鈔古文《尚書》「崙」字構形異同表】

崙	戰國楚簡	石經	敦煌本	岩崎本	神田本b	九條本	島田本b	內野本	上圖（元）	觀智院b	天理本	古梓堂b	足利本	上圖本（影）	上圖本（八）	古文尚書晁刻	書古文訓	尚書篇目
織皮崑析支渠搜								侖	崘					崘	崘		侖	禹貢

725、支

「支」字在傳鈔古文《尚書》有下列不同字形：

（1）𠧢支1支2

「支」字敦煌本P3169、九條本各作𠧢支1其右加一飾點，內野本、上圖本（影）、上圖本（八）作支2形，訛與「攴」字混同。

【傳鈔古文《尚書》「支」字構形異同表】

支	戰國楚簡	石經	敦煌本	岩崎本	神田本b	九條本	島田本b	內野本	上圖（元）	觀智院b	天理本	古梓堂b	足利本	上圖本（影）	上圖本（八）	古文尚書晁刻	書古文訓	尚書篇目
織皮崑崙析支渠搜			𠧢 P3169			支		支						支	支			禹貢

726、渠

「渠」字在傳鈔古文《尚書》有下列不同字形：

（1）渠

九條本「渠」字作渠，偏旁「巨」字則多一畫俗寫混近「臣」字，與「距」字作𰐴、「巨」字作臣漢印徵臣晉辟雍碑類同。

（2）渠

敦煌本P5557「渠」字作渠，所從「言」疑為「氵」之訛誤。

【傳鈔古文《尚書》「渠」字構形異同表】

渠	戰國楚簡	石經	敦煌本	岩崎本b	神田本b	九條本	島田本b	內野本	上圖（元）	觀智院b	天理本	古梓堂b	足利本	上圖本（影）	上圖本（八）	古文尚書晁刻	書古文訓	尚書篇目
織皮崑崙析支渠搜								渠										禹貢
殲厥渠魁脅從罔治			蕖 P5557			渠												胤征

727、搜

「渠搜」《逸周書・王會》、《漢書》作「渠叟」，顏注曰：「『叟』讀曰『搜』」。

「搜」字在傳鈔古文《尚書》有下列不同字形：

（1）搜1搜2

內野本、足利本「搜」字作搜1、上圖本（影）作搜2形，爲「搜」之俗寫。

（2）叟

敦煌本 P3169「搜」字作叟，與《逸周書》、《漢書》同，「叟」爲「搜」字之假借。

（3）戡

「搜」字《書古文訓》作戡，即《玉篇》卷6手部「搜」字古文穀之俗寫訛變，穀左從䒑說文籀文折之左形「屮」，傳抄古文有用「屮」作偏旁「扌」者，如「遷」字作䙷汗5.64䙷四2.4、《書古文訓》作䙷相類，其左上「屮」本混作「山」，俗書「山」「止」相混，戡左上「屮」便訛混作「止」，其下與之類化亦作「止」。

（4）搜

九條本「搜」字作搜，偏旁「扌」字俗訛混作「木」。

【傳鈔古文《尚書》「搜」字構形異同表】

搜	戰國楚簡	石經	敦煌本	岩崎本	神田本b	九條本	島田本b	內野本	上圖（元）	觀智院b	天理本	古梓堂b	足利本	上圖本（影）	上圖本（八）	古文尚書晁刻	書古文訓	尚書篇目
織皮崑崙析支渠搜			叟 P3169					搜 搜						搜 搜			叟	禹貢

728、即

「即」字在傳鈔古文《尚書》有下列不同字形：

（1）𝕣魏三體即₁

魏三體石經〈無逸〉、〈立政〉「即」字古文作𝕣，源自甲金文作𝕩甲868𝕫前6.5.5𝕤盂鼎𝕣頌簋𝕣秦公鎛𝕤中山王壺等形；足利本或作即₁，偏旁「卩」字混作「阝」。

【傳鈔古文《尚書》「即」字構形異同表】

即	戰國楚簡	石經	敦煌本	岩崎本	神田本b	九條本	島田本b	內野本	上圖（元）	觀智院b	天理本	古梓堂b	足利本	上圖本（影）	上圖本（八）	古文尚書晁刻	書古文訓	尚書篇目
西戎即敘			𝕣 P3169										即					禹貢
今王即命曰記功宗以功作元祀													即					洛誥
即康功田功徽柔懿恭		魏																無逸
乃用三有宅克即宅曰三有俊		魏																立政

729、柱

「柱」字在傳鈔古文《尚書》有下列不同字形：

（1）桎

「柱」字上圖本（影）「柱」字作桎，偏旁「主」訛作「至」，誤作「桎」。

【傳鈔古文《尚書》「柱」字構形異同表】

柱	戰國楚簡	石經	敦煌本	岩崎本	神田本b	九條本b	島田本b	內野本	上圖本（元）	觀智院本b	天理本	古梓堂b	足利本	上圖本（影）	上圖本（八）	古文尚書晁刻	書古文訓	尚書篇目
底柱析城至于王屋																	桎	禹貢

禹貢	戰國楚簡	漢石經	魏石經	敦煌本 P3615	敦煌本 P3615・P3469	敦煌本 P3469	敦煌本 P5522	敦煌本 P5522・P4033	敦煌本 P4033	敦煌本 P4033・P3628	敦煌本 P3628・P4874	敦煌本 P5543	敦煌本 P3169	敦煌本 P2533	岩崎本	神田本	九條本	島田本	上圖本元	內野本	觀智院本	天理本	古梓堂	足利本	上圖本影	上圖本八	晁刻古文尚書	書古文訓	唐石經
大行恆山至于碣石入于海									大行恒山至于碣石入于海			大行恒山至于碣石入于海					太行恒山至于碣石入于海		太行恒山至于碣石入于海	太行恒山至于碣石入于海			太行恒山至于碣石入于海	太行恒山至于碣石入于海	太行恒山至于碣石入于海	太行恒山至于碣石入于海	太行恒山望于層石入于棄	大行恒山望于層石入于棄	大行恆山至于碣石入于海
西傾朱圉鳥鼠至于太華									西傾朱圉鳥鼠至于太華								西傾朱圉鳥鼠至于太華		西傾朱圉鳥鼠至于太華	西傾朱圉鳥鼠至于太華			西傾朱圉鳥鼠至于太華	西傾朱圉鳥鼠至于太華	西傾朱圉鳥鼠至于太華	鹵頃朱圉鳥鼠望于太華		鹵頃朱圉鳥鼠望于太華	西傾朱圉鳥鼠至于太華
熊耳外方桐柏至于陪尾導嶓									熊			金于陪尾					熊耳外方桐柏至于陪尾導嶓		熊耳外方桐柏至于陪尾導嶓	熊耳外方桐柏至于陪尾導嶓			熊耳外方桐柏至于陪尾導嶓	熊耳外方桐柏至于陪尾導嶓	熊耳外方桐柏至于陪尾導嶓	熊耳外方桐柏至于陪尾導嶓		熊耳外方梟柏望于倍尾衛嶓	熊耳外方桐柏至于陪尾導嶓

730、圉

「圉」字在傳鈔古文《尚書》有下列不同字形：

（1）圄

《書古文訓》「圉」字作圄，《史記・夏本紀》索隱云：「圉，一作圄」，「圉」、「圄」二字音同通用，《說文》㚔部「圉，囹圄所以拘罪人」、《漢書・東方朔傳》「囹圄空虛」「圉」字皆作「圄」。

【傳鈔古文《尚書》「圉」字構形異同表】

圉	戰國楚簡	石經	敦煌本	岩崎本	神田本b	九條本 島田本b	內野本	上圖（元）	觀智院b	天理本 古梓堂b	足利本	上圖本（影）	上圖本（八）	古文尚書晁刻	書古文訓	尚書篇目
西傾朱圉鳥鼠至于太華			圉 P4033												圄	禹貢

731、外

「外」字在傳鈔古文《尚書》有下列不同字形：

（1）外外外₁夘₂

《書古文訓》「外」字或作外外外₁等形，為《說文》「外」字古文从古文卜作外之形體，或稍變作夘₂形。

【傳鈔古文《尚書》「外」字構形異同表】

外	戰國楚簡	石經	敦煌本	岩崎本	神田本b	九條本 島田本b	內野本	上圖（元）	觀智院b	天理本 古梓堂b	足利本	上圖本（影）	上圖本（八）	古文尚書晁刻	書古文訓	尚書篇目
熊耳外方桐柏至于陪尾															外	禹貢
訓有之內作色荒外作禽荒															外	五子之歌
卿士逆吉汝則從龜從筮逆卿士逆庶民逆作內吉作外凶															外	洪範
舊勞于外爰暨小人															外	無逸
爾乃順之于外															外	君陳

逆子釗於南門之外											外	顧命

732、陪

「陪」字在傳鈔古文《尚書》有下列不同字形：

（1）倍1㐀2

「陪」字《史記・夏本紀》作「負」，《漢書・地理志》作「倍」，顏注曰：「『倍』讀曰『陪』」，敦煌本 P3169、九條本、《書古文訓》亦作「倍」㐀㐀倍1，內野本作㐀2（陪）左旁注「倍」字。古輕唇音讀重唇，陪、負、倍聲紐同，三字通假。

【傳鈔古文《尚書》「陪」字構形異同表】

陪	戰國楚簡	石經	敦煌本	岩崎本	神田本b	九條本b	島田本b	內野本	上圖（元）	觀智院b	天理本	古梓堂b	足利本	上圖本（影）	上圖本（八）	古文尚書晁刻	書古文訓	尚書篇目
至于陪尾			㐀 P3169		㐀												倍	禹貢

禹貢	戰國楚簡	漢石經	魏石經	敦煌本 P3615 P3469	敦煌本 P3615	敦煌本 P3469	敦煌本 P5522	敦煌本 P5522 P4033	敦煌本 P4033	敦煌本 P4033	敦煌本 P3628	敦煌本 P3628 P4874	敦煌本 P5543	敦煌本 P3169	敦煌本 P2533	岩崎本	神田本	九條本	島田本	內野本	上圖本元	觀智院本	天理本	古梓堂	足利本	上圖本影	上圖本八	晁刻古文尚書	書古文訓	唐石經
冢至于荊山內方至于大別岷山之陽				冢至于荊山內方至于大別							至于荊山					冢至于荊山內方至于大別岷山之陽				冢于荊山內方至于大別岷山之陽					冢至于荊山內方至于大別岷山之陽		冢至于荊山內方至于大別岷山之陽	冢至于荊山內方達于大別岷山之陽	冢至于荊山內方至于大別岷山之陽

至于衡山過九江至于敷淺原			至于衡山方東汪泉			至于奧山過九江至于専淺原	至亏奧山過九江至亏専淺原	至于奧山過九江至于専淺原	至于頂山過九江至于専淺原	至亏衡山過九江至于敷淺原／崔亏奧山過九江崔亏傳淺原
導弱水至于合黎餘波入于流沙			導弱水至亏合黎			導弱水至于合黎餘波入亏流沙	導弱水至亏合黎餘波入亏流沙	導弱水至于合黎餘波入于流沙	道弱水至于合黎餘波入于流沙	導弱水至于合黎餘波入亏于流沙／導弱水崔亏合黎餘波入亏沢沙
導黑水至于三危入于南海			道重淺至亏三危洞豪			導黑水至于三危入亏南棄	導黑水至亏三危入亏南棄	導黑水至于三危入于南海	直黑水至于三危入于南棄	導于黑水至亏三危入亏南棄／導黑水崔亏三危弎卲入亏華棄
導河積石至于龍門南至于華陰			亏于龍門			導河積石至亏竜門南至亏華陰	道河積石至于竜門南至亏華会	導河積石至于竜門南至于華会	道河積石至于竜門南至于華会	導河積石崔亏于龍門南至于華会

733、冢

「冢」字在傳鈔古文《尙書》有下列不同字形：

（1）冢

「冢」字尙書敦煌寫本、日諸古寫本「冢」字多作**冢**，所从「豕」變作「豕」，與秦簡隸變俗作**冢**睡虎地 **42.190**、漢作**冢**倉頡篇**冢**史晨碑等同形。

【傳鈔古文《尙書》「冢」字構形異同表】

冢	戰國楚簡	石經	敦煌本	岩崎本	神田本b	九條本	島田本b	內野本	上圖（元）	觀智院b	天理本	古梓堂b	足利本	上圖本（影）	上圖本（八）	古文尚書晁刻	書古文訓	尚書篇目
導嶓冢至于荊山內			冢 P4033			冢		冢					冢	冢	冢		冢	禹貢
嶓冢導漾			冢 P4033			冢		冢					冢	冢	冢		冢	禹貢
百官總己以聽冢宰								冢					冢	冢	冢		冢	伊訓
嗟我友邦冢君				冢				冢						冢	冢			泰誓上
王曰嗟我友邦冢君			冢 S799	冢				冢					冢	冢	冢		冢	牧誓
庶邦冢君暨百工受命于周			冢 S799	冢				冢					冢	冢	冢		冢	武成
庶殷丕作太保乃以庶邦冢君						冢		冢					冢	冢	冢		冢	召誥
惟周公位冢宰正百工			冢 P2748 冢 S5626			冢		冢					冢	冢	冢		冢	蔡仲之命
冢宰掌邦治							冢	冢					冢	冢	冢		冢	周官

734、淺

「淺」字在傳鈔古文《尙書》有下列不同字形：

（1）淺

「淺」字敦煌本 P4033、九條本、足利本、上圖本（影）、上圖本（八）皆作**淺**，其右上「戈」俗省變作「土」形。

【傳鈔古文《尚書》「淺」字構形異同表】

淺	戰國楚簡	石經	敦煌本	岩崎本	神田本b	九條本	島田本b	內野本	上圖（元）	觀智院b	天理本	古梓堂b	足利本	上圖本（影）	上圖本（八）	古文尚書晁刻	書古文訓	尚書篇目
過九江至于敷淺原			淺 P4033					淺						淺	淺淺			禹貢

735、陰

「陰」字在傳鈔古文《尚書》有下列不同字形：

（1）金会会₁会会₂会₃会₄会₅会₆会₇

敦煌本 P2643、內野本、《書古文訓》「陰」字作金会会₁，為《說文》雲部「霒，雲覆日也」古文作会之隸定。阜部「陰，闇也」，《玉篇》「霒」字下云「今作陰」，二字音同相通。敦煌本 P2516、岩崎本、島田本、九條本、足利本、上圖本（八）或隸訛作会会₂，「云」之上橫與「今」之下筆合書，中訛似「立」；內野本或多一畫隸訛作会₃，與陰韓勅碑偏旁「会」同形；上圖本（影）或少一畫作会₄；上圖本（元）、《書古文訓》、觀智院本各或隸訛作会₅会₆会₇；凡此皆假「会」為「陰」字。

（2）陰陰₁陰陰₂陰₃

敦煌本 P2748、內野本「陰」字或作陰陰₁，足利本、上圖本（影）、上圖本（八）或作陰陰₂，上圖本（八）或作陰₃，皆為篆文陰之隸變俗書，與陰睡虎地 46.21陰縱橫家書 6陰漢石經.易.坤.文言類同。

【傳鈔古文《尚書》「陰」字構形異同表】

陰	戰國楚簡	石經	敦煌本	岩崎本	神田本b	九條本	島田本b	內野本	上圖（元）	觀智院b	天理本	古梓堂b	足利本	上圖本（影）	上圖本（八）	古文尚書晁刻	書古文訓	尚書篇目
南至于華陰			金				会						会	会	陰		会	禹貢
王宅憂亮陰三祀既免喪			金会 P2643 P2516	会				陰 会					陰	陰	陰		会	說命上

惟天陰騭下民相協厥居			会b	会		陰	陰	陰	会	洪範
乃或亮陰三年不言	陰 P2748			会		陰	陰	会	会	無逸
論道經邦燮理陰陽			陰	会ib		陰	陰	陰	会	周官

禹貢	戰國楚簡	漢石經	魏石經	敦煌本P3615	敦煌本P3615P3469	敦煌本P3469	敦煌本P5522	敦煌本P5522P4033	敦煌本P4033	敦煌本P4033	敦煌本P3628	敦煌本P3628P4874	敦煌本P5543	敦煌本P3169	敦煌本P2533	岩崎本	神田本	九條本	島田本	內野本	上圖本元	觀智院本	天理本	古梓堂	足利本	上圖本影	上圖本八	晁刻古文尚書	書古文訓	唐石經
東至于底柱又東至于孟津						東至于底柱		于孟津								東至于底柱又東墜于孟津				東至于底柱水東至于盟津					東至于底柱又東至于盟津	東至于底柱又東至于孟津	東至于底柱又東至于孟津	東墜于底柱又東墜于盟離		
東過洛汭至于大伾北過降水						北過降水										東過祭汭至于大伾北過降水				東過祭汭至于大伾北過降水	大伾北過					東過祭汭至于大伾北過降水	東過祭汭至于大伾北過降水	東過祭汭至于大伾北過洛水		
至于大陸又北播爲九河						至于九河										至于大陸又北爲九河				至于大陸又北爲九河	至于大陸又北爲九河					至于大陸又北爲九河	至于大陸又北爲九河	至于大陸又北爲九河		

736、津

「津」字在傳鈔古文《尚書》有下列不同字形：

（1）𣽳汗5.61 𣽳四1.31 𣽳四2.31 𣽳六59 津津

《汗簡》、《古文四聲韻》、《訂正六書通》錄《古尚書》「津」字作：𣽳汗5.61 𣽳四1.31 𣽳四2.31 𣽳六59，與《說文》篆文津同，從水𦘔聲。

敦煌本P4033、P2643、日古寫本「津」字多作津津1，其右偏旁下多一點，疑爲𦘔之省形，今從偏旁「𦘔」者寫本中多同化亦作此形，則爲飾點，如「律」字作律、「建」字作建等。

（2）𣽳

《書古文訓》「津」字作𣽳，即《說文》古文𣽳之隸定。

【傳鈔古文《尚書》「津」字構形異同表】

津	傳抄古尚書文字 𣽳汗5.61 𣽳四1.31 𣽳四2.31 𣽳六59	戰國楚簡	石經	敦煌本	岩崎本	神田本b	九條本	島田本b	內野本	上圖（元）	觀智院b	天理本	古梓堂b	足利本	上圖本（影）	上圖本（八）	古文尚書晁刻	書古文訓	尚書篇目
	又東至于孟津			津P4033	津	津									津	津	津	𣽳	禹貢
	若涉大水其無津涯			津P2643	津				津									𣽳	微子
	師渡孟津作泰誓三篇																	𣽳	泰誓上
	大會于孟津				津													𣽳	泰誓上
	既戊午師逾孟津				津													𣽳	武成

737、伾

「伾」字在傳鈔古文《尚書》有下列不同字形：

（1）岯

「大伾」，《史記・夏本紀》作「大邳」，「伾」字《釋文》云：「本又作『岯』。……字或作『阫』」，《撰異》云：「邳，疑即『阫』之異體」，「阫」當從「𠂤」之省

形，偏旁「𨸏」、「山」可通用，《書古文訓》作岯，與《釋文》相合，「岯」爲「伾」（阫）之異體。

【傳鈔古文《尚書》「伾」字構形異同表】

尚書篇目	書古文訓	古文尚書晁刻	上圖本（八）	上圖本（影）	足利本	古梓堂本	天理本b	觀智院b	上圖（元）	內野本	島田本b	九條本	神田本b	岩崎本	敦煌本	石經	戰國楚簡	伾
禹貢	岯																	東過洛汭至于大伾

唐石經	書古文訓	晁刻古文尚書	上圖本八	上圖本影	足利本	古梓堂	天理本	觀智院本	上圖本元	內野本	岩崎本	神田本	九條本	島田本	敦煌本P2533	敦煌本P3169	敦煌本P5543·P4874	敦煌本P3628·P3628	敦煌本P4033·P4033	敦煌本P5522·P4033	敦煌本P5522	敦煌本P3469	敦煌本P3615·P3469	敦煌本P3615	魏石經	漢石經	戰國楚簡	禹貢
同爲逆河入于海嶓冢導漾	同爲苪河入亏葉嶓冢斟漾	同爲逆河入亏葉嶓冢導漾	同爲逆河入亏葉嶓冢導漾	同爲逆河入于海嶓冢導漾	同爲逆河入于海嶓冢導漾						同爲逆河入于㠂嶓冢道漾						同爲逆河嶓冢道漾								同爲逆嶓冢道漾				同爲逆河入于海嶓冢導漾
東河爲漢又東爲滄浪山水	東河爲漢又東爲滄浪山水	東流爲漢又東爲滄浪出水	東流爲漢又東爲滄浪出水	東派爲漢又東爲滄浪之水	東派爲漢又東爲滄浪之水						東流爲漢又東爲滄浪之水						東流爲漢又東爲滄浪之水						東流又東爲滄浪之水					東流爲漢又東爲滄浪之水

過三澨至于大別南入于江					南入于江		過三澨至于大別南入于江	過三澨至于大別南入于江	過三澨至于大別南入于江	過三澨至于大別南入于江	過三澨至于大別南入于江	過式澨皇于大別南入于江	過三澨至于大別南入于江

738、漾

「漾」字在傳鈔古文《尚書》有下列不同字形：

（1）灖汗 5.61 灖四 4.34 瀁 1

《古文四聲韻》錄《古尚書》「漾」字作：灖四 4.34，《汗簡》錄此形注「瀁」字：灖汗 5.61，《箋正》云：「古『漾』字，薛本『嶓冢導漾』字依采，應釋『漾』」，此即《說文》「漾」字古文從養作瀁，《書古文訓》「漾」字作瀁 1，為此形之隸定。

（2）漾

上圖本（影）「漾」字省訛作漾，源自灖曾姬無卹壺 灖包山 13 等形。

【傳鈔古文《尚書》「漾」字構形異同表】

傳抄古尚書文字 漾 灖汗 5.61 灖四 4.34	戰國楚簡	石經	敦煌本	岩崎本b	神田本b	九條本b	島田本b	內野本	上圖（元）	觀智院b	天理本	古梓堂b	足利本	上圖本（影）	上圖本（八）	古文尚書晁刻	書古文訓	尚書篇目
嶓冢導漾			漾 P4033											漾			瀁	禹貢

739、滄

「滄」字在傳鈔古文《尚書》有下列不同字形：

（1）滄汗 5.61 滄四 2.17 滄 1 滄 2 滄 3

《汗簡》、《古文四聲韻》錄《古尚書》「滄」字作：滄汗 5.61 滄四 2.17，右從古文「蒼」字，同形於魏品式三體石經〈皋陶謨〉「蒼」字古文作蒼，乃從「屮」從「倉」之奇字倉（參見"蒼"字）。

內野本、上圖本（八）「滄」字作港**1**，九條本作滄**2**，爲傳抄《古尚書》「滄」字滄汗**5.61**形之隸古定；《書古文訓》或作滄**3**，其下訛作「亡」。

（2）滄郭店緇衣10

戰國楚簡郭店〈緇衣〉簡10引今本〈君牙〉句「冬祁寒」作「晉多旨滄」「滄」字作滄郭店緇衣**10**，移「水」於下。

【傳鈔古文《尚書》「滄」字構形異同表】

滄	傳抄古尚書文字 滄汗5.61 滄四2.17	戰國楚簡	石經	敦煌本	岩崎本	神田本b	九條本	島田本b	內野本	上圖（元）	觀智院b	天理本	古梓堂b	足利本	上圖本（影）	上圖本（八）	古文尚書晁刻	書古文訓	尚書篇目
又東爲滄浪之水							滄	港								港		滄	禹貢

740、澨

「澨」字在傳鈔古文《尚書》有下列不同字形：

（1）澨**1**澨**2**

「澨」字九條本作澨**1**，上圖本（影）作澨**2**，右從「筮」字之訛變，所從「竹」訛作「⁺⁺」（澨**1**）、「十（⁺⁺之省訛）」（澨**2**），所從「巫」多一畫，疑澨或爲筮魏三體君奭之隸訛（參見"筮"字）。

【傳鈔古文《尚書》「澨」字構形異同表】

澨	戰國楚簡	石經	敦煌本	岩崎本	神田本b	九條本	島田本b	內野本	上圖（元）	觀智院b	天理本	古梓堂b	足利本	上圖本（影）	上圖本（八）	古文尚書晁刻	書古文訓	尚書篇目
過三澨至于大別						澨								澨				禹貢

禹貢禹貢	戰國楚簡	漢石經	魏石經	敦煌本P3615	敦煌本P3615·P3469	敦煌本P3469	敦煌本P5522	敦煌本P5522·P4033	敦煌本P4033	敦煌本P4033·P3628	敦煌本P3628·P4874	敦煌本P3169·P2533	岩崎本	神田本	九條本	島田本	內野本	上圖本元	觀智院本	天理本	古梓堂	足利本	上圖本影	上圖本八	晁刻古文尚書	書古文訓	唐石經
東匯澤為彭蠡東為北江										東匯澤江					東匯澤為彭蠡東為北江		東匯澤為彭蠡東為北江					東匯澤為彭蠡東為北江	東匯澤為彭蠡東為北江	東匯澤為彭蠡東為北江	東匯澤為彭蠡東為北江	東匯澤為彭蠡東為北江	東匯澤為彭蠡東為北江
入于海岷山導江東別為沱										入于海					入于海岷山導江東別為沱		入于海岷山導江東別為沱					入于海岷山導江東別為沱	入于海岷山導江東別為沱	入于海岷山導江東別為沱	入于海岷山導江東別為沱	入于海岷山導江東別為沱	入于海岷山導江東別為沱
又東至于澧過九江至于東陵										又東至于澧過					又東至于澧過九江至于東陵		又東至于澧過九江至于東陵					又東至于澧過九江至于東陵	又東至于澧過九江至于東陵	又東至于澧過九江至于東陵	又東至于澧過九江至于東陵	又東至于澧過九江至于東陵	又東至于澧過九江至于東陵
東迤北會于匯東為中江										東迤北會于匯					東迤北會于匯東為中江		東迤北會于匯東為中江					東迤北會于匯東為中江	東迤北會于匯東為中江	東迤北會于匯東為中江	東迤北會于匯東為中江	東迤北會于匯東為中江	東迤北會于匯東為中江

入于海導沈水東流爲濟

入于河溢爲滎東出于陶邱北又東至于菏

又東北會于汶又北東入于海

導淮自桐柏東會于泗沂東入于海						東會于沂東入于海			導淮自桐栢東會于泗沂東入于蔡	導淮桐栢東會于泗沂東入于蔡	導淮自桐栢東會于泗沂東入于蔡 … 導淮自桐栢東岸于泗沂東入于海 … 尊淮自桐栢東岸于泗沂東入于海
導渭自鳥鼠同穴東會于灃						有同穴			導渭自鳥鼠同穴東會于澧	導渭自鳥鼠同穴東岸于澧	導渭自鳥鼠同穴東岸于灃 … 導渭自鳥鼠同穴東岸于灃 … 導渭自鳥鼠同穴東岸于灃
又東會于涇又東過漆沮						又會于涇又東過漆沮			又東會于涇又東過漆沮	又東會于涇又東過漆沮	又東岸于涇又東過漆沮 … 又東岸于涇又東過漆沮 … 又東岸于涇又東過彭沮
入于河導洛自熊耳東北會于澗手瀍						又東洞道洛自熊耳東北岑于澗瀍			入于河導洛自熊耳東北岑于澗瀍	入于河導洛自熊耳東北岑于澗瀍	入于河導洛自熊耳東北岑于澗瀍 … 入于河導洛自熊耳東北岑于澗瀍 … 入于河導洛自熊耳東北岑于澗瀍

又東會于伊又東北入于河					又東會于伊又東北入于河		又東會于伊又東北入于河	又東會于伊又東北入于河		又東會于伊又東北入于河	又東會于伊又東北入于河	又東會于伊又東北入于河	又東會于伊又東北入于河
九州攸同四隩既宅九山刊旅					九州攸同四隩既宅九山刊旅		九州攸同四隩既宅九山刊旅	九州攸同四隩既宅九山刊旅		九州攸同四隩既宅九山刊旅	九州攸同四隩既宅九山刊旅	九州攸同四隩既宅九山刊旅	九州攸同四隩既宅九山刊旅

741、匯

「匯」字在傳鈔古文《尚書》有下列不同字形：

（1）進

九條本「匯」字或作進，偏旁「匚」字俗訛作「辶」。

（2）匯

上圖本（八）「匯」字或作匯，爲聲符替換。

（3）雍

敦煌本 P4033「匯」字作雍，字形从辶从雍，疑爲「匯」字之俗訛，偏旁「匚」字訛作「宀」、「辶」，「氵」訛作「分」。

【傳鈔古文《尚書》「匯」字構形異同表】

匯	戰國楚簡	石經	敦煌本	岩崎本b	神田本b	九條本	島田本b	內野本	上圖（元）	觀智院b	天理本	古梓堂b	足利本	上圖本（影）	上圖本（八）	古文尚書晁刻	書古文訓	尚書篇目
東匯澤爲彭蠡			雍 P4033															禹貢

東迤北會于匯			雍 P4033	進							匯	作： 北會 爲匯	禹貢

742、迤

《說文》辵部「迤」字「衺行也，从辵也聲。夏書曰東迤北會于匯」，《史記》、《漢書》亦皆作「迤」，源自🔲郭店.語叢 2.4🔲陶彙 3.026 等形。

「迤」字在傳鈔古文《尚書》有下列不同字形：

（1）迤迤

敦煌本 P4033、九條本「迤」字作迤迤，「迤」、「迆」二字同，金文「它」、「也」同形，作：🔲子仲匜🔲沈子它簋🔲師遽方彝🔲取它人鼎🔲甫人匜，偏旁「㐰」字亦由此變來（參見"施"字）。

【傳鈔古文《尚書》「迤」字構形異同表】

迤	戰國楚簡	石經	敦煌本	岩崎本b	神田本b	九條本	島田本b	內野本	上圖（元）	觀智院b	天理本	古梓堂b	足利本	上圖本（影）	上圖本（八）	古文尚書晁刻	書古文訓	尚書篇目
東迤北會于匯			迤 P4033			迤												禹貢

743、溢

「溢」字在傳鈔古文《尚書》有下列不同字形：

（1）泆泆泆

「溢」字《史記‧夏本紀》、《周禮‧職方氏》注、〈疏〉引作「泆」、《漢書‧地理志》作「軼」，顏注：「軼與溢同」，《撰異》謂「今〈禹貢〉作『溢』者，衛包改也」。敦煌本 P4033、九條本、內野本、觀智院本、上圖本（元）、足利本、上圖本（影）、上圖本（八）、《書古文訓》皆作「泆」泆泆泆，「溢」、「泆」二字音同假借。

【傳鈔古文《尚書》「溢」字構形異同表】

溢	戰國楚簡	石經	敦煌本	岩崎本b 神田本b	九條本 島田本b	內野本	上圖（元）b 觀智院b 天理本	古梓堂b	足利本	上圖本（影）	上圖本（八）	古文尚書晁刻	書古文訓	尚書篇目
入于河溢爲滎			溁 P4033		洪	洪			洪	洪	洪		洪	禹貢

744、穴

「穴」字在傳鈔古文《尚書》有下列不同字形：

（1）冗1 冗2

上圖本（影）作冗1、敦煌本 P4874、足利本、上圖本（八）「穴」字作冗2，「宀」下「儿」形混作「几」。

【傳鈔古文《尚書》「穴」字構形異同表】

穴	戰國楚簡	石經	敦煌本	岩崎本b 神田本b	九條本 島田本b	內野本	上圖（元）b 觀智院b 天理本	古梓堂b	足利本	上圖本（影）	上圖本（八）	古文尚書晁刻	書古文訓	尚書篇目
導渭自鳥鼠同穴			冗 P4874						冗	冗	穴			禹貢

禹貢	戰國楚簡	漢石經	魏石經	敦煌本 P3615 P3469	敦煌本 P3615 P3469	敦煌本 P5522	敦煌本 P5522 P4033	敦煌本 P4033	敦煌本 P3628 P4874	敦煌本 P3628	敦煌本 P5543	敦煌本 P3169	敦煌本 P2533	岩崎本	神田本	九條本	島田本	內野本	上圖本元	觀智院本	天理本	古梓堂	足利本	上圖本影	上圖本八	晁刻古文尚書	書古文訓	唐石經
九川滌源九澤既陂四海會同									九川滌源九澤旣陂四海會同			九川滌原九澤旡陂三㐮㞢同				九川滌源九澤旡陂三㐮㞢同		九川滌源九澤旡陂三㐮㞢同					九川滌源九澤旡陂三㐮㞢同	九川滌源九澤旡陂三㐮㞢同	九川滌源九澤旡陂三㐮㞢同	九川滌源九㐮旡陂三㐮㞢同	九川滌源九澤既陂四海會同	九川滌原九澤旣陂四海會同

六府孔修庶土交正底慎財賦						六府孔修庶土交正底慎財賦	六府孔修庶土交正底眘財賦	孔修	六府孔修庶土交正底眘財賦	六府孔收歷土交止底睿財賦	六府孔修庶土炎正底慎財賦
咸則三壤成賦中邦錫土姓					咸畫姓	咸則三壤成賦中邦錫土姓	咸則三壤成賦中邦錫土姓	咸則三壤成賦中邦錫土姓	咸則三壤成賦中邦錫土姓	咸則弎壤咸賦中㘴錫土姓	咸則三壤咸賦中邦錫土姓
祗台德先不距朕行						祗台德先弗距般行	祗台意洗弗㤱朕行	祗台惪先弗距般行	祗台德先弗距般行	祗台惪先弔距朕行	祗台德先不距朕行

745、源

「源」字在傳鈔古文《尚書》有下列不同字形：

（1）原

「源」字《史記・夏本紀》、《漢書・地理志》作「原」，顏注云：「泉源」，九條本亦作原，《說文》「泉」部「原」字訓「水泉本也」乃泉源之本字。

【傳鈔古文《尚書》「源」字構形異同表】

源	戰國楚簡	石經	敦煌本	岩崎本	神田本b	九條本	島田本b	內野本	上圖（元）	觀智院b	天理本	古梓堂b	足利本	上圖本（影）	上圖本（八）	古文尚書晁刻	書古文訓	尚書篇目
九川滌源						原												禹貢

746、財

「財」字在傳鈔古文《尚書》有下列不同字形：

（1）財

敦煌本 S799、九條本「財」字或作財，偏旁「才」字與「寸」字混同。

（2）戝

上圖本（影）、上圖本（八）「財」字或作戝，偏旁「才」字訛作「戈」，與用作「哉」字之「才」作戈同形。

【傳鈔古文《尚書》「財」字構形異同表】

財	戰國楚簡	石經	敦煌本	岩崎本	神田本b	九條本	島田本b	內野本	上圖（元）	觀智院b	天理本	古梓堂b	足利本	上圖本（影）	上圖本（八）	古文尚書晁刻	書古文訓	尚書篇目
厎慎財賦						財									財			禹貢
散鹿臺之財			財 S799											戝	戝			武成

747、台

「台」字在傳鈔古文《尚書》有下列不同字形：

（1）台：台

上圖本（八）「台」字作台，乃少下一畫。

（2）朕：

足利本、上圖本（影）〈說命下〉「王曰來汝說台小子舊學于甘盤」「台」字作「朕」朕，「朕」，我，此乃以同義字替換，孔〈傳〉多釋「台」爲「我」，如〈禹貢〉「祇台德先」、〈盤庚上〉「卜稽曰其如台」、〈說命上〉「以台正于四方

惟恐德弗類」、「命之曰朝夕納誨以輔台德」等等。

【傳鈔古文《尚書》「台」字構形異同表】

台	戰國楚簡	石經	敦煌本	岩崎本	神田本b	內野本	九條本	島田本b	上圖本b	足利本	古梓堂b	天理本	觀智院b	上圖（元）	上圖本（影）	上圖本（八）	古文尚書晁刻	書古文訓	尚書篇目
祗台德先不距朕行																			禹貢
今汝其曰夏罪其如台																台			湯誓
予恐來世以台為口實															台	台			仲虺之誥
肆台小子將天命明威																台			湯誥
王曰來汝說台小子															朕	朕			說命下

禹貢	戰國楚簡	漢石經	魏石經	敦煌本 P3615 P3469	敦煌本 P3615·P3469	敦煌本 P3469	敦煌本 P5522	敦煌本 P5522·P4033	敦煌本 P4033	敦煌本 P4033·P3628	敦煌本 P3628 P4874	敦煌本 P3628	敦煌本 P5543	敦煌本 P3169	敦煌本 P2533	岩崎本	神田本	九條本	島田本	內野本	上圖本元	觀智院本	天理本	古梓堂	足利本	上圖本影	上圖本八	晁刻古文尚書	書古文訓	唐石經
五百里甸服百里賦納總										畫旬賉総			百里甸服百里賦納總					百里賦納總		五百里甸服百里賦納總					五百里甸服百里賦納總				又百里甸服百里賦内總	又百里甸服百里賦内總
二百里納銍三百里納秸服										三百里納秸服			二百里納銍三百里納秸服					二百里納銍三百里納秸服		二百里納銍三百里納秸服					二百里納銍三百里納秸服				弍百里内鍾弍百里内夏㡭䅥服	弍百里納銍弍百里内夏㡭䅥服

四百里粟五百里米五百里侯服				三百里粟又百里米又百里侯服	三百里粟又百里米叟百里侯服	三百里粟五百里米又百里侯服	三百里粟五百里米又百里侯服	三百里粟又百里米又百里侯服	四百里粟五百里米五百里侯服
百里采二百里男邦三百里諸侯				百里采二百里男邦三百里諸侯	百里采二百里男邦三百里諸侯	百里采二百里男邦三百里諸侯	百里采二百里男邦三百里諸侯	百里采式百里男邦三百里諸侯	百里采式百里男邦三百里諸侯

748、甸

「甸」字在傳鈔古文《尚書》有下列不同字形:

（1）个⊕魏三體

魏三體石經〈君奭〉、〈立政〉「甸」字古文作「佃」个⊕，篆隸二體作「甸」，王國維云:「《說文》有佃甸二字，此古文作『佃』，篆文作『甸』，按:《春秋左氏傳》『衷甸』，《說文》引作『中佃』，則古文多用『佃』字。」《說文》田部「甸」:「天子五百里地，从田包省」，人部「佃」:「中也，从人田聲」，金文「佃」、「甸」為一字作⊕克鐘⊕格伯簋⊕揚簋⊕柞鐘⊕柞鐘等形，其偏旁「亻」字於右側變作「勹」而為「甸」。

【傳鈔古文《尚書》「甸」字構形異同表】

甸	戰國楚簡	石經	敦煌本	岩崎本b	神田本b	九條本	島田本b	內野本	上圖（元）	觀智院b	天理本	古梓堂b	足利本	上圖本（影）	上圖本（八）	古文尚書晁刻	書古文訓	尚書篇目
五百里甸服																		禹貢
小臣屛侯甸		⊕魏																君奭
式商受命奄甸萬姓		⊕魏																立政

749、銍

「銍」字在傳鈔古文《尚書》有下列不同字形：

（1）鋕

《書古文訓》「銍」字作鋕，右从古文「至」字之隸古定（參見"至"字）。

【傳鈔古文《尚書》「銍」字構形異同表】

銍	戰國楚簡	石經	敦煌本	岩崎本b	神田本b	九條本	島田本b	內野本	上圖（元）	觀智院b	天理本	古梓堂b	足利本	上圖本（影）	上圖本（八）	古文尚書晁刻	書古文訓	尚書篇目
二百里納銍																	鋕	禹貢

750、秸

「秸」字，《釋文》曰：「本或作『稭』，馬云去其穎，音秸」，《說文》禾部「稭，禾稾去其皮」，《漢書・地理志》作「戛」，顏注謂「稾也……戛音工黠反」，《禮記・禮器篇》鄭注引〈禹貢〉作「秸」。

「秸」字在傳鈔古文《尚書》有下列不同字形：

（1）戛

《書古文訓》「秸」字作「戛」戛，與《漢書・地理志》同，乃假「戛」爲「秸」字。

（2）秸1秸2

內野本「秸」字作秸1，偏旁「吉」字上橫左右加直筆，寫與「告」字篆

文**㞷**相近，上圖本（八）作**秸**2，訛誤變作从「告」。

（3）**秸**

九條本「秸」字作**秸**，偏旁「禾」字訛作「礻」。

【傳鈔古文《尚書》「秸」字構形異同表】

秸	戰國楚簡	石經	敦煌本	岩崎本	神田本b	九條本	島田本b	內野本	上圖（元）	觀智院b	天理本	古梓堂b	足利本	上圖本（影）	上圖本（八）	古文尚書晁刻	書古文訓	尚書篇目
三百里納秸服						秸	秸								秸		稁	禹貢

751、粟

「粟」字在傳鈔古文《尚書》有下列不同字形：

（1）**桌**汗 3.37**桌**汗 3.36**桌**四 5.6**桌**1**桌**2**桌**3**桌**4**桌**5

《汗簡》、《古文四聲韻》錄《古尚書》「粟」字作：**桌**汗 3.37**桌**汗 3.36**桌**四 5.6，即《說文》篆文**桌**，古璽作**桌**璽彙 5550**桌**璽彙 5549**桌**璽彙 0276**桌**璽彙 0287 等形。

《書古文訓》「粟」字或作**桌**1，爲篆文**桌**之隸古定，內野本或**卤**形下少一畫作**桌**2，上圖本（八）或又變作**桌**3；《書古文訓》又作**桌**4，上圖本（影）或作**桌**5，其上**卤**形訛作古文「西」字**卤**，**桌**5 其下「米」形復訛省。

（2）**桌**

內野本「粟」字或作**桌**，其上**卤**形隸古定訛變，與「柬」字作**桌**上半混同（參見“簡”字）。

【傳鈔古文《尚書》「粟」字構形異同表】

粟	傳抄古尚書文字 **桌**汗 3.37 **桌**汗 3.36 **桌**四 5.6	戰國楚簡	石經	敦煌本	岩崎本	神田本b	九條本	島田本b	內野本	上圖（元）	觀智院b	天理本	古梓堂b	足利本	上圖本（影）	上圖本（八）	古文尚書晁刻	書古文訓	尚書篇目
四百里粟五百里米																		桌	禹貢
若粟之有秕									桌						桌	桌	桌	桌	仲虺之誥

散鹿臺之財						稟		粟					武成

752、男

「男」字在傳鈔古文《尚書》有下列不同字形：

（1）**男**₁**男**₂

「男」字敦煌本 P2533 作**男**₁、九條本、觀智院本或作**男**₂，《說文》篆文作**男**，與漢代隸書作**男**睡虎地 13.59**男**武威醫簡 85 甲**男**漢石經.春秋.昭 4 年同，**男**₂所從「力」未出頭，變作篆文「刀」之隸古定形。

【傳鈔古文《尚書》「男」字構形異同表】

男	戰國楚簡	石經	敦煌本	岩崎本	神田本b	九條本	島田本b	內野本	上圖（元）	觀智院b	天理本	古梓堂b	足利本	上圖本（影）	上圖本（八）	古文尚書晁刻	書古文訓	尚書篇目
二百里男邦			**男**P2533			**男**								**男**				禹貢
越在外服侯衛甸男衞邦伯						**男**												酒誥
侯甸男衞矧太史友內史友						**男**												酒誥
命庶殷侯甸男邦伯						**男**												召誥
庶邦侯甸男衞惟予一人釗報誥									**男**b									康王之誥

753、諸

「諸」字在傳鈔古文《尚書》有下列不同字形：

（1）**糕**汗 4.48**糕**四 1.23**彭彬**₁**彭彭**₂**衮**₃**衮攵**₃**衮攵**₄**裘攵**₅

《汗簡》、《古文四聲韻》錄《古尚書》「諸」字作：**糕**汗 4.48**糕**四 1.23，與**糕**四 1.23 古孝經、魏三體石經「諸」字古文作**糕**魏三體僖公 28「諸侯遂圍許」類同，傳抄古文「者」字作**糕**四 3.21 古孝經**糕糕**四 3.21 古老子此乃借「者」爲「諸」（參見"都"字）。

《書古文訓》「諸」字多作**糕**汗 4.48**糕**四 1.23 形之隸定：**彭彬**₁，其右下隸作「从」，或省變作**彭彭**₂；內野本、上圖本（八）或作**衮**₃，足利本、上圖本（影）或作**衮攵**，偏旁「彡」作「攵」；上圖本（影）或作**衮攵**₄，偏旁「彡」訛作「欠」；

3、4 形右下皆隸作「衣」之下半；足利本、上圖本（影）、上圖本（八）或作𢿙𢿚，右下隸訛作「水」。

（2）𢿗𢿚₁𢿗𢿚₂𢿙₃𢿚₄𢿙₅

敦煌本《經典釋文・舜典》P3315「諸」字下云：「本又作𢿗₁，古諸字」，敦煌本 P3315、P2643、P2533、P3871、上圖本（元）、內野本、島田本亦或作此𢿗₁形，此即傳抄《古尚書》「諸」字𢿗汗4.48𢿗四1.23之隸訛，其右上「山」為「止」之訛，與《古文四聲韻》錄籀韻「諸」字作𢿗四1.23同形；岩崎本、上圖本（元）、觀智院本、九條本或作𢿚𢿚₂，右下中間多一短橫；敦煌本 P5557、九條本或作𢿙₃，右下變从「衣」；上圖本（影）或訛變作𢿗₄，觀智院本或訛變作𢿙₅。

（3）𡊳₁𡊳₂𡊳₃

敦煌本《經典釋文・舜典》P3315「諸」字作𡊳₁，與《古文四聲韻》錄籀韻「諸」字作𡊳四1.23同形，九條本、上圖本（元）「諸」字或作𡊳₂𡊳₃，此三形皆𢿗汗4.48𢿗四1.23之隸訛，「止」訛作「山」復下移，原左下川形或變作「衣」右移至彡下，變作𡊳₂𡊳₃，再變作𡊳₁。

（4）於

上圖本（元）〈高宗肜日〉「祖己訓諸王作高宗肜日高宗之訓」「諸」字作於，當為（2）𢿚₂形之訛，誤作「於」字。

【傳鈔古文《尚書》「諸」字構形異同表】

諸 傳抄古尚書文字 𢿗汗4.48 𢿗四1.23	戰國楚簡	石經	敦煌本	岩崎本 神田本b	九條本 島田本b	內野本	上圖（元） 觀智院b	天理本 古梓堂b	足利本	上圖本（影）	上圖本（八）	古文尚書晁刻	書古文訓	尚書篇目
將使嗣位歷試諸難作舜典			𡊳 P3315										𢿗	舜典
三百里諸侯			𢿗 P2533	𡊳	𢿚								𢿚	禹貢
湯征諸侯葛伯不祀湯始征之作湯征			𢿙 P5557	𡊳	諸								𢿗	胤征
伊尹放諸桐三年						𢿗				𢿙 𢿚 𢿗			𢿗	太甲上

必求諸道					彬		彬 嶽		彬	太甲下
高宗夢得說使百工營求諸野	彬 P2643	彬		彬 彬				彬	說命上
得諸傅巖作說命三篇	彬 P2643	彬		彬 嶽				彬	說命上
祖己訓諸王作高宗肜日高宗之訓		彬		彬 於				彬	高宗肜日
武王既勝殷邦諸侯			嶽b 彬					彬	洪範
二公及王乃問諸史與百執事			彬					彬	金縢
唐叔得禾異畝同穎獻諸天子			彬			彬		彬	微子之命
惟厥正人越小臣諸節			彬		彬 嶽			彬	康誥
又惟殷之迪諸臣			彬 彬		彬 嶽			彬	酒誥
蔡叔既沒王命蔡仲踐諸侯位作蔡仲之命			嶽 彬			彬		彬	蔡仲之命
叔卒乃命諸王邦之蔡			彬			彬		彬	蔡仲之命
考制度于四岳諸侯各朝于方岳			彬			彬		彬	周官
成王將崩命召公畢公率諸侯相康王作顧命			彬 嶽b			彬		彬	顧命
拜王荅拜太保降收諸侯出廟門俟			彬 嶽b			彬		彬	顧命
康王既尸天子遂誥諸侯作康王之誥			彬 彬b			彬		彬	康王之誥
王出在應門之內太保率西方諸侯			彬		諸	彬		彬	康王之誥
付畀四方乃命建侯樹屏 *作「建諸侯樹屏」*			彬 諸b		諸 諸	彬		康王之誥
下刑適重上服經重諸罰有權		彬						彬	呂刑
秦穆公伐鄭晉襄公帥師敗諸崤還歸作秦誓	彬 P3871		嶽 彬			彬		彬	秦誓

禹貢	戰國楚簡	漢石經	魏石經	敦煌本 P3615	敦煌本 P3615·P3469	敦煌本 P3469	敦煌本 P5522	敦煌本 P5522·P4033	敦煌本 P4033	敦煌本 P4033·P3628	敦煌本 P3628·P4874	敦煌本 P5543	敦煌本 P3169	敦煌本 P2533	岩崎本	神田本	九條本	島田本	內野本	上圖本元	觀智院本	天理本	古梓堂	足利本	上圖本影	上圖本八	晁刻古文尚書	書古文訓	唐石經
五百里綏服三百里揆文教											五百里撈文教		人百里娞䏻三百里撈文教				支百里綏服三百里撈之教	文百里綏服三百里撈之教	又百里綏服三百里撈未教					五百里綏服三百里撈文敎	五百里綏服三百里撈文教	五百里綏服三百里撈文敎	弍百里綏服三百里撈文敎	又百里娞䏻弍百里撈㸚敎	五百里綏服三百里揆文教
二百里奮武衛五百里要服											五百要服		二百里盒武衛人百里要服				二百里奮武衛五百里要服	二百里奮武衛五百里要服	二百里奮武衛五百里要服					二百里奮武衛立百里要服	二百里奮武衛五百里要服	二百里奮武衛五百里要服	二百里奮武衛五百里要服	弍百里奮武䘙又百里娞䏻	二百里奮武衛五百里要服
三百里夷二百里蔡五百里荒服											二百里蔡		三百里尸二百里蔡人百里荒服				三百里尼二百里蔡五百里荒服	三百里尼二百里蔡五百里荒服	三百里尼二百里蔡五百里荒服					三百里尼二百里蔡立百里荒服	三百里尼二百里蔡五百里荒服	三百里尼二百里蔡五百里荒服	三百里尼二百里蔡五百里荒服	弍百里尸弍百里蔡又百里㠩䏻	三百里夷二百里蔡五百里荒服
三百里蠻二百里流東漸于海											五百里蠻東漸于㣮		三百里蠻二百里流東漸于㣮				三百里蠻二百里流東漸于㣮	三百里蠻二百里流東漸于㣮	三百里蠻二百里流東漸于㣮					三百里蠻二百里流東漸于㣮	三百里蠻二百里流東漸于㣮	三百里蠻二百里流東漸于彔	三百里蠻二百里流東漸于彔	弍百里蠻弍百里流東漸亏彔	三百里蠻二百里流東漸于海

西被于流沙朔南暨聲教							西被于	西被于流沙朔南暨聲教	西被行流沙朔南暨聲教	西被于流沙朔南暨聲教	西被于流沙朔南暨聲教	迺柀亏流沙相南暨聲教 兩柀于流沙朔南暨聲教	卤柀于沃沙胖举泉聲教 西柀于流沙朔南暨聲教
訖于四海禹錫玄圭告厥成功							訖水	訖于三眾命錫玄圭告厎成功	訖于三海命錫玄圭告厎成功	訖亏三泉命錫玄圭告本威功	訖于三海命錫玄圭告厥成功	訖亏三眾命錫玄圭告式城功 訖于三海會錫玄圭告式威功	訖亏三海命錫立珪告夆厥功

754、綏

「綏」字在傳鈔古文《尚書》有下列不同字形：

（1）綏汗5.70 綏四1.18 綏綏六書通59 綏魏三體

《汗簡》、《古文四聲韻》、《訂正六書通》錄《古尚書》「綏」字作：綏汗5.70 綏四1.18 綏綏六書通59，魏三體石經〈大誥〉「綏」字古文作綏，皆與《說文》篆文綏同，戰國作綏隨縣88 綏包山277 綏璽彙1414等形，綏六書通59則从偏旁「糸」之省形。

（2）綏汗5.66 綏四1.18 妥 妥妥1 妥2

《汗簡》、《古文四聲韻》錄《古尚書》「綏」字又作：綏汗5.66 綏四1.18，从女从妥，此「婑」字爲「妥」之累增形旁，羅振玉謂「古『綏』字作『妥』，古金文與卜辭並同」〔註274〕，「妥」乃「綏」、「婑」之初文。

敦煌本P2533、P2643、P2516、《書古文訓》「綏」字或作「婑」妥妥妥1，同於傳抄《古尚書》「綏」字，岩崎本、上圖本（元）或多一畫作婑2。

（3）綏綏1 妥2 綏3

〔註274〕參見：《甲骨文字詁林》，于省吾主編，北京：中華書局，1996，頁470。

　　岩崎本、九條本、上圖本（影）「綏」字或作綏綏1，偏旁「妥」字多一
畫；〈盤庚下〉「綏爰有眾」岩崎本作妥2，其偏旁「糸」字乃由「女」改作；
上圖本（影）或作綏3，偏旁「妥」字與「安」字作女混同。

　　（4）綏

　　上圖本（影）〈文侯之命〉「有績予一人永綏在位」「綏」字作綏，偏旁「妥」
字訛作「爰」，誤作「緩」字。

　　（5）媛

　　岩崎本〈盤庚上〉「底綏四方」、上圖本（元）〈說命下〉「其爾克紹乃辟于
先王永綏民」「綏」字作媛，此乃「娞」字偏旁「妥」字訛作「爰」，誤作「媛」
字。

【傳鈔古文《尚書》「綏」字構形異同表】

綏 傳抄古尚書文字 汗5.66 汗5.70 四1.18 並古尚書又石經 六書通59	戰國楚簡	石經	敦煌本	岩崎本	神田本b	九條本	島田本b	內野本	上圖(元)	觀智院b	天理本	古梓堂b	足利本	上圖本（影）	上圖本（八）	古文尚書晁刻	書古文訓	尚書篇目
五百里綏服			妥P2533	綏													娞	禹貢
若有恆性克綏厥猷惟后																	娞	湯誥
用集大命撫綏萬方								綏									娞	太甲上
克綏先王之祿								綏									娞	咸有一德
底綏四方			媛					綏									娞	盤庚上
我先后綏乃祖乃父			妥P2643 綏P2516	媛				綏									娞	盤庚中
綏爰有眾			妥P2643 媛P2516	媛				綏									娞	盤庚下

其爾克紹乃辟于先王永綏民		P2643 P2516		媛	綏	娞	說命下
肆予東征綏厥士女		綏 S799				娞	武成
寧王惟卜用克綏	綏 魏					娞	大誥
尚胥暨顧綏爾先公之臣				綏b	綏	娞	康王之誥
綏定厥家			綏			娞	畢命
有績予一人永綏在位				綏	緩	娞	文侯之命

755、要

「要」字在傳鈔古文《尚書》有下列不同字形：

（1）汗5.66四2.7魏三體 1 2 3

《汗簡》、《古文四聲韻》錄《古尚書》「要」字作：汗5.66四2.7魏三體石經〈多方〉「要」字篆體作，與此同形，即《說文》古文作，源自是要籃散盤等形。

《書古文訓》「要」字或作1，為說文古文要之隸古定，形如漢帛書老子甲147孫子53；《書古文訓》或訛變作23形，2其下「夕」形為說文古文要「女」隸古定訛變。

（2）魏三體

魏三體石經〈多方〉「要」古文作，與《說文》篆文作同形，其古篆二體與《說文》互換。

【傳鈔古文《尚書》「要」字構形異同表】

要	傳抄古尚書文字 汗5.66尚書說文 四2.7	戰國楚簡	石經	敦煌本	岩崎本	神田本b	九條本	島田本b	內野本	上圖（元）	觀智院b	天理本	古梓堂b	足利本	上圖本（影）	上圖本（八）	古文尚書晁刻	書古文訓	尚書篇目
五百里要服																		要	禹貢
茲殷罰有倫又曰要囚																		要	康誥

要囚殄戮多罪	（魏）													嬰	多方
我惟時其戰要囚之														嬰	多方
辭尙體要														嬰	畢命
惟齊非齊有倫有要														嫛	呂刑

756、圭、珪

「圭」、「珪」字在傳鈔古文《尙書》有下列不同字形：

（1）珪

今本《尙書》「圭」、「珪」二字《書古文訓》皆作「珪」，《說文》土部「圭，瑞玉也」，古文从玉作**珪**，郭店楚簡作**珪**郭店.緇衣 35 與此同，《禮記・王制》「賜圭瓚然後爲鬯」《釋文》云：「『圭』字又作『珪』，『珪』古字，『圭』今字」。

【傳鈔古文《尙書》「圭」、「珪」字構形異同表】

圭	戰國楚簡	石經	敦煌本	岩崎本b	神田本b	九條本b	島田本b	內野本	上圖（元）	觀智院b	天理本	古梓堂b	足利本	上圖本（影）	上圖本（八）	古文尚書晁刻	書古文訓	尚書篇目
禹錫玄圭告厥成功								圭									珪	禹貢

珪	戰國楚簡	石經	敦煌本	岩崎本b	神田本b	九條本b	島田本b	內野本	上圖（元）	觀智院b	天理本	古梓堂b	足利本	上圖本（影）	上圖本（八）	古文尚書晁刻	書古文訓	尚書篇目
植璧秉珪														珪				金縢

七、甘 誓

甘誓	戰國楚簡	漢石經	魏石經	敦煌本 P5543	敦煌本 P2533		岩崎本	神田本	九條本	島田本	內野本	上圖本（元）	觀智院	天理本	古梓堂	足利本	上圖本（影）	上圖本（八）	晁刻古文尚書	書古文訓	唐石經
啟與有扈戰于甘之野作甘誓				启與又扈戰于四之埜作四誓				启與敂扈戰于甘之埜作甘誓	启與才扈戰于甘坐野作甘誓		启與才扈戰亏甘之野作甘誓	启与才扈戰亏甘之野作甘誓				启与才扈戰亏甘之野作邢誓	启與才扈戰亏甘之野作邢誓	启为才扈戰亏甘坐埜从曰斬·	启为才扈戰亏甘坐埜从曰斬·	啟與有扈戰于甘之野作甘誓
大戰于甘乃召六卿				大岸于四乃召六卿				大岸于甘乃召六卿	大岸于世乃召六卿		大岸亏甘乃召六卿	大岸亏甘乃召六卿				大岸于甘乃召六卿	大岸亏甘乃召六卿	大岸亏甘外鸟召六卿	大岸亏甘外鸟召六卿	大戰于甘外召六卿

757、扈

「扈」字在傳鈔古文《尚書》有下列不同字形：

（1）〔圖〕魏三體嶇1嶇2

魏三體石經〈君奭〉「則有若伊陟臣扈」「扈」字古文作〔圖〕，形近於《說文》古文作〔圖〕從山弓，徐鍇謂從辰巳之「巳」，商承祚以爲〔圖〕魏三體是「岯」，石經假「岯」爲「扈」〔註275〕，《說文》段注以爲「當從戶而轉寫失之」，王國維云：「案石經『所』字古文從〔圖〕，此〔圖〕疑〔圖〕之訛」〔註276〕，何琳儀則謂「按〔圖〕、〔圖〕均從弓聲。弓、戶雙聲，故『岯』通『扈』。弓或作〔圖〕，正反映了戰國文字弓可作〔圖〕這種近于『巳』的形體。」〔註277〕。《玉篇》殘卷22山部〔圖〕字「《爾雅》『山

〔註275〕商承祚，《石刻篆文》卷6.20，台北：世界書局，1983。

〔註276〕王國維，《海寧王靜安先生遺書》，頁487，台北：臺灣商務印書館，1968。

〔註277〕何琳儀，〈古璽雜釋續〉，《古文字研究》19，頁483，北京：中華書局。

庫而大曰㟬』郭璞曰：『㟬，廣皀也』《說文》古文厄字，厄部也。」「㟬」
字即「嶇」字，所从「厄」字與🔲居延簡甲154.3同，偏旁「邑」俗省作「巳」，
又其「邑」字作🔲，疑🔲魏三體🔲說文古文厃為㟬字之省形，此假「嶇」（屺）
為「厄」，「巳」（🔲）、「弓」（🔲）形乃「邑」字所从「卩」之訛，魏三體「卩」
作🔲（即之偏旁）。

《書古文訓》「厄」字作㟬₁㟬₂，為🔲說文古文厃之隸古定訛變。

（2）🔲₁🔲₂🔲₃

敦煌本 P2748「厄」字作🔲₁，與🔲曹全碑陰同形，為篆文厃之隸書俗寫；
九條本或作🔲₂，與「厄」字🔲居延簡甲154.3同形，所从「邑」俗省作「巳」，
類同於《玉篇》殘卷 22 山部㟬字「《說文》古文厄字」「厄」字寫作🔲；足
利本或作🔲₃，變作从「广」从「邑」。

【傳鈔古文《尚書》「厄」字構形異同表】

厄	戰國楚簡	石經	敦煌本	岩崎本	神田本b	九條本b	島田本b	內野本	上圖（元）	觀智院b	天理本b	古梓堂b	足利本	上圖本（影）	上圖本（八）	古文尚書晁刻	書古文訓	尚書篇目
啓與有厄戰于甘之野作甘誓																	㟬	甘誓
予誓告汝有厄氏																	㟬	甘誓
作夏社疑至臣厄						🔲							🔲		🔲		㟬	湯誓
則有若伊陟臣厄		🔲魏	🔲P2748														㟬	君奭

758、戰

「戰」字在傳鈔古文《尚書》有下列不同字形：

（1）🔲🔲₁🔲🔲₂

《書古文訓》、九條本「戰」字或作🔲🔲₁，《玉篇》卷 10 止部「𪠡」古
文戰，敦煌本 P2533、內野本、足利本、上圖本（影）、上圖本（八）或作🔲₂，
《古文四聲韻》錄古老子「戰」字作🔲🔲四4.23，🔲四4.23與🔲郭店.語叢3.2同形，

㞢₂弃四4.23 為弃四4.23 㞢郭店.語叢3.2 之隸古定訛變。湯餘惠云〔註278〕：「此字上部从㐱，㐱為旗斿，从㐱之字不少和旌旗有關，如旒、旝、斿、旌等均是。頗疑『旃』即『旃』字，所从『井』旁乃『丹』之訛寫（古文井、丹相近亦混）。『旃』與『戰』古音並屬章紐元部，係同音字，故《釋名·釋兵》說：『通帛為旃。旃，戰也』用『戰』為『旃』字做音訓。所以上引古老子二例，應是『旃』假借為『戰』，而非『戰』之本字。〔註279〕」其說是也。弃₁弃₂皆假「旃」為「戰」字，所从「止」乃「㐱」作㇉之隸變，弃₁所从「开」乃「井」形（乃「丹」字）之訛。

（2）弃弃₁㞢㞢₂

敦煌本 S799、九條本、內野本、上圖本（八）「戰」字或作弃弃₁，敦煌本 S2074、九條本、足利本、上圖本（影）或作㞢㞢₂，上所从「屮」乃「㐱」作㇉之隸變為「止」形之俗訛。此亦假「旃」為「戰」字。

（3）戠

岩崎本或作「戰」字或作戠，與《古文四聲韻》錄戠四4.23 籀韻、戰國作戠郭店.老子丙10戠郭店.窮達4戠曶忘鼎戠曶忘盤等同形，其左隸定作「嘼」。

（4）戰

足利本、上圖本（影）或作「戰」字或作戰₁，偏旁「單」字其上二口省作三點。

【傳鈔古文《尚書》「戰」字構形異同表】

戰	戰國楚簡	石經	敦煌本	岩崎本	神田本b	九條本b	島田本b	內野本	上圖（元）	觀智院b	天理本b	古梓堂b	足利本	上圖本（影）	上圖本（八）	古文尚書晁刻	書古文訓	尚書篇目
啓與有扈戰于甘之野作甘誓			弃 P2533				弃	弃						弃	弃	弃	弃	甘誓

〔註278〕湯餘惠，〈釋旃〉，《吉林大學古籍整理研究所建所十五週年紀念文集》，頁66～67，長春：吉林大學出版社，1998。

〔註279〕湯餘惠，〈釋旃〉，《吉林大學古籍整理研究所建所十五週年紀念文集》，頁66～67，長春：吉林大學出版社，1998。

大戰于甘乃召六卿	P2533	弄 井	弄 弄 屵	屵	甘誓
遂與桀戰于鳴條之野作湯誓		屵	屵 屵	屵	湯誓
小大戰戰罔不懼于非辜		屵	戰 戰 戰	屵	仲虺之誥
與受戰于牧野作牧誓	屵S799	戧 屵	戰 戰 屵	屵	牧誓
我惟時其戰要囚之	屵S2074	屵 屵	屵	屵	多方

759、甘

「甘」字在傳鈔古文《尚書》有下列不同字形：

（1）魏三體 ₁ ₂ ₃ ₄ ₅ ₆

魏三體石經〈君奭〉「甘」字古文作，與楚簡作包山 **245**、《說文》篆文作皆同，《說文》「甘，美也，从口含一」。

《書古文訓》「甘」字或作古文形體₁，或隸古定作₂，或隸古定訛變作₃；敦煌本 P2533 作₄，从「口」中一點；上圖本（元）、足利本、上圖本（影）或作₅，其右直筆拉長，形與「耳」字相近；上圖本（影）或作₆，形與「丹」字混近。

（2）

上圖本（八）「甘」字作，字形訛變與「其」相混，乃由（1）₆ 形再變。

【傳鈔古文《尚書》「甘」字構形異同表】

甘	戰國楚簡	石經	敦煌本	岩崎本	神田本b	九條本	島田本b	內野本	上圖（元）	觀智院b	天理本	古梓堂b	足利本	上圖本（影）	上圖本（八）	古文尚書晁刻	書古文訓	尚書篇目
啓與有扈戰于甘之野			四P2533														甘	甘誓
作甘誓			四P2533											屵			甘	甘誓
大戰于甘乃召六卿			四P2533											屵			甘	甘誓

甘酒嗜音峻字彫牆	四 P2533						夬	耳		臼	五子之歌
王曰來汝說台小子舊學于甘盤						夬		耳 其		目	說命下
稼穡作甘								夬 其		目	洪範
在武丁時則有若甘盤	魏							耳		目	君奭

760、召

「召」字在傳鈔古文《尚書》有下列不同字形：

（1）㕡₁台₂

敦煌本 P2516、P2748、岩崎本、九條本、觀智院本、上圖本（元）「召」字或作㕡₁，「刀」形省簡作兩點撇；九條本、上圖本（八）或作台₂，「刀」形省變作「八」形與「台」字相混。

（2）邵：邵₁卲₂

〈洛誥〉「召公既相宅」內野本、上圖本（八）「召」字各作邵₁卲₂，為「邵」字俗寫，「卩」旁混作「阝」，乃假「邵」為「召」字。

（3）㠯

〈微子〉「召敵讎不怠」「召」字上圖本（影）作㠯，所從「刀」形訛，訛寫作「㠯」（以）字。

【傳鈔古文《尚書》「召」字構形異同表】

召	戰國楚簡	石經	敦煌本	岩崎本	神田本b	九條本	島田本b	內野本	上圖（元）	觀智院b	天理本b	古梓堂b	足利本	上圖本（影）	上圖本（八）	古文尚書晁刻	書古文訓	尚書篇目
大戰于甘乃召六卿			台 P2533			台												甘誓
召敵讎不怠			㕡 P2516			台								台		㠯		微子
使召公先相宅作召誥						台												召誥
召公既相宅								邵							卲			洛誥

尚書文句									尚書篇目
召公為保周公為師	呂 P2748								君奭
周公告召公作將蒲姑			召						蔡仲之命
成王將崩命召公畢公率諸侯相康王作顧命							仚		顧命
乃同召太保奭芮伯彤伯	名 隸釋					召 b			顧命

761、卿

「卿」字在傳鈔古文《尚書》有下列不同字形：

（1）鄉

敦煌本 P5543「卿」字作鄉，其右所从「卩」寫混作「阝」，寫本中常見。

（2）郷郷

上圖本（元）、足利本、上圖本（影）、上圖本（八）「卿」字或作郷郷，其左形上多一畫，俗訛與「歹」字相混。

【傳鈔古文《尚書》「源」字構形異同表】

卿	戰國楚簡	石經	敦煌本	岩崎本神田本b	九條本島田本b	內野本	上圖本（元）觀智院b天理本b古梓堂b	足利本	上圖本（影）	上圖本（八）	古文尚書晁刻	書古文訓	尚書篇目
大戰于甘乃召六卿			鄉 P5543 卿 P2533		鄉	鄉		卿	郷	卿		卿	甘誓
惟茲三風十愆卿士有一于身家必喪						郷		鄉	郷	鄉		卿	伊訓
卿士師師非度凡有辜罪			鄉 P2643 郷 P2516	卿		鄉		鄉	卿	卿		卿	微子
是以為大夫卿士俾暴虐于百姓于商郊			鄉 S799	卿		鄉		鄉	郷,郷	卿		卿	牧誓
謀及卿士謀及庶人				郷		郷		卿	郷	鄉		卿	洪範
蔡仲克庸祇德周公以為卿士					鄉	郷		鄉	郷	鄉		卿	蔡仲之命
六卿分職各率其屬							鄉	鄉	卿	卿		卿	周官

戒爾卿士							卿 卿		卿 卿 卿		卿	周官
卿士邦君							卿 卿		卿 卿 卿		卿	顧命

甘誓	戰國楚簡	漢石經	魏石經	敦煌本 P5543	敦煌本 P2533	岩崎本	神田本	九條本	島田本	內野本	上圖本（元）	觀智院	天理本	古梓堂	足利本	上圖本（影）	上圖本（八）	晁刻古文尚書	書古文訓	唐石經
王曰嗟六事之人予誓告汝有扈氏				王曰嗟六事之人予誓告汝又扈氏				王曰嗟六事之人予誓告安又扈氏		事之人予誓告汝又扈氏					王曰嗟六事之人予誓告汝又扈氏	王曰嗟六事之人予斷告汝有扈氏	王曰嗟六事之人予斷告汝又扈氏	日嗟六事业人予斷告女又扈氏	王曰嗟六事之人予誓告汝有	

762、嗟

「嗟」字在傳鈔古文《尚書》有下列不同字形：

（1）嗟 嗟

「嗟」字敦煌本 P5543、P3752、P3871、日諸古寫本多作嗟 嗟形，其右下「工」形俗變作「七」形（參見“左”字）。

【傳鈔古文《尚書》「嗟」字構形異同表】

嗟	戰國楚簡	石經	敦煌本	岩崎本	神田本b	九條本	島田本b	內野本	上圖本（元）	觀智院b	天理本b	古梓堂b	足利本	上圖本（影）	上圖本（八）	古文尚書晁刻	書古文訓	尚書篇目
王曰嗟六事之人			嗟 P5543					嗟 嗟					嗟	嗟	嗟			甘誓
嗟予有眾			嗟 P2533 嗟 P3752					嗟 嗟					嗟	嗟	嗟		嗟	胤征
王曰嗟爾萬方有眾明								嗟					嗟	嗟	嗟		嗟	湯誥

王曰嗟我友邦冢君越我御事庶士			嗟b			嗟 嗟		泰誓上
王曰嗟我友邦冢君	嗟 S799	嗟	嗟			嗟 嗟		牧誓
王曰嗟四方司政典獄		嗟	嗟		嗟 嗟 嗟		嗟	呂刑
公曰嗟人無譁聽命		嗟 嗟			嗟 嗟 嗟		嗟	費誓
公曰嗟我士聽無譁	嗟 P3871	嗟 嗟			嗟 嗟 嗟		嗟	秦誓

763、告

「告」字在傳鈔古文《尚書》有下列不同字形：

（1）告：告魏三體 告1 告2 告3

魏三體石經〈多士〉、〈無逸〉「告」字古文作告，與《說文》篆文同形，源自 告田罍 亞中告鼎 何尊 師旂鼎 盂鼎二 召伯簋二等形，或作 蚉壺形。

《書古文訓》「告」字或作隸古定字形告 告1 告2，告2與 蚉壺同形，或作告3形，其上與「之」字隸古定作「㞢」相混。

（2）誥：誥

〈康誥〉「聽朕告汝乃以殷民世享」「告」字內野本、足利本、上圖本（影）作「誥」誥1，「告」「誥」音義通同，《爾雅·釋詁》「誥」：「告也」。

（3）𡄹

《書古文訓》〈湯誥〉「誕告萬方」「告」字作𡄹，魏三體石經〈多方〉「誥」字古文作𡄹，《汗簡》、《古文四聲韻》錄《古尚書》「誥」字作：𡄹汗1.6 𡄹四4.29，𡄹乃此形所從「廾」訛作「开」。此形爲金文「誥」字作 何尊 史話簋 王孫誥鐘之訛，皆从言从廾（廾），《汗簡》錄 汗1.12 王庶子碑與金文同形，《箋正》謂今本《說文》「誥」字古文古文 當依此改正，此形當隸定「𡄹」，因「言」本作 和「告」作告相近，改爲从廾告聲的「𡄹」。（參見"誥"字）

【傳鈔古文《尚書》「告」字構形異同表】

告	戰國楚簡	石經	敦煌本	岩崎本b	神田本b	島田本b 九條本	內野本	上圖（元）觀智院b	天理本	古梓堂b	足利本	上圖本（影）	上圖本（八）	古文尚書晁刻	書古文訓	尚書篇目
予誓告汝有扈氏															告	甘誓
作帝告釐沃															告	胤征
誕告萬方															寽	湯誥
並告無辜于上下神祇															告	湯誥
予告汝訓															告	盤庚上
乃話民之弗率誕告用亶其有眾															告	盤庚中
柴望大告武成															告	武成
肆予告我友邦君越尹氏庶士御事															告	大誥
聽朕告汝乃以殷民世享							誥				誥	誥			告	康誥
有命曰割殷告敕于帝		告魏													告	多士
猶胥訓告胥保惠胥教誨		告魏													告	無逸

唐石經	書古文訓	晁刻古文尚書	上圖本（八）	上圖本（影）	足利本	古梓堂	天理本	觀智院	上圖本（元）	內野本	島田本	九條本	神田本	岩崎本	敦煌本 P2533	敦煌本 P5543	魏石經	漢石經	戰國楚簡	甘誓
威侮五行怠棄三正天用勦絕其命	威侮又行怠弃弎正天用勦躗元龠	威侮五行怠弃弎正天用勦躗亓命	威侮五行怠棄三正天用勦躗亓命	威侮五行怠棄三正天用勦進开命	威侮五行怠棄三正天用勦進开命				威侮五行怠怠棄三正天用勦躗亓令	威侮五行怠棄三正天用勦躗开命		威農侮五行怠棄三正天用勦躗开命			襄侮又行怠弃三正天用勦躗亓令					威侮五行怠棄三正天用勦絕其命

764、勦

「天用勦絕其命」,「勦」字《釋文》云:「子六反,《玉篇》子小反。馬本作『巢』」,《說文》刀部「剿」字「絕也」,下引「周書曰『天用剿絕其命』」,段注謂天寶以前本如是,謂衛包改《釋文》「剿」為「勦」,「劋」為「巢」,《說文》刀部無「剿」字,然水部「灑」字云:「讀若夏書『天用劋絕』」,《墨子·明鬼下》所引亦作「剿」,又《玉篇》卷 17 刀部「剿」下「劋」字云「同上」,《說文》力部「勦」字訓「勞也」,今本作「勦」乃「剿」之誤。

「勦」字在傳鈔古文《尚書》有下列不同字形:

（1）**勦**₁**勦勦**₂

敦煌本 P2533「勦」字作**勦**₁,其右從「刀」,是為「剿」字。足利本、上圖本（影）各作**勦勦**₂,所從「巢」之上巛形省作丷、𠆢。

【傳鈔古文《尚書》「勦」字構形異同表】

勦	戰國楚簡	石經	敦煌本	岩崎本	神田本b	九條本	島田本b	內野本	上圖（元）	觀智院b	天理本	古梓堂b	足利本	上圖本（影）	上圖本（八）	古文尚書晁刻	書古文訓	尚書篇目
天用勦絕其命			**勦** P2533										**勦**	**勦**			**勦**	甘誓

765、巢

「巢」字在傳鈔古文《尚書》有下列不同字形：

（1）巢₁巢₂枭₃

《書古文訓》「巢」字作巢₁，足利本、上圖本（影）作巢₂，巛形省作〜，上圖本（影）又或訛作枭₃。

【傳鈔古文《尚書》「巢」字構形異同表】

巢	戰國楚簡	石經	敦煌本	岩崎本	神田本b	九條本	島田本b	內野本	上圖（元）	觀智院b	天理本b	古梓堂b	足利本	上圖本（影）	上圖本（八）	古文尚書晁刻	書古文訓	尚書篇目
成湯放桀于南巢													巢	巢			巢	仲虺之誥
巢伯來朝													巢	枭				旅獒
芮伯作旅巢命													巢	枭				旅獒

766、絕

「絕」字在傳鈔古文《尚書》有下列不同字形：

（1）𢇅₁醫₂风₃醫醫₄醫₅醫₆醫₇醫₈醫醫₉醫₁₀醫₁₁

「絕」字敦煌本 P2643 作𢇅₁，《說文》古文作醫，與 ℑ 中山王壺𥼫 隨縣 14 同形，乃从「刀」斷絲，足利本、上圖本（影）、《書古文訓》或「刀」與此反向作醫₂，與 ℑ 郭店老子甲 1𥫣 郭店老子乙 4𥼫 包山 2499 等同形，亦爲「絕」字，岩崎本或變作风₃；九條本、《書古文訓》或作醫醫₄，與 𢇅 P2643𥼫 說文古文絕反向而所从「刀」皆析離。敦煌本 P2533 作醫₅，所从「刀」析離且訛變；敦煌本 P2516 或作醫₆，岩崎本或作醫₇，其二絲中或多一直畫；內野本、足利本、上圖本（八）或作醫₈，敦煌本 S799、九條本、內野本、上圖本（元）或變作醫醫₉，九條本、內野本或作醫₁₀，復上下二絲中皆多一直畫，形訛似重「幽」；岩崎本或訛變作醫₁₁。

【傳鈔古文《尚書》「絕」字構形異同表】

絕	戰國楚簡	石經	敦煌本	島田本b／九條本／神田本b／岩崎本	內野本	上圖（元）／觀智院b／天理本／古梓堂本b	足利本	上圖本（影）	上圖本（八）	古文尚書晁刻	書古文訓	尚書篇目
天用勦絕其命			〔古文〕P2533	〔古文〕	〔古文〕		〔古文〕	〔古文〕	〔古文〕		〔古文〕	甘誓
厥緒覆宗絕祀			〔古文〕P2533	〔古文〕	〔古文〕		〔古文〕	〔古文〕	〔古文〕		〔古文〕	五子之歌
無胥絕遠			〔古文〕P2643 〔古文〕P2516	〔古文〕	〔古文〕	〔古文〕					〔古文〕	盤庚中
民中絕命			〔古文〕P2643 絕P2516	〔古文〕		〔古文〕					〔古文〕	高宗肜曰
惟王淫戲用自絕			〔古文〕P2643	〔古文〕	〔古文〕	〔古文〕					〔古文〕	西伯戡黎
自絕于天結怨于民			〔古文〕S799	〔古文〕	〔古文〕			〔古文〕			〔古文〕	泰誓下
弗其絕厥若彝											〔古文〕	洛誥
報虐以威遏絕苗民				〔古文〕							〔古文〕	呂刑
絕地天通罔有降格				〔古文〕							〔古文〕	呂刑
乃絕厥世				〔古文〕							〔古文〕	呂刑

甘誓	戰國楚簡	漢石經	魏石經	敦煌本 P5543	敦煌本 P2533	岩崎本	神田本	九條本	島田本	內野本	上圖本（元）	觀智院	天理本	古梓堂	足利本	上圖本（影）	上圖本（八）	晁刻古文尚書	書古文訓	唐石經
今予惟恭行天之罰左不攻于左																				
汝不恭命右不攻于右																				
汝不恭命御非其馬之正																				

767、馬

「馬」字在傳鈔古文《尚書》有下列不同字形：

（1）魏三體 [字形]

「馬」字魏三體石經〈立政〉古文作[字形]魏三體，與《說文》古文作[字形]、籀文作[字形]形近，源自[字形]宅簋[字形]盂鼎[字形]吳方彝[字形]右走馬嘉壺[字形]鄂君啟舟節等形，形近於[字形]盦壺[字形]盦壺。《書古文訓》「馬」字或作[字形]等隸古定字形，或

省變作象，或隸古定訛變作象襄象象。

【傳鈔古文《尚書》「馬」字構形異同表】

馬	戰國楚簡	石經	敦煌本	岩崎本	神田本b	九條本	島田本b	內野本	上圖（一）（元）	觀智院本b	天理本	古梓堂本b	足利本	上圖本（影）	上圖本（八）	古文尚書晁刻	書古文訓	尚書篇目
御非其馬之正																	象	甘誓
若朽索之馭六馬																	象	五子之歌
御事司徒司馬司空亞旅師氏千夫長百夫長																	象	牧誓
歸馬于華山之陽																	象	武成
犬馬非其土性不畜																	象	旅獒
我有師師司徒司馬司空尹旅																	象	梓材
虎賁綴衣趣馬小尹左右攜僕																	象	立政
司徒司馬司空亞旅		象（魏）															象	立政
司馬掌邦政																	襄	周官
盧弓一盧矢百馬四匹																	象	文侯之命
今惟淫舍牿牛馬																	象	費誓
馬牛其風																	象	費誓
踰垣牆竊馬牛誘臣妾																	象	費誓

甘誓	戰國楚簡	漢石經	魏石經	敦煌本 P5543	敦煌本 P2533	岩崎本	神田本	九條本	島田本	內野本	上圖本(元)	觀智院	天理本	古梓堂	足利本	上圖本(影)	上圖本(八)	晁刻古文尚書	書古文訓	唐石經
汝不恭命用命賞于祖				妝弗龔大令用命賞于祖				女弗龔命用命賞于祖		女弗恭命用命賞亏祖					汝弗恭命用命賞于祖	汝弗恭命用命賞亏祖	汝弗恭命用命賞亏祖	女亞龔命用命賞亏祖	女亞龔命用命賞亏祖	汝不恭命用命賞于祖
弗用命戮于社				弗用命戮于社				弗用命戮于社		乑用命戮亏社					弗用命戮于社	弗用命戮亏社	弗用命戮于社	亞用命戮亏社	弗用命戮亏社	弗用命戮于社
予則孥戮汝				予則伙戮女				予則伙戮女		予則孥戮女					予則孥戮汝	予則孥戮汝	予則孥戮汝	予則伙戮女	予則孥戮女	予則孥戮汝

768、戮

「弗用命戮于社」，《史記・夏本紀》作「不用命僇於社」，「戮」字作「僇」，《墨子・明鬼》亦引之作「僇」字，《說文》人部「僇」字段注云：「大學借爲『戮』字，荀卿書同」，《汗簡》錄史書「戮」字作汗3.41，《古文四聲韻》錄古史記「戮」字作：四5.4，二者皆與《說文》「僇」字篆文同形，此假「僇」爲「戮」字，二字均屬來母覺韻。《尚書》〈甘誓〉、〈湯誓〉作「孥戮」，《漢書・季布傳》贊云：「及至困亢奴僇苟活」作「奴僇」，《漢書・五行志》、〈田叔傳〉之「僇」字顏注云：「僇，古戮字」。許學仁師引證馬王堆漢墓帛書《老子》乙本卷前古佚書〈經法・四度〉「身危爲僇，國危破亡」、山東銀雀山竹簡《六韜・十》「殺僇（戮）毋（無）常」等「僇」字並讀爲「戮」[註280]。

〔註280〕說見：許學仁師，《古文四聲韻古文研究》，戮字條，頁155～156（台北：文史哲出版社，1999）。

「戮」字在傳鈔古文《尚書》有下列不同字形：

（1）_四5.4 羿羿羿1羿2羿 羿3

《古文四聲韻》錄《古尚書》「戮」字作：羿_四5.4，《玉篇》羽部「羿」今作「戮」，敦煌本 P2533、日諸古寫本、《書古文訓》「戮」字作羿羿羿1，許學仁師謂此「借『翏』爲『戮』，字形從『羽』從『一』、從並『刀』。……（羿_四5.4）『羽』下『㐱』字，『人』旁左右拉平作『一』，『㐱』訛作『刀刀』。〔註281〕」其說是也。羿1 其上所從「ヨヨ」爲「羽」之隸變（參見 "習" 字）；《書古文訓》或作羿2，其下爲並「刀」之隸變，上圖本（影）、上圖本（八）、《書古文訓》字或作羿羿3，「刀」形俗訛作「力」，與《籀韻》古文羿_四5.4_{籀韻}同形。

（2）羿1 羿2

敦煌本 S799「戮」字或作羿1，《匡謬正俗》卷 2 錄古文戮字作羿，與此形同，此形少偏旁「亻」所變之「羽」下一橫，當隸定作「翏」，敦煌本 S799 又作羿2，即「翏」字俗書，其下「彡」俗變作「小」（參見 "璆" 字）。此皆假「翏」爲「戮」字。

（3）羿

敦煌本 P2643、P2516、P3767、S2074、岩崎本、九條本、上圖本（元）「戮」字或作羿，右下「彡」俗變作「小」形（參見 "璆" 字）。

【傳鈔古文《尚書》「戮」字構形異同表】

戮 羿_四5.4	傳抄古尚書文字	戰國楚簡	石經	敦煌本	岩崎本b	神田本b 九條本	島田本b 內野本	上圖（元）b 觀智院b	天理本 古梓堂b	足利本	上圖本（影）	上圖本（八）	古文尚書晁刻	書古文訓	尚書篇目
弗用命戮于社				羿 P2533			羿	羿			羿	羿	羿	羿	甘誓
予則孥戮汝				羿 P2533			羿	羿			羿	羿	羿	羿	甘誓
予則孥戮汝罔有攸赦							羿	羿			羿	羿	羿	羿	湯誓
與之戮力								羿			羿	羿	羿	羿	湯誥

〔註281〕同前注。

指乃功不無戮于爾邦		戡 P2643 戡 P2516	翤			戡						翤	西伯戡黎
作威殺戮		翤 S799	戡	翤						翤	翤	泰誓下
功多有厚賞不迪有顯戮		翤 S799	翤b	翤						✓		泰誓下
爾所弗勖其于爾躬有戮		翤 S799	翤b	翤					翤	翤	牧誓
亦敢殄戮用乂民若有功			戡					翤	翤	召誥
殺無辜怨有同 *P3767 作「殺戮無辜」		戡 P3767									無逸
要囚殄戮多罪亦克用勸		戡 S2074	翤	翤		戡		翤	翤	多方
惟作五虐之刑曰法殺戮無辜			翤	翤				翤	翤	呂刑
虐威庶戮方告無辜于上			翤	翤				翤	翤	呂刑

769、社

「社」字在傳鈔古文《尚書》有下列不同字形：

（1）坴汗6.73 坴1 柷2 坴3

《汗簡》錄《古尚書》「社」字作：坴汗6.73，從古文示字爪，《說文》古文作柷，與 柷 中山王鼎同形，爲增加形符「木」之異體，《古文四聲韻》錄《說文》「社」字作柷柷四3.22。

《書古文訓》「社」字或作坴1柷2坴3，坴1 爲柷說文古文社之隸定，柷2 之偏旁示字作隸古定字形，坴3 則從古文示字，而所從木訛作キ形。

（2）柷社

內野本、上圖本（八）「社」字作柷社，左皆從古文「示」字爪之俗變。

（3）社柷祇

敦煌本 S799 神田本、九條本、觀智院本「社」字或作社柷祇，偏旁土字作「圡」。

【傳鈔古文《尚書》「社」字構形異同表】

社　傳抄古尚書文字　墅 汗6.73	戰國楚簡	石經	敦煌本	岩崎本b／神田本b	九條本	島田本b	內野本	上圖（元）觀智院b	天理本b	古梓堂b	足利本	上圖本（影）	上圖本（八）	古文尚書晁刻	書古文訓	尚書篇目
弗用命戮于社						社									祍	甘誓
湯既勝夏欲遷其社不可					社								社			湯誓
作夏社疑至臣扈					社		社						社			湯誓
社稷宗廟							社	祗					社		墅	太甲上
郊社不修宗廟不享			社 S799		社b		社						社		墅	泰誓下
乃社于新邑牛一羊一豕一						社	社								墅	召誥

770、孥

「孥」字在傳鈔古文《尚書》有下列不同字形：

（1）[glyph]

「孥」字〈湯誓〉「予則孥戮汝罔有攸赦」孔〈傳〉云：「古之用刑，父子兄弟罪不相及。今云『孥戮』，權以脅之，使勿犯也。」《匡謬正俗》讀「孥」為「奴」，以為與子無涉：「案『孥戮』者，或以為奴，或加刑戮，無有所赦耳。此非孥子之孥」《正義》引鄭玄注與偽孔本同作「孥」《周禮·秋官·司厲》鄭眾注所引皆作「奴」。《漢書·王莽傳》顏師古注云：「《夏書·甘誓》之辭也。奴戮，戮之以為奴也，說書者以為孥，子也，戮及妻子。此說非也。〈泰誓〉云『囚奴正士』，豈及子之謂乎？」又《漢書·季布傳》贊「及至困亢奴僇苟活」作「奴僇」，《撰異》謂此句「孥」字當作「奴」。敦煌本 P2533、九條本、《書古文訓》「孥」字作[glyph]，即《說文》「奴」字古文作[glyph]，與鄭眾注、《漢書》〈王莽傳〉、〈季布傳〉等相合，今本作「孥」或為「奴」之假借。

【傳鈔古文《尚書》「孥」字構形異同表】

孥	戰國楚簡	石經	敦煌本	岩崎本	神田本b	九條本	島田本b	內野本	上圖（元）	觀智院b	天理本	古梓堂b	足利本	上圖本（影）	上圖本（八）	古文尚書晁刻	書古文訓	尚書篇目
予則孥戮汝			伙 P2533				仸										伙	甘誓
予則孥戮汝罔有攸赦						伙											伙	湯誓

771、奴

「奴」字在傳鈔古文《尚書》有下列不同字形：

（1）伙 伙

《汗簡》、《古文四聲韻》錄《古尚書》「奴」字作 仴汗5.66 仴四1.26，《說文》古文作 仴，源自戰國 仴陶彙6.195 仴包山122 形，內野本、上圖本（八）、《書古文訓》作 伙 伙 皆與此同。

【傳鈔古文《尚書》「奴」字構形異同表】

奴 傳抄古尚書文字 仴汗5.66 仴四1.26	戰國楚簡	石經	敦煌本	岩崎本	神田本b	九條本	島田本b	內野本	上圖（元）	觀智院b	天理本	古梓堂b	足利本	上圖本（影）	上圖本（八）	古文尚書晁刻	書古文訓	尚書篇目
囚奴正士								伙							伙		伙	泰誓下

八、五子之歌

五子之歌	戰國楚簡	漢石經	魏石經	敦煌本P5543	敦煌本P2533		岩崎本	神田本	九條本	島田本	內野本	上圖本（元）	觀智院	天理本	古梓堂	足利本	上圖本（影）	上圖本（八）	晁刻古文尚書	書古文訓	唐石經
太康失邦昆弟五人須于洛汭作五子之歌					太康失邦昆弟五人須于豪汭作又子之哥						太康失邦昆弟五人須于豪泃作又子出歌					太康失邦昆才五人須于豪汭作又子之歌	太康失所昆弟五人須又人作又子之歌	太康失邦昆弟五人須亏豪汭作又子出歌	太康失邦昆弟五人頴亏豪内迖五學出哥	太康失邦昆弟五人頴亏豪汭作五子之歌	太康失邦昆弟五人須于洛汭作五子之歌
太康尸位以逸豫滅厥德					太康尸位吕逸憲歲年息						太康尸位吕逸途滅本息					太康尸位吕逸途滅氏息	太康尸位以逸念滅氏息	太康尸位吕逸念滅本息	太康尸位吕俗念歲年息	太康尸位以逸豫滅厥德	太康尸位以逸豫滅厥德

772、昆

「昆」字在傳鈔古文《尚書》有下列不同字形：

（1）𢍺𢍺

「昆」字《書古文訓》作𢍺𢍺，《說文》弟部「𢍺」字「𢍺周人謂兄曰𢍺，從弟從眔。」段注云：「昆弟字當作此，『昆』行而『𢍺』廢矣。」《集韻》「𢍺」通作「昆」，作「昆」乃「𢍺」之假借字。

【傳鈔古文《尚書》「昆」字構形異同表】

昆	戰國楚簡	石經	敦煌本	岩崎本	神田本b	九條本	島田本b	內野本	上圖（元）	觀智院b	天理本	古梓堂b	足利本	上圖本（影）	上圖本（八）	古文尚書晁刻	書古文訓	尚書篇目
太康失邦昆弟五人								昆									𦥯	五子之歌
垂裕後昆																	𦥯	仲虺之誥

773、弟

「弟」字在傳鈔古文《尚書》有下列不同字形：

（1）茅₁茉₂

九條本「弟」字或作茅₁，與弟武威簡.服傳2弟上林鼎類同，其上多一橫筆；岩崎本或作茉₂，上形變作从「艸」，與茅春秋事語茅孔龢碑同形；茅₁茉₂皆為《說文》篆文之隸變俗書。

（2）才才

足利本、上圖本（影）「弟」字或作才才，《說文》古文作弔，《集韻》上聲五11薺韻「弟」字古作「𠂆」，即弔說文古文弟之隸古定，才才亦然。魏三體石經文公「弟」字古文作弔，郭店楚簡作𢎨郭店.唐虞5𢎨郭店.六德29說文，皆與才才類同。

（3）第

上圖本（八）「弟」字或作第，與𥫃漢印徵同形，《集韻》去聲七12霽韻「弟」字「或从竹」作「第」，乃由「弟」變作弟武威簡.服傳2（1）茅₁茉₂，變作从「艸」，偏旁「艸」「竹」混用，而變作「第」字。

【傳鈔古文《尚書》「弟」字構形異同表】

弟	戰國楚簡	石經	敦煌本	岩崎本	神田本b	九條本	島田本b	內野本	上圖本（元）	觀智院本	天理本	古梓堂本b	足利本	上圖本（影）	上圖本（八）	古文尚書晁刻	書古文訓	尚書篇目
太康失邦昆弟五人													才		第			五子之歌
距于河厥弟五人						弟	弟								弟			五子之歌
管叔及其群弟															才			金縢
伯父伯兄仲叔季弟幼子童孫皆聽朕言					弟													呂刑

774、須

「須」字在傳鈔古文《尚書》有下列不同字形：

（1）𩓣汗4.47 𩓣四1.24 𩠐六36 頯1 頯2

《汗簡》、《古文四聲韻》、《訂正六書通》錄《古尚書》「須」字作：𩓣汗4.47 𩓣四1.24 𩠐六36，此即《說文》立部「頯」字「𩓣待也，从立須聲」，段注云：「今字多作『需』『須』而『頯』廢矣」，今作「須」爲「頯」之假借字。𩠐六36 則𩓣汗4.47 𩓣四1.24 形寫誤。

敦煌本 P2533、P5543、《書古文訓》「須」字作頯1，九條本或作爲頯2，爲頯1 之訛體。

（2）湏

敦煌本 S2074、九條本、觀智院本、上圖本（八）「須」字作湏，偏旁「彡」俗變作「冫」。

【傳鈔古文《尚書》「須」字構形異同表】

傳抄古尚書文字 須 （汗4.47 四1.24 六36）	戰國楚簡	石經	敦煌本	岩崎本	神田本b	九條本	島田本b	內野本	上圖本（元）	觀智院b	天理本	古梓堂b	足利本	上圖本（影）	上圖本（八）	古文尚書晁刻	書古文訓	尚書篇目
須于洛汭作五子之歌			頋 P2533 頋 P5543					頋									頋	五子之歌
天惟五年須暇之子孫			頋 S2074				頋										頋	多方
伯相命士須材								湏b							湏		頋	顧命

775、豫

「豫」字在傳鈔古文《尚書》有下列不同字形：

（1）忬：忬汗4.59 忬四4.10 忬忬忬1 忬2 忬3

《汗簡》、《古文四聲韻》錄《古尚書》「豫」字作：忬汗4.59 忬四4.10，魏三體石經〈多方〉「予」字古文作忬，所從「余」字形類同，金文「忬」字作季忬鼎 鄭虢仲忬鼎 曹公媵孟姬忬母盤等形。《箋正》云：「與今《書》作『弗豫』訓『悅』同義，薛本依采，全書即通用作『豫』字」，《說文》心部「忬」字下「周書曰『有疾不忬』忬，喜也」，今〈金縢〉作「有疾弗豫」乃假「豫」爲「忬」字。

敦煌本 P2533、P2643、P2516、日諸古寫本、《書古文訓》「豫」字多作忬忬忬1。上圖本（影）〈五子之歌〉「以逸豫滅厥德」作忬2，所從「余」字訛作「全」；上圖本（元）〈說命中〉「不惟逸豫」作忬3，則「余」訛作「合」；忬2忬3皆「忬」字訛誤。

（2）裕：裕1 裕2

內野本〈康誥〉「無康好逸豫」「豫」字作裕1，爲魏三體石經〈君奭〉「裕」字古文作裕之隸定，上圖本（八）作裕2，乃此形之訛誤。此處借「裕」爲「豫」字。

（3）預：預

　　上圖本（影）〈洪範〉「曰豫恆燠若」「豫」字作「預」預，乃借「預」為「豫」字。

【傳鈔古文《尚書》「豫」字構形異同表】

傳抄古尚書文字 豫 念汗4.59 念四4.10	戰國楚簡	石經	敦煌本	岩崎本	神田本b 九條本	島田本b	內野本	上圖（元）	觀智院b	天理本	古梓堂b	足利本	上圖本（影）	上圖本（八）	古文尚書晁刻	書古文訓	尚書篇目
以逸豫滅厥德			念 P2533			念	念						念	念		念	五子之歌
視乃厥祖無時豫怠							豫	念					豫	豫		念	太甲中
不惟逸豫			念 P2643 念 P2516	念			念	念					念	念		念	說命中
曰豫恆燠若			念b				念						預	念		念	洪範
既克商二年王有疾弗豫							念									念	金縢
無康好逸豫							念							袞		念	康誥
惟日孜孜無敢逸豫							念	念b					豫	豫		念	君陳

776、滅

　　「滅」字在傳鈔古文《尚書》有下列不同字形：

　　（1）威魏三體 威1 威2 威3

　　魏三體石經〈君奭〉「有殷嗣天滅威」「滅」字古文作威，《汗簡》錄石經作威汗6.79、義雲章作威汗6.79皆少一畫，威汗6.79石經復「三三」形連成「三」。此形移水於下，與「滅」同（參見"海"字）。

　　《書古文訓》「滅」字或作威1，為威魏三體之隸定，「三三」形隸古定變作大；或隸古定作威2，「三三」形連成「三」；或作威3，「三三」形變作大。

　　（2）滅1 滅2 滅3 滅4

　　內野本、足利本、上圖本（影）、上圖本（八）「滅」字或作滅1，上圖本

（八）或作滅2，爲篆文之隸變俗寫，所从「火」或變似「大」；P3670、P2748、P2516、岩崎本、九條本或作滅3，偏旁「氵」字少一點作「冫」；上圖本（元）或訛變作滅4。

（3）威1威2

九條本、內野本「滅」字或作威1，《說文》火部「威」字：「滅也，从火戌」，「威」、「滅」音義俱近同；岩崎本或作「威」字之訛變作威2。

（4）威

敦煌本 P2533、P2643「滅」字作威，《古文四聲韻》錄崔希裕纂古作威四5.14，疑此形所从「水」爲「火」之訛誤，或爲（1）威魏三體形省「火」，郭店簡「滅」字作威郭店唐虞28，當爲省「火」〔註282〕；崔希裕纂古又作滅四5.14，與（2）滅3形類同，偏旁「氵」字少一點作「冫」。

【傳鈔古文《尚書》「滅」字構形異同表】

滅	戰國楚簡	石經	敦煌本	岩崎本	神田本b	九條本b	島田本b	內野本	上圖（元）	觀智院b	天理本	古梓堂b	足利本	上圖本（影）	上圖本（八）	古文尚書晁刻	書古文訓	尚書篇目
太康尸位以逸豫滅厥德			威 P2533			滅									滅		威	五子之歌
乃底滅亡						威		滅					滅		滅		盛	五子之歌
夏王滅德作威								滅									威	湯誥
其猶可撲滅			威 P3670					滅					滅				威	盤庚上
我乃劓殄滅之			威 P2643 滅 P2516			滅											威	盤庚中
朋家作仇脅權相滅						威								滅	滅		盛	泰誓中

〔註282〕徐在國謂「郭店唐虞 26（按當爲簡 28）滅字作威，似爲威字所本。滅蓋威字異體。」《隸定古文疏證》，合肥：安徽大學出版社，2002，頁 232。

辜在商邑越殷國滅無罹		威	滅			滅	滅	威	酒誥
有殷嗣天滅威	（魏）P2748 臧		滅		滅	臧	滅	威	君奭
成王既黜殷命滅淮夷						滅	滅	威	周官
以公滅私			威	滅		滅	滅	威	周官
怙侈滅義			威	滅			滅	威	畢命

五子之歌	戰國楚簡	漢石經	魏石經	敦煌本 P5543	敦煌本 P2533		岩崎本	神田本	九條本	島田本	內野本	上圖本（元）	觀智院	天理本	古梓堂	足利本	上圖本（影）	上圖本（八）	晁刻古文尚書	書古文訓	唐石經
黎民咸貳乃盤遊無度					黎民咸式乃皈遊云度						黎邑咸貳乃盤遊無度					黎民咸貳乃盤遊無度	黎民咸貳乃盤遊無度	黎民咸貳乃盤遊無度	黎民咸式乃皈般遊亡庭		黎民咸貳乃盤遊無度

777、盤

「盤」字在傳鈔古文《尚書》有下列不同字形：

（1）盤 魏三體

魏三體石經〈君奭〉「盤」字古文作盤，與金文作盤 虢季子白盤 盤 爲伯盤 盤沈兒鐘 盤 會志盤 盤 歸父盤同形，《說文》木部「槃」字籀文从皿作盤。

（2）盤 漢石經 股 隸釋 股 般 股 般1

漢石經殘碑〈盤庚中〉「盤庚作惟涉河以民遷」「盤」字作股，《隸釋》錄漢石經〈盤庚下〉「盤庚既遷」作股，其左爲偏旁「舟」字之隸變，岩崎本「盤庚」「盤」字作股1，《釋文》云：「『盤』本又作『般』」，《周禮·司勳》鄭注所引亦作「般」；敦煌本 P2533、九條本「盤遊」、P2516「甘盤」、《書古文訓》「盤庚」之外「盤」字皆作「般」股 般 股 般。「盤」爲假借字，本作「般」，甲金文作 般 「般庚」甲 2308 股 佚 33 股 兮甲盤，《說文》舟部「般」字：「辟也，象舟之旋，从舟从殳，殳所以旋也」，《爾雅·釋詁》：「般，樂也」，是「般旋」、「般

辟」、「般樂」字當作「般」。「盤」字爲木部「槃」字籀文，訓「承槃也」，乃盤器字。

（3）鎜

《書古文訓》「盤庚」「盤」字皆作鎜，《說文》「槃」字古文从金作鎜，與伯侯父盤同形。

【傳鈔古文《尚書》「盤」字構形異同表】

盤	戰國楚簡	石經	敦煌本	岩崎本	神田本b	九條本	島田本b	內野本	上圖本（元）	觀智院本b	天理本b	古梓堂本b	足利本	上圖本（影）	上圖本（八）	古文尚書晁刻	書古文訓	尚書篇目
黎民咸貳乃盤遊無度			般 P2533			般									盤		般	五子之歌
盤庚遷于殷民不適有居									盤						盤		鎜	盤庚上
盤庚作惟涉河以民遷		般 漢															鎜	盤庚中
盤庚乃登進厥民			殷														鎜	盤庚中
盤庚既遷		殷 隸釋	殷														鎜	盤庚下
舊學于甘盤			盤 P2643 / 般 P2516														般	說命下
文王不敢盤于遊田			盤 P2748														般	無逸
在武丁時則有若甘盤	魏		盤 P2748														般	君奭
民訖自若是多盤責人斯無難																	般	秦誓

唐石經	書古文訓	晁刻古文尚書	上圖本（八）	上圖本（影）	上圖本（元）	觀智院	天理本	古梓堂	足利本	內野本	島田本	九條本	神田本	岩崎本	敦煌本 P2533	敦煌本 P5543	魏石經	漢石經	戰國楚簡	五子之歌
畎于有洛之表十旬弗反		畎亏ナ泉出表十旬弗反	畎亏ナ泉出表十旬弗反	畎于ナ泉之表十旬弗反					畎于ナ泉之表十旬弗反	畎亏ナ泉出表十旬弗反					畎于又泉之表十旬弗反					畎于有洛之表十旬弗反
有窮后羿因民弗忍		ナ窮后羿因民弗忍	ナ窮之后羿因民弗忍	有窮之后羿因民弗忍					有窮之后羿因民弗忍	ナ窮之古羿曰民弗忍					又窮后羿因民弗忍					有窮后羿因民弗忍

778、窮

「窮」字在傳鈔古文《尚書》有下列不同字形：

（1）窮窮₁窮₂

敦煌本 P2533、上圖本（元）、《書古文訓》「窮」字作窮窮₁，即《說文》篆文窮之隸定，從穴躬聲。岩崎本作窮₂，所從「呂」與「台」混同。

（2）窮

上圖本（影）「窮」字或作窮，偏旁「穴」字俗混作「雨」。

【傳鈔古文《尚書》「窮」字構形異同表】

窮	戰國楚簡	石經	敦煌本	岩崎本	神田本b	九條本	島田本b	內野本	上圖本（元）	觀智院b	天理本	古梓堂b	足利本b	上圖本（影）	上圖本（八）	古文尚書晁刻	書古文訓	尚書篇目
有窮后羿因民弗忍			窮 P2533												窮			五子之歌
惟明后先王子惠困窮									窮								窮	太甲中

與國咸休永世無窮											窮	微子之命
建無窮之基			窮								窮	畢命

779、羿

「羿」字在傳鈔古文《尚書》有下列不同字形：

（1）𢎿汗5.70 𢎿四4.13 𢎿1

《汗簡》、《古文四聲韻》錄《古尚書》「羿」字作：𢎿汗5.70 𢎿四4.13，即《說文》弓部「𢎿」字，「帝嚳射官，夏少康滅之。從弓幵聲。論語曰『𢎿善射』，《箋正》謂「『𢎿』爲『后羿』正文，此移篆」。《書古文訓》「羿」字作𢎿1，爲傳抄古文「𢎿」字𢎿汗5.70 𢎿四4.13形隸定。

（2）羿 羿1 羿2

敦煌本P2533、九條本「羿」字作羿 羿1，即《說文》羽部「羿」字「亦古諸侯也，一曰射師。從羽幵聲」「𢎿」字下段注云：「𢎿與羿古蓋同字」，二字乃義符替換之異體字。內野本「羿」字作羿2，其下形訛作「廿」。

【傳鈔古文《尚書》「羿」字構形異同表】

羿 𢎿汗5.70 𢎿四4.13	傳抄古尚書文字	戰國楚簡	石經	敦煌本	岩崎本	神田本b	九條本b	島田本b	內野本	上圖（元）	觀智院b	天理本	古梓堂b	足利本	上圖本（影）	上圖本（八）	古文尚書晁刻	書古文訓	尚書篇目
有窮后羿因民弗忍				羿P2533					羿	羿								𢎿	五子之歌

五子之歌	戰國楚簡	漢石經	魏石經	敦煌本P5543	敦煌本P2533	岩崎本	神田本	九條本	島田本	內野本	上圖本（元）	觀智院	天理本	古梓堂	足利本	上圖本（影）	上圖本（八）	晁刻古文尚書	書古文訓	唐石經
距于河厥弟五人					距𢎿河厥弟五人					距于河厥弟五人					距于河厥弟五人	距于河厥弟五人	距于河厥弟五人	距于河厥弟五人	距于河厥弟五人	距于河厥弟五人

| 御其母以從徯于洛之汭 | | | 御⋯徯于汆之汭 | | 御其母吕以徯于汆出汭 | 御其毋以羽徯于汆出汭 | 御其毋吕待亏汆汭 | 馭亓母吕羽後亏汆出内 | 御其毋以從徯于洛之汭 |
| 五子咸怨述大禹之戒以作歌 | | | 又子咸怨述大爺之戒以作哥 | | 五子咸怨述大禽出戒吕作哥 | 又子咸悆述大禽出戒吕作歌 | 五子咸怨述大盒與戒吕作哥 | 天子咸鄎述大命山娭吕廷哥 | 五子咸怨述大禹之戒以作歌 |

780、怨

「怨」字在傳鈔古文《尚書》有下列不同字形：

（1）⋯汗 3.40 ⋯四 4.19 ⋯魏三體 鄎1 鄎鄎2 鄎3 鄎4

《汗簡》、《古文四聲韻》錄《古尚書》「怨」字作：⋯汗 3.40 見尚書.說文 ⋯四 4.19 古尚書又說文，魏三體石經〈無逸〉「怨」字古文作⋯，與《說文》古文作⋯同形，⋯四 4.19 右下形訛作又，王國維曰：「⋯怨，與《說文》古文同。从⋯者，殆亦从夗之訛。〔註283〕」⋯形乃夕之訛，金文所从夕、从月或作傾覆之形如⋯，如⋯夕.中山王壺 ⋯夜.中山王鼎 ⋯明.沇兒鐘 ⋯明.明我壺 ⋯外.南疆鉦 ⋯外.中山王壺等形，上博簡〈緇衣〉6「夗」字〔註284〕作⋯上博緇衣 6，即與⋯魏三體 ⋯說文古文所从⋯同形。

《書古文訓》「怨」字或作鄎1，爲《說文》古文⋯之隸古定，或隸古定訛變作鄎鄎2，右下形變作「阝」；或多一畫作鄎3；或訛變作鄎4。

（2）夗：⋯上博緇衣 6

〔註283〕王國維，《殘字考》，頁 28。

〔註284〕上博〈緇衣〉06 引作「〈君牙〉員：日俣雨，少民隹曰⋯，晉冬耆寒，少民亦隹曰⋯。」⋯整理者隸定作「命」，當正爲「夗」字，此處假「夗」爲「怨」字。今本〈緇衣〉引作「〈君雅〉曰：夏日暑雨，小民惟曰怨，資冬祁寒，小民亦惟曰怨。」

戰國楚簡上博〈緇衣〉6 引〈君牙〉句「夏暑雨，小民惟曰怨咨，冬祁寒，小民亦惟曰怨咨〔註285〕」「怨」字作 上博緇衣 6，此形當爲「夗」字，其上 形乃夕之訛，是借「夗」爲「怨」字。

（3）悁： 郭店緇衣 10

戰國楚簡郭店〈緇衣〉9、10 引〈君牙〉句〔註286〕「怨」字作 郭店緇衣 10，當爲《說文》「悁」字：「忿也，从心胃聲，一曰憂也。」於緣切，「悁」「怨」音義俱近，此假「悁」爲「怨」字。

（4） 隸釋怨怨₁怨₂悆悆₃悆悆₄怨₅

《隸釋》錄漢石經「怨」字作怨₁，敦煌本 P2748、九條本或作怨怨₁，爲篆文之隸變俗書，右上變作「巳」；內野本、足利本或作怨₂，右上變作「匕」；S799、P3767、S2074、神田本、九條本、足利本、上圖本（影）、上圖本（八）或作悆悆₃，所从「夗」字多一畫訛作「死」，P3767、岩崎本、上圖本（元）或作悆悆₄；P2748 或作怨₅，中間訛多「＝」形。

【傳鈔古文《尚書》「怨」字構形異同表】

傳抄古尚書文字 怨 愿 汗3.40 愿 四4.19	戰國楚簡	石經	敦煌本	岩崎本	神田本b	九條本b	島田本b	內野本	上圖（元）	觀智院b	天理本b	古梓堂b	足利本	上圖本（影）	上圖本（八）	古文尚書晁刻	書古文訓	尚書篇目
五子咸怨							悆	怨					悆	怨	怨		愿	五子之歌
一能勝予一人三失怨豈在明不見是圖								悆					悆	怨	怨		愿	五子之歌
東征西夷怨							悆	怨					悆	怨	怨		愿	仲虺之誥
殷民咨胥怨作盤庚三篇								怨	怨				悆	怨	怨		愿	盤庚上

〔註285〕引文見前注。

〔註286〕郭店〈緇衣〉9.10 引作「〈君牙〉員：日俗雨，少民佳日怨，晉冬旨滄，少民亦佳日怨。」

尚書										篇名
結怨于民		怨 S799	怨b	怨			怨	怨	怨	卿	泰誓下
怨不在大亦不在小							怨	怨	怨	卿	康誥
祇保越怨不易				怨	怨		怨	怨	怨	卿	酒誥
誕惟民怨				怨	怨		怨	怨	怨	卿	酒誥
無我怨		怨 P2748			怨		怨	怨	怨	卿	多士
至于小大無時或怨	怨 隸釋	怨 P2748			怨		怨	怨	怨	卿	無逸
否則厥心違怨	魏	怨 P3767 / 怨 P2748			怨		怨	怨	怨	卿	無逸
小人怨汝詈汝	魏	怨 P3767			怨		怨	怨	怨	卿	無逸
小人怨汝詈汝	魏	怨 P3767			怨		怨	怨	怨	卿	無逸
殺無辜怨有同		怨 P3767			怨		怨	怨	怨	卿	無逸
不克敬于和則無我怨		怨 P2630 / 怨 S2074		怨	怨		怨	怨	怨	卿	多方
夏暑雨小民惟曰怨咨	上博1緇衣6 / 郭店緇衣10			怨	怨		怨	怨	怨	卿	君牙
冬祁寒小民亦惟曰怨咨	上博1緇衣6 / 郭店緇衣10			怨	怨		怨	怨	怨	卿	君牙

五子之歌	戰國楚簡	漢石經	魏石經	敦煌本 P5543	敦煌本 P2533	岩崎本	神田本	九條本	島田本	內野本	上圖本（元）	觀智院	天理本	古梓堂	足利本	上圖本（影）	上圖本（八）	晁刻古文尚書	書古文訓	唐石經
其一曰皇祖有訓民可近不可下					亓日皇祖又訓民可近弗可下				其一曰皇祖ナ訓民可近弗可下						其一曰皇祖ナ訓民可近弗可下	其一曰皇祖ナ訓民可近弗可下	其一曰皇祖ナ訓民可近弗可下	亓弌曰皇祖ナ訓民可芇弜可丁		其一曰皇祖有訓民可近不可下

781、訓

「訓」字在傳鈔古文《尚書》有下列不同字形：

（1） 魏三體 汗1.12 四4.19 譽譽譽譽1 譽2 首3

「訓」字魏三體石經〈無逸〉古文作譽，《汗簡》、《古文四聲韻》錄《古尚書》「訓」字作：汗1.12 四4.19，移「巛」於上，戰國「訓」字作楚帛書丙包山193 包山210 璽彙3131形，或「巛」於上從心作中山王壺「是又純惠遺△」璽彙3570 璽彙1326形。

尚書敦煌本、和闐本、日諸古寫本、《書古文訓》多作譽譽譽譽1，為傳抄古文汗1.12 四4.19形之隸定；上圖本（影）或訛作譽2；內野本〈無逸〉「猶胥訓告」「訓」字作首3，乃訛誤作「首」字。

【傳鈔古文《尚書》「訓」字構形異同表】

訓 汗1.12 四4.19	傳抄古尚書文字	戰國楚簡	石經	敦煌本	岩崎本 神田本b	九條本 島田本b	內野本	上圖本（元） 觀智院b	天理本 古梓堂b	足利本	上圖本（影）	上圖本（八）	古文尚書晁刻	書古文訓	尚書篇目
皇祖有訓				譽 P2533			譽1			譽	譽	譽	譽	譽	五子之歌
訓有之內作色荒外作禽荒				譽 譽			譽			譽	譽	譽	譽	譽	五子之歌

聖有謨訓明徵定保		署 P2533 誉 P3752	誉	誉		辞	誉	誉	誉	胤征
成湯既沒太甲元年伊尹作伊訓肆命徂后				誉		詧	誉	誉	誉	伊訓
伊尹乃明言烈祖之成德以訓于王				誉		誉	誉	誉	誉	伊訓
臣下不匡其刑墨具訓于蒙士				誉		誉	誉		誉	伊訓
密邇先王其訓		誉 和闐本		誉		誉	誉	誉	誉	太甲上
既往背師保之訓				誉		誉	誉	誉	誉	太甲中
予告汝訓			誉	誉	誉			誉	誉	盤庚上
爾惟訓于朕志若作酒醴		誉 P2643 誉 P2516	誉	誉	誉			誉	誉	說命下
祖己訓諸王作高宗肜日高宗之訓		誉 P2643 誉 P2516	誉	誉				誉	誉	高宗肜日
用訓于王				誉b	誉				誉	旅獒
欽哉往敷乃訓慎乃服命				誉b	誉			誉	誉	微子之命
宅心知訓	誉 魏			誉		誉	誉	誉	誉	康誥
今日耽樂乃非民攸訓	誉 魏	誉 P3767		誉			誉	誉	誉	無逸
猶胥訓告	誉 魏			肯			誉	誉	誉	無逸
此厥不聽人乃訓之	誉 魏	訓 P2748		誉			誉	誉	誉	無逸
茲惟后矣謀面用丕訓德		誉 S2074	誉	誉			誉	誉	誉	立政
仰惟前代時若訓迪厥官				誉	誉b			誉	誉	周官
茲率厥常懋昭周公之訓				誉	誉b			誉	誉	君陳
命汝嗣訓		誉 P4509		誉	誉b			誉	誉	顧命

用荅揚文武之光訓		🔣 P4509		🔣	🔣 b				🔣	🔣	顧命
若古有訓蚩尤惟始作亂			🔣		🔣				🔣	🔣	呂刑

782、近

「近」字在傳鈔古文《尚書》有下列不同字形：

（1）🔣汗1.7 🔣🔣

《汗簡》錄《古尙書》「近」字作：🔣汗1.7，《說文》古文作🔣，內野本〈洪範〉「以近天子之光」、《書古文訓》皆作🔣🔣，爲此形之隸定。何琳儀謂「近」字古文所从之「止」乃「癶」之訛，「🔣」即「𣃘」，與「近」音近可通〔註287〕，「𣃘」字東周金文作 🔣 邾旃士鐘 🔣 邾弔鐘 🔣 命瓜君壺 🔣 邾公釛鐘 🔣 齊侯敦 🔣 洹子孟姜壺 🔣 喬君鉦等形，其所从「癶」已近「止」形，其說是也。

【傳鈔古文《尚書》「近」字構形異同表】

近	傳抄古尚書文字 🔣汗1.7	戰國楚簡	石經	敦煌本	岩崎本b	神田本b 九條本	島田本b	內野本	上圖（元）b	觀智院b	天理本	古梓堂b	足利本	上圖本（影）	上圖本（八）	古文尚書晁刻	書古文訓	尚書篇目
民可近不可下																	🔣	五子之歌
以近天子之光								🔣									🔣	洪範

〔註287〕說見：何琳儀，《戰國文字通論》（訂補），頁57，注6，南京：江蘇教育出版社，2003。

五子之歌	戰國楚簡	漢石經	魏石經	敦煌本 P3752	敦煌本 P2533		岩崎本	神田本	九條本	島田本	內野本	上圖本（元）	觀智院本	天理本	古梓堂本	足利本	上圖本（影）	上圖本（八）	晁刻古文尚書	書古文訓	唐石經
民惟邦本本固邦寧					民惟邦本本固邦寧						民惟邦本二固邦寧						民惟邦本二固邦寧	民惟邦本二固邦寧	民惟邦本二固邦寧	民惟当本崙崙志当寧	民惟邦本本固邦寧

783、本

「本」字在傳鈔古文《尚書》有下列不同字形：

（1）𣎴汗3.30𣎴四3.15𣎴六197崙

《汗簡》、《古文四聲韻》、《訂正六書通》錄《古尚書》「本」字作：𣎴汗3.30𣎴四3.15𣎴六197，本鼎作𣎴，本即根，下形指樹木之根本，《說文》古文作𣎴與𣎴汗3.30同形，其上從木，《古文四聲韻》又錄𣎴四3.15古孝經𣎴四3.15古老子等形皆從「本」，《書古文訓》作此形隸古定崙，𣎴六197則訛多一畫。戰國「本」字作𣎴行氣玉銘𣎴郭店.成之12𣎴郭店.六德41等，𣎴說文古文本𣎴汗3.30由此形省變。湯餘惠謂其「下從臼，疑表植物根部所在的坑坎，《說文》古文作𣎴，下從三口，或謂即臼形之訛變」〔註288〕。𣎴本鼎下形本以「點」指出樹木之根本，𣎴汗3.30𣎴四3.15𣎴六197𣎴說文古文本形則變「點」為「口」。

〔註288〕說見：湯餘惠，《戰國銘文選》，頁95，長春：吉林大學，1993。

【傳鈔古文《尚書》「本」字構形異同表】

傳抄古尚書文字　本 汗3.30 四3.15 六197	戰國楚簡	石經	敦煌本	岩崎本b	神田本b	九條本b	島田本b	內野本	上圖本（元）	觀智院b	天理本	古梓堂b	足利本	上圖本（影）	上圖本（八）	古文尚書晁刻	書古文訓	尚書篇目
民惟邦本															嵒			五子之歌
樹德務滋除惡務本			本 S799	本														泰誓下

五子之歌	戰國楚簡	漢石經	魏石經	敦煌本 P3752	敦煌本 P2533	岩崎本	神田本	九條本	島田本	內野本	上圖本（元）	觀智院本	天理本	古梓堂本	足利本	上圖本（影）	上圖本（八）	晁刻古文尚書	書古文訓	唐石經
予視天下愚夫愚婦					眎天下愚夫愚婦							予眎天下愚夫愚婦			予眎天下愚夫愚婦	予眎天下愚夫愚婦	予視天下愚夫愚婦	予眎完下愚夫愚婦	予視天下愚夫愚婦	

784、視

「視」字在傳鈔古文《尚書》有下列不同字形：

（1）[四4.5] 眎1 眎眎眎2 眎眎3 眎眎眎4 眎眎5 眃眤6 眎眎7 眎8 眎9

《古文四聲韻》錄《古尚書》「視」字作：[四4.5]，《說文》古文作[眡]，源自甲骨文作[前2.7.2]，[四4.5]之左[目]形為「目」字古文[目小且壬爵][說文古文目][汗2.16]等形之訛變，其右从古文「示」。

《書古文訓》「視」字或作眎1，為[眡]說文古文視之隸古定；尚書敦煌寫本、日諸古寫本「視」字多作「眎」：敦煌本 P2748、S2074、岩崎本、九條本、上圖本（元）、上圖本（八）、《書古文訓》或作眎眎眎2；P2533、岩崎本、上圖本（八）或作眎眎3，偏旁「目」字右直筆拉長；P2643、P2516、內野本、

上圖本（八）或作睞睞睞4，偏旁「目」字訛變與「耳」字混同；S799、上圖本（元）、上圖本（影）或作睞睞5，偏旁「示」字上短橫斜寫變與「尔」字混同；內野本、足利本或作睞睞6，訛變作从耳从尔（尒）之形；P2748、九條本、足利本、上圖本（八）或作睞睞7，偏旁「目」字少一畫與「日」相混；古梓堂本訛變作睞8；上圖本（影）或訛變作睞9。上述諸形皆《說文》古文睊之隸古定訛變字形。

（2）眂魏三體眂1

魏三體石經〈文侯之命〉「其歸視爾師」「視」字古文作眂，其上⊙乃「目」字⊘目小臣壬爵⊙說文古文目⊖汗2.16 等形之訛變，《汗簡》錄石經「視」字作眂汗2.16 與此同形，《說文》古文又作眂，金文「眠」字作眄員鼎眄眄中山王兆域圖等形，「眠」「眂」為一字，侯馬盟書作眂又作眂。《書古文訓》〈洛誥〉「汝受命篤弼丕視功載」「視」字作眂1。

（3）躬

《書古文訓》〈五子之歌〉「予視天下愚夫愚婦」「視」字作躬，為「睞」字之訛誤，偏旁「目」字訛作「身」，蓋俗書有「目」旁混作「耳」，「耳」旁又混作「身」者（參見“職”字）。

【傳鈔古文《尚書》「視」字構形異同表】

視　睊四4.5	戰國楚簡	石經	敦煌本	岩崎本b 神田本b	九條本 島田本b	內野本	上圖（元） 觀智院b	天理本b 古梓堂b	足利本	上圖本（影）	上圖本（八）	古文尚書晁刻	書古文訓	尚書篇目
予視天下愚夫愚婦			睞 P2533		睞 睞				睞	睞			躬	五子之歌
視乃厥祖無時豫怠					睞				睞	睞	睞		眂	太甲中
視遠惟明聽德惟聰													眂	太甲中
視民利用遷			睞 P3670 睞 P2643	睞		睞 睞							睞	盤庚中

	戰國楚簡	石經	敦煌本	岩崎本	神田本b	九條本	島田本b	內野本	上圖（元）	觀智院b	天理本	古梓堂b	足利本	上圖本（影）	上圖本（八）	書古文訓	尚書篇目
若跣弗視地厥足用傷			眎 P2643 眎 P2516			眎	眎						眎			眎	說命上
天視自我民視			眎 S799			眎							眎			眎	泰誓中
一日貌二日言三日視四日聽五日思						眎										眎	洪範
貌日恭言日從視日明			眎			眎							眎			眎	洪範
公既定宅伻來來視予卜休恆吉			眎 P2748			眎							眎			眎	洛誥
汝受命篤弼丕視功載			眎 P2748			眎							眎			眠	洛誥
詳乃視聽			眎 S2074			眎	眎						眎			眎	蔡仲之命
其歸視爾師		眎 魏				眎		眎b								眎	文侯之命

785、夫

「夫」字在傳鈔古文《尚書》有下列不同字形：

（1）人

「夫」字觀智院本、足利本、上圖本（影）、上圖本（八）多寫作夫；內野本、上圖本（八）〈君陳〉「無求備于一夫」「夫」字作「人」人。

【傳鈔古文《尚書》「夫」字構形異同表】

夫	戰國楚簡	石經	敦煌本	岩崎本	神田本b	九條本	島田本b	內野本	上圖（元）	觀智院b	天理本	古梓堂b	足利本	上圖本（影）	上圖本（八）	古文尚書晁刻	書古文訓	尚書篇目
予視天下愚夫愚婦													夫	夫	夫			五子之歌
聲奏鼓簫夫馳庶人走													夫	夫	夫			胤征
承以大夫師長													夫	夫				說命中
夫知保抱攜持厥婦子													夫	夫				召誥
立政任人準夫牧作三事													夫	夫				立政

嗚呼三事暨大夫						夫b	夫 夫				周官
無求備于一夫						人 夫b	夫 夫 人				君陳
思夫人自亂于威儀						夫b	夫 夫				顧命
仡仡勇夫						夫	夫 夫				秦誓

五子之歌	戰國楚簡	漢石經	魏石經	敦煌本P3752	敦煌本P2533	岩崎本	神田本	九條本	島田本	內野本	上圖本（元）	觀智院本	天理本	古梓堂本	足利本	上圖本（影）	上圖本（八）	晁刻古文尚書	書古文訓	唐石經
一能勝予一人三失怨豈在明不見是圖					一能勝予一人三失怨豈在明弗見是圖					一能勝予一人三失怨豈在明弗見是圖					一能勝予一人三失怨豈在明弗見是圖	一能勝予一人三失怨豈在明弗見是圖	一能勝予一人三失怨豈在明弗見是圖	弋耐勝予弍人弍失怨豈在明亞見是圖	一能勝予一人三失怨豈在明不見是圖

786、勝

「勝」在傳鈔古文《尚書》有下列不同字形：

（1）勝1 胯 勝2

「勝」字《書古文訓》作篆文隸古定勝1，《說文》力部篆文作䏠，从力朕（联）聲，其左形本从舟，右形隸省；九條本、足利本、上圖本（八）或作胯勝2，所从舟隸變作「月」，「力」變作刀，與漢碑或作勝 景北海碑陰 勝 周憬碑陰同形。

【傳鈔古文《尚書》「勝」字構形異同表】

勝	戰國楚簡	石經	敦煌本	岩崎本	神田本b	九條本	島田本b	內野本	上圖（元）	觀智院b	天理本	古梓堂b	足利本	上圖本（影）	上圖本（八）	古文尚書晁刻	書古文訓	尚書篇目
一能勝予一人三失怨豈在明不見是圖						賸									勝		勝	五子之歌
湯既勝夏欲遷其社不可作夏社疑至臣扈						滕									勝		勝	湯誓
武王勝殷殺受立武庚以箕子歸作洪範																	勝	洪範

787、圖

「圖」在傳鈔古文《尚書》有下列不同字形：

（1）圖 汗 3.33 圖 四 1.26 圖 圖1 圖2 圖3 圖4 圖 圖5 圖 圖6 圖7 圖8 圖9

《汗簡》、《古文四聲韻》錄《古尚書》「圖」字作：圖 汗 3.33 圖 四 1.26，圖 汗 3.33 內從「諸」字 汗 4.48 古尚書 四 1.23 古尚書形，圖 四 1.26 內形則與「者」字作 四 3.21 古孝經 四 3.21 古老子、「諸」字作 四 1.23 古孝經、魏三體石經「諸」字古文作 魏三體僖公 28「諸侯遂圍許」類同，惟此內形右上訛作「止」，是 諸. 汗 4.48 古尚書 魏三體僖公 28 皆借「者」為「諸」（參見 "都" 字），傳抄古文「圖」字圖 汗 3.33 圖 四 1.26 形乃從「者」，「者」、「圖」古音同屬舌音，為聲符替換，《箋正》謂「薛本同，從石經『諸』為聲，奇字也」。

《書古文訓》「圖」字或作 圖 圖1，為 圖 汗 3.33 形之隸定，《集韻》平聲二 11 模韻「圖」字古作「圖」。《書古文訓》或訛變作 圖2，其內形左下重「从」；九條本、內野本、上圖本（八）或作 圖3，其內形左下作「衣」之下半；上圖本（八）或訛變作 圖4，與傳抄古文「圖」字或作 圖 四 1.23 王存乂切韻類同；敦煌本 P2533、岩崎本、九條本或作 圖 圖5，其內形左上「止」變作「山」；S2074、九條本、島田本內形復省作 圖 圖6；上圖本（八）或作 圖7，其內形變作從彳從彡；上圖本（影）或訛變作 圖8；岩崎本或訛變作 圖9。上述諸形皆內形從古文「者」字之訛變。

（2）圖 魏三體 圖 圖1 圖2

　　魏三體石經〈多方〉「圖」字古文作[古文]，源自金文作[金文]子● [金文]卣 [金文]散盤 [金文]善夫山鼎，其內從「啚」。上圖本（影）或作[字]、[字]₁、[字]₂，其內形皆「啚」之訛變。

（3）[字]

　　足利本、上圖本（影）「圖」字或省作[字]，與漢碑「圖」字作[字]韓勑後碑同，此爲俗書「圖」字寫作聲符「啚」，《廣韻》「圖俗作啚」，《集韻》平聲二11模韻「圖」字「俗作㕏非是」，「㕏」即「啚」字。

【傳鈔古文《尚書》「圖」字構形異同表】

傳抄古尚書文字 字 圖 汗3.33 四1.26	戰國楚簡	石經	敦煌本	岩崎本b	神田本b 九條本b	島田本b	內野本	上圖(元)	觀智院b	天理本b	古梓堂b	足利本	上圖本(影)	上圖本(八)	古文尚書晁刻	書古文訓	尚書篇目
一能勝予一人三失怨豈在明不見是圖			圖 P2533		圖		圖					圖	圖	圖			五子之歌
惟懷永圖若虞機張							圖					圖	圖	圖		圖	太甲上
尚賴匡救之德圖惟厥終							圖					圖	圖	圖		圖	太甲中
亦惟圖任舊人共政			圖				圖					圖	圖			圖	盤庚上
惟永終是圖						圖b	圖					圖	圖	圖		圖	金縢
以于敉寧武圖功							圖						圖			圖	大誥
不可不成乃寧考圖功							圖					圖	圖			圖	大誥
伻來以圖及獻卜							圖					圖	圖	圖		圖	洛誥
爾罔不知洪惟天之命 *諸傳鈔本作「洪惟圖天之命」			圖 S2074		圖		圖					圖	圖	圖		圖	多方
乃爾攸聞厥圖帝之命			圖 S2074		圖		圖					圖	圖	圖		圖	多方
以爾多方大淫圖天之命			圖 S2074		圖		圖					圖	圖	圖		圖	多方
逸厥逸圖厥政不蠲烝					圖		圖					圖	圖	圖		圖	多方

經文				敦煌本 P3752	敦煌本 P2533		岩崎本	神田本	九條本	島田本	內野本	上圖本（元）	觀智院本	天理本	古梓堂本	足利本	上圖本（影）	上圖本（八）	晁刻古文尚書	書古文訓	唐石經	篇目
爾乃自作不典圖忱于正																	〔圖〕	〔圖〕		〔圖〕	〔圖〕	多方
圖厥政莫或不艱																	〔圖〕	〔圖〕		〔圖〕	〔圖〕	君陳
在西序大玉夷玉天球河圖																	〔圖〕	〔圖〕		〔圖〕	〔圖〕	顧命
思其艱以圖其易民乃寧					〔圖〕												〔圖〕	〔圖〕		〔圖〕	〔圖〕	君牙

五子之歌	戰國楚簡	漢石經	魏石經	敦煌本 P3752	敦煌本 P2533	岩崎本	神田本	九條本	島田本	內野本	上圖本（元）	觀智院本	天理本	古梓堂本	足利本	上圖本（影）	上圖本（八）	晁刻古文尚書	書古文訓	唐石經
予臨兆民懍乎若朽索之馭六馬				予臨兆民懍乎若朽索馭六馬			予臨兆民懍乎若朽索馭六馬			予臨兆民懍乎若朽索馭六馬						予臨兆民懍乎若朽索馭六馬	予臨兆民懍乎若朽索馭六馬		予臨兆民稟乎若朽索之馭六象	予臨兆民懍乎若朽索之馭六馬

788、懍

「懍」字在傳鈔古文《尚書》有下列不同字形：

（1）[亩]汗 4.51　[亩]四 3.28

《汗簡》、《古文四聲韻》錄《古尚書》「稟」字作：[亩]汗 4.51　[亩]四 3.28，尚書「懍」字敦煌本、神田本、九條本作[稟][稟]形，《書古文訓》作[稟][稟]，皆借「稟」爲「懍」字，尚書無「稟」字，[亩]汗 4.51　[亩]四 3.28 應注爲「懍」。《說文》亩字或體从广从禾作「稟」，[亩]汗 4.51　[亩]四 3.28 不从禾，當亦亩字或體，《古文四聲韻》錄籀韻「懍」字作[亩]四 3.28 與此同形。

（2）[稟]1 [稟]2 [稟]3 [稟]4

《書古文訓》「懍」字或作[稟]1 [稟]2，乃借「稟」爲「懍」字，《說文》亩字或體「稟」，[稟]1形與《古文四聲韻》錄石經「稟」字作：[稟]四 3.28 同形，古璽、古陶或作[稟]璽彙 0319 [稟]陶彙 3.829 [稟]陶彙 3.967 亦與此同，《書古文訓》或變作[稟]2，其下「禾」訛作「朵」；神田本、九條本或作[稟]3，其下从「米」，米、禾義類

相通，「稟」字金文即見从禾或从米：召伯簋 睘卣，古璽或从米璽彙 0327璽彙 0313；敦煌本 P2533、S799 或作，所从「禾」訛作「木」。

（3）

內野本〈五子之歌〉「懍乎若朽索之馭六馬」「懍」字作，所从「忄」混作「十」，右下「禾」混作「示」。

（4）

上圖本（八）〈五子之歌〉「懍乎若朽索之馭六馬」「懍」字作，訛與「懷」字隸變俗作混同（參見"懷"字）。

【傳鈔古文《尚書》「懍」字構形異同表】

懍 汗 4.51 四 3.28	戰國楚簡	石經	敦煌本	岩崎本	神田本b	九條本 島田本b	內野本	上圖（元）	觀智院b	天理本	古梓堂b	足利本	上圖本（影）	上圖本（八）	古文尚書晁刻	書古文訓	尚書篇目
懍乎若朽索之馭六馬			P2533														五子之歌
百姓懍懍			S799	b													泰誓中

789、朽

「朽」字在傳鈔古文《尚書》有下列不同字形：

（1）

《說文》歺部「殐」（殐）字篆文作，或體从木作「朽」，《書古文訓》「朽」字作，爲之隸古定訛變。

（2）

上圖本（八）「朽」字作，偏旁「丂」字訛多一畫。

【傳鈔古文《尚書》「朽」字構形異同表】

朽	戰國楚簡	石經	敦煌本	岩崎本	神田本b	九條本	島田本b	內野本	上圖（元）	觀智院b	天理本	古梓堂b	足利本	上圖本（影）	上圖本（八）	古文尚書晁刻	書古文訓	尚書篇目
懔乎若朽索之馭六馬															朽	柭	五子之歌

790、索

「索」字在傳鈔古文《尚書》有下列不同字形：

（1）䊃䊃₁索₂

「索」字敦煌本 S799、岩崎本作䊃䊃₁、九條本作索₂，與漢代作䋲孫臏156䌷流沙簡.簡牘 5.4 同形，為《說文》篆文䕢之隸變俗寫。

【傳鈔古文《尚書》「索」字構形異同表】

索	戰國楚簡	石經	敦煌本	岩崎本	神田本b	九條本	島田本b	內野本	上圖（元）	觀智院b	天理本	古梓堂b	足利本	上圖本（影）	上圖本（八）	古文尚書晁刻	書古文訓	尚書篇目
懔乎若朽索之馭六馬							索											五子之歌
牝雞之晨惟家之索			䊃 S799	索														牧誓

五子之歌	戰國楚簡	漢石經	魏石經	敦煌本 P3752	敦煌本 P2533	岩崎本	神田本	九條本	島田本	內野本	上圖本（元）	觀智院本	天理本	古梓堂本	足利本	上圖本（影）	上圖本（八）	晁刻古文尚書	書古文訓	唐石經
為人上者奈何不敬					為人上者奈何弗敬					為人上者奈何弗敬					為人上者奈何弗敬	為人上者奈何弗敬	為人上者奈何弗敬	為人上者奈何弗敬	為人上者奈何強敬	為人上者奈何不敬

791、柰

「柰」字在傳鈔古文《尚書》有下列不同字形：

（1）柰1𥝱2

「柰」字九條本、內野本作柰1，與漢代作𥝱漢帛書老子甲30𥝱春秋事語90柰
鮮于璜碑類同，為《說文》篆文𥝱之隸變，偏旁「木」字隸變俗作「大」，《玉篇》
大部「柰」字「正作『柰』」，「柰」為俗字。足利本、上圖本（影）、上圖本（八）
作𥝱2，其上訛同「尞」字上形。

【傳鈔古文《尚書》「柰」字構形異同表】

柰	戰國楚簡	石經	敦煌本	岩崎本	神田本b	九條本b	島田本b	內野本	上圖（元）	觀智院b	天理本b	古梓堂b	足利本	上圖本（影）	上圖本（八）	古文尚書晁刻	書古文訓	尚書篇目
為人上者柰何不敬			柰P2533			柰	柰					柰	𥝱	柰		柰	五子之歌
嗚呼曷其柰何弗敬						柰	柰					柰	𥝱	柰		柰	召誥

五子之歌	戰國楚簡	漢石經	魏石經	敦煌本P3752	敦煌本P2533	岩崎本	神田本	九條本	島田本	內野本	上圖本（元）	觀智院本	天理本	古梓堂本	足利本	上圖本（影）	上圖本（八）	晁刻古文尚書	書古文訓	唐石經
其二曰訓有之內作色荒外作禽荒																				

792、禽

「禽」字在傳鈔古文《尚書》有下列不同字形：

（1）［禽］

《書古文訓》「禽」字或作［禽］，爲金文 ［禽］禽簋 ［禽］大祝禽鼎 ［禽］多友鼎形之隸古定訛變。

（2）［禽］

九條本「禽」字或作［禽］，其下「离」形訛作「禹」，與漢碑「禽」字作［禽］張遷碑同形，《隸辨》謂此「即『禽』字，變『离』從『禹』，周憬功勳銘『出於王禽之山』，『禽』亦作［禽］。」「離」字作［離］九條本 ［離］漢帛書老子乙前45上 ［離］景北海碑陰，偏旁「离」字變作「禹」，與此相類（參見"離"字）。

【傳鈔古文《尚書》「禽」字構形異同表】

禽	戰國楚簡	石經	敦煌本	岩崎本	神田本b	九條本	島田本b	內野本	上圖院b	觀智院b	天理本	古梓堂本b	足利本	上圖本（影）	上圖本（八）	古文尚書晁刻	書古文訓	尚書篇目
其二曰訓有之內作色荒外作禽荒			［禽］P2533			［禽］		［禽］						［禽］	［禽］	［禽］		五子之歌
珍禽奇獸不育于國								［禽］							［禽］			旅獒
魯侯伯禽宅曲阜徐夷			［禽］											［禽］	［禽］		［禽］	費誓

五子之歌	戰國楚簡	漢石經	魏石經	敦煌本P3752	敦煌本P2533	岩崎本	神田本	九條本	島田本	內野本	上圖本（元）	觀智院本	天理本	古梓堂本	足利本	上圖本（影）	上圖本（八）	晁刻古文尚書	書古文訓	唐石經
甘酒嗜音峻宇彫牆有一于此未或不亡				［寫］	［寫］			［寫］		［寫］					［寫］	［寫］	［寫］	［寫］	［寫］	［寫］

793、酒

「酒」字在傳鈔古文《尚書》有下列不同字形：

（1）魏三體1

魏三體石經〈無逸〉「酗于酒德哉」「酒」字古文作，此為「酉」字，甲骨文作前6.5.3乙6277甲1336，像酒尊之形，且其音近，乃假「酉」字為「酒」。岩崎本、九條本作，偏旁「酉」字與魏三體同形。

【傳鈔古文《尚書》「酒」字構形異同表】

酒	戰國楚簡	石經	敦煌本	岩崎本b	神田本b	九條本b	島田本b	內野本	上圖本（元）	觀智院b	天理本b	古梓堂b	足利本	上圖本（影）	上圖本（八）	古文尚書晁刻	書古文訓	尚書篇目
甘酒嗜音峻宇彫牆			酒 P2533					酒							酒			五子之歌
羲和廢厥職酒荒于厥邑			酒 P2533 酒 P3752	酒										酒	酒			胤征
沈亂于酒畔官離次			酒 P2533 酒 P5557	酒				酒						酒	酒			胤征
我用沈酗于酒			酒 P2643 酒 P2516		酒				酒									微子
方興沈酗于酒乃罔畏畏			酒 P2643 酒 P2516		酒				酒									微子
祀茲酒惟天降命							酒	酒										酒誥
自洗腆致用酒							酒											酒誥
酗于酒德哉		魏	酒 P2748					酒										無逸

794、亡

「亡」字在傳鈔古文《尚書》有下列不同字形：

（1）上乇₋₁上₂

九條本、內野本、上圖本（元）、上圖本（八）「亡」字或作上乇₋₁；足利本、上圖本（影）或變作上₂；上圖本（八）又由此變作己，俗訛似「已」（參見"無"字）。

【傳鈔古文《尚書》「亡」字構形異同表】

亡	戰國楚簡	石經	敦煌本	岩崎本b	神田本b	九條本 島田本b	內野本	上圖（元）觀智院b	天理本b	古梓堂b	足利本	上圖本（影）	上圖本（八）	古文尚書晁刻	書古文訓	尚書篇目
有一于此未或不亡						上	乇				亡		己			五子之歌
予及汝皆亡						亡	乇									湯誓
取亂侮亡											上	上				仲虺之誥
推亡固存						上										仲虺之誥
邦君有一于身國必亡							乇									伊訓
與亂同事罔不亡							乇				上	上				太甲下
厥德匪常九有以亡							乇	乇					乇			咸有一德
以哀籲天徂厥亡出執						乇	乇									召誥

795、嗜

「嗜」字在傳鈔古文《尚書》有下列不同字形：

（1）四4.5饈₁

《古文四聲韻》「嗜」字作：四4.5，《書古文訓》作饈₁，爲此形之隸定，《玉篇》食部「饈」字「貪慾也。與嗜同」。「嗜」字從食作「饈」，爲形符替換。

（2）嗜

九條本「嗜」字作 嗜，右下「日」形多一畫作「目」。

（3）耆

敦煌本 P2533「嗜」字作「耆」耆，乃假「耆」為「嗜」字。

【傳鈔古文《尚書》「嗜」字構形異同表】

傳抄古尚書文字 嗜 戲齡四4.5	戰國楚簡	石經	敦煌本	岩崎本 神田本b	九條本	島田本b	內野本	上圖（元）	觀智院b	天理本	古梓堂b	足利本	上圖本（影）	上圖本（八）	古文尚書晁刻	書古文訓	尚書篇目
甘酒嗜音峻字彫牆			耆 P2533		嗜											饍	五子之歌

796、峻

「峻」字在傳鈔古文《尚書》有下列不同字形：

（1）峻₁峻₂

九條本、上圖本（影）「峻」字各作峻₁峻₂，與峻魯峻碑峻華山廟碑類同，皆從偏旁「夋」字之隸變（參見"俊""浚"字）。

【傳鈔古文《尚書》「峻」字構形異同表】

峻	戰國楚簡	石經	敦煌本	岩崎本 神田本b	九條本	島田本b	內野本	上圖（元）	觀智院b	天理本	古梓堂b	足利本	上圖本（影）	上圖本（八）	古文尚書晁刻	書古文訓	尚書篇目
甘酒嗜音峻字彫牆					峻								峻				五子之歌

797、宇

「宇」字在傳鈔古文《尚書》有下列不同字形：

（1）寓寓寓

敦煌本 P2533、九條本、《書古文訓》「宇」字作寓寓寓，為《說文》籀文從禹作寓之隸定。「宇」字籀文作「寓」乃聲符替換。

【傳鈔古文《尚書》「字」字構形異同表】

字	戰國楚簡	石經	敦煌本	岩崎本	神田本b	九條本	島田本b	內野本	上圖（元）	觀智院b	天理本	古梓堂b	足利本	上圖本（影）	上圖本（八）	古文尚書晁刻	書古文訓	尚書篇目
甘酒嗜音峻宇彫牆			寓 P2533			寓											寓	五子之歌

798、彫

「彫」字在傳鈔古文《尚書》有下列不同字形：

（1）彫 彫

九條本、足利本、上圖本（影）「彫」字作彫 彫形，偏旁「彡」俗寫作「久」形（參見 "文" 字）。

【傳鈔古文《尚書》「彫」字構形異同表】

彫	戰國楚簡	石經	敦煌本	岩崎本	神田本b	九條本	島田本b	內野本	上圖（元）	觀智院b	天理本	古梓堂b	足利本	上圖本（影）	上圖本（八）	古文尚書晁刻	書古文訓	尚書篇目
甘酒嗜音峻宇彫牆						彫							彫	彫				五子之歌

799、牆

「牆」字在傳鈔古文《尚書》有下列不同字形：

（1）牆1牆2牆3

內野本、足利本、上圖本（影）「牆」字或作牆1，秦簡隸變作牆睡虎地 20.195，此形右下隸變作面，與「面」字混同；上圖本（八）或作牆2，觀智院本或作牆，其偏旁「爿」字訛變。

（2）廧

《書古文訓》「牆」字或作廧，漢碑「牆」字或作「廧」：廧曹全碑廧武斑碑，《隸辨》謂《詩·小雅·常棣》「兄弟鬩於牆」《釋文》云：「牆本或作廧」，《左傳》「狄人伐廧咎如」《穀梁》作「牆」，《漢書·鄒陽傳》「牽帷廧之制」《文

選》作「牆」。《玉篇》嗇部「牆」字同「牆」，二字乃義符替換。

（3）墻

足利本、上圖本（影）「牆」字或作墻，《玉篇》土部「墙」字「正作牆」，
「墙」爲「牆」之俗字，二字亦義符替換。

（4）牆₁墻₂墻₃

敦煌本 P3871、九條本「牆」字各或作牆₁墻₂，右形與漢碑「牆」字或作
「牆」牆曹全碑牆武斑碑類同，「牆」字作「墻」當爲「牆」字贅加義符「土」；
九條本或作墻₃，右下形訛似「皿」。

【傳鈔古文《尚書》「牆」字構形異同表】

牆	戰國楚簡	石經	敦煌本	岩崎本b	神田本b	九條本	島田本b	內野本	上圖本（元）	觀智院b	天理本	古梓堂b	足利本	上圖本（影）	上圖本（八）	古文尚書晁刻	書古文訓	尚書篇目
甘酒嗜音峻宇彫牆			墻											牆牆			牆	五子之歌
怠忽荒政不學牆面蒞事惟煩							牆 牆b							墻	牆	牆		周官
踰垣牆竊馬牛誘臣妾			牆 P3871			墻								墻	墻	牆	牆	費誓

800、此

「此」字在傳鈔古文《尚書》有下列不同字形：

（1）此₁此₂此₃此₄

上圖本（八）「此」字作此₁，敦煌本 P3767、九條本或作此₂，與漢代隸
變俗寫作此孫臏₃₄此孫子₁₃₈此縱橫家書₈等類同，偏旁「止」字變似「山」，
漢碑山此樊敏碑即變作从「山」；足利本或變作此₃此₄。

（2）茲：茲隸釋

《隸釋》錄漢石經〈立政〉「以並受此丕丕基」「此」字作「茲」茲，以同
義字替換。

【傳鈔古文《尚書》「此」字構形異同表】

此	戰國楚簡	石經	敦煌本	岩崎本b	神田本b	九條本	島田本b	內野本	上圖（元）	觀智院b	天理本	古梓堂b	足利本	上圖本（影）	上圖本（八）	古文尚書晁刻	書古文訓	尚書篇目
有一于此未或不亡							此								此			五子之歌
以並受此丕丕基	茲 隸釋								此	此				此				立政
此厥不聽人乃訓之			此 P3767												此			無逸

801、或

「或」字在傳鈔古文《尚書》有下列不同字形：

（1）或 或₁ 或₂ 或₃

敦煌本 P2643、P2516、S799、岩崎本、九條本、上圖本（元）、足利本、上圖本（影）「或」字或作或₁，所從「口」寫作「厶」形，與漢碑或作**政**白石神君碑同形，《干祿字書》：「或：上通下正」，**或**為俗書；九條本或作**或**₂，岩崎本或作**或**₃，「厶」形復與其下橫筆合書，訛變似「幺」，張涌泉謂「**或**係**或**手寫連書所致。**或**俗書又加點作**或**〔註289〕。」

（2）或₁ 或₂ 或₃

上圖本（元）「或」字或作**或**₁，「口」下橫筆變作三點；敦煌本 P2643 或作**或**₂，所從「口」寫作「厶」形，其下橫筆作波折狀；觀智院本或作**或**₃。寫本中下「一」畫常見作波折狀，或作三點或作「灬」形。

〔註289〕張涌泉，《敦煌俗字研究》，上海：上海教育出版社，1996，頁260。

【傳鈔古文《尚書》「或」字構形異同表】

或	戰國楚簡	石經	敦煌本	岩崎本 神田本b	九條本 島田本b	內野本	上圖（元） 觀智院b	天理本 古梓堂b	足利本	上圖本（影）	上圖本（八）	古文尚書晁刻	書古文訓	尚書篇目
有一于此未或不亡					或									五子之歌
曰無或敢伏小人之攸箴							或		或					盤庚上
不其或稽自怒曷瘳			或 P3670 / 或 P2643				或		或					盤庚中
殷其弗或亂正四方			或 P2643 / 或 P2516	或										微子
罔或無畏寧執非敵百姓懍懍	或 S799													泰誓中
厥或誥曰群飲汝勿佚					或									酒誥
王曰又曰時予乃或言爾攸居			或 P2748			或								多士
作其即位乃或亮陰三年不言			或 P2748											無逸
自時厥後亦罔或克壽			或 P2748						或	或				無逸
或五六年或四三年			或 P3767 / 或 P2748											無逸
或五六年或四三年			或 P3767 / 或 P2748											無逸
圖厥政莫或不艱有廢有興							戒b							君陳
簡厥修亦簡其或不修							戒b		或	或				君陳
進厥良以率其或不良							戒b		或	或				君陳
爾罔或戒不勤天齊于民			或											呂刑

即我御事罔或耆壽俊在厥服								或										文侯之命

五子之歌	戰國楚簡	漢石經	魏石經	敦煌本 P3752	敦煌本 P2533		岩崎本	神田本	九條本	島田本	內野本	上圖本(元)	觀智院本	天理本	古梓堂本	足利本	上圖本(影)	上圖本(八)	晁刻古文尚書	書古文訓	唐石經
其三日惟彼陶唐有此冀方																					

802、唐

「唐」字在傳鈔古文《尚書》有下列不同字形：

（1）居₁／唐₂

九條本「唐」字或作居₁，上圖本（八）或作唐₂，其上形與偏旁「虍」之隸變俗寫混同（參見"虎"字）。

【傳鈔古文《尚書》「唐」字構形異同表】

唐	戰國楚簡	石經	敦煌本	岩崎本	神田本b	九條本	島田本b	內野本	上圖(元)	觀智院b	天理本	古梓堂本b	足利本	上圖本(影)	上圖本(八)	古文尚書晁刻	書古文訓	尚書篇目
惟彼陶唐有此冀方						居									唐			五子之歌
唐叔得禾異畝同穎獻諸天子								唐							唐			微子之命

五子之歌	戰國楚簡	漢石經	魏石經	敦煌本P3752	敦煌本P2533	岩崎本	神田本	九條本	島田本	內野本	上圖本（元）	觀智院本	天理本	古梓堂本	足利本	上圖本（影）	上圖本（八）	晁刻古文尚書	書古文訓	唐石經
今失厥道亂其紀綱乃底滅亡					今失厥道率其紀綱乃底滅亡					今失厥道率于紀綱乃底滅					今失厥道率开紀綱乃底滅亡	今失厥道率开紀綱乃底滅亡	今失厥道率其紀綱乃底滅亡	今失厥道率开紀枚尊底滅亡	今失厥道亂其紀綱乃底滅亡

803、紀

「紀」字在傳鈔古文《尚書》有下列不同字形：

（1）紀紀

敦煌本 P5557、日諸古寫本「紀」字多作紀紀形，偏旁「己」字與「巳」字混同（參見"己"字）。

【傳鈔古文《尚書》「紀」字構形異同表】

紀	戰國楚簡	石經	敦煌本	岩崎本b	神田本b	九條本b	島田本b	內野本	上圖本（元）	觀智院b	天理本b	古梓堂b	足利本	上圖本（影）	上圖本（八）	古文尚書晁刻	書古文訓	尚書篇目
今失厥道亂其紀綱			紀										紀	紀				五子之歌
俶擾天紀遐棄厥司			紀 P5557 / 紀										紀	紀				胤征
先王肇修人紀從諫弗咈													紀	紀	紀			伊訓
次四曰協用五紀														紀				洪範
既歷三紀世變風移			紀											紀	紀			畢命
厥有成績紀于太常				紀									紀	紀	紀			君牙

804、綱

「綱」字在傳鈔古文《尚書》有下列不同字形：

（1）

《書古文訓》「綱」字或作，爲《說文》古文之隸古定，商承祚云：「綱之下綱或用木枊，故从木也。」〔註 290〕「綱」字从糸岡聲，形聲也，古文从木从幺（糸之古文），乃爲會意。

（2）

敦煌本 P2533「綱」字作，爲《說文》篆文之隸古定。

（3）

岩崎本、上圖本（八）「綱」字作，偏旁「岡」字所从「山」訛作「止」（參見"岡"字）。

（4）12

九條本、上圖本（元）「綱」字或作1、上圖本（影）或作2，偏旁「岡」字皆訛作「罔」字。

【傳鈔古文《尚書》「綱」字構形異同表】

綱	戰國楚簡	石經	敦煌本	岩崎本	神田本b	九條本	島田本b	內野本	上圖（元）	觀智院b	天理本	古梓堂b	足利本	上圖本（影）	上圖本（八）	古文尚書晁刻	書古文訓	尚書篇目
今失厥道亂其紀綱			 P2533															五子之歌
若網在綱有條而不紊																		盤庚上

805、岡

「岡」字在傳鈔古文《尚書》中有下列字形：

（1）岡：

敦煌本 P2533「岡」字作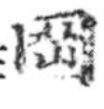，爲《說文》篆文之隸古定。

〔註 290〕說見：商承祚，《說文中之古文考》，上海：上海古籍出版社，1983，頁 110~111。

（2）罡：罡

九條本「岡」字作罡，與罡華芳墓誌側同形，爲篆文岡之隸變俗寫，所從「山」訛作「止」。此即「罡」字，《隸辨》引《六書正訛》云：「『岡』別爲『罡』」。

（3）罔：罔₁罔罔₂

敦煌本 P5557「岡」字作罔₁，乃訛作「罔」字，且其下多一畫；上圖本（影）、上圖本（八）作罔罔₂，與「罔」字所從「亡」隸變俗寫似「止」形作罔混同（參見"罔"字）。

【傳鈔古文《尚書》「岡」字構形異同表】

岡	戰國楚簡	石經	敦煌本	岩崎本	神田本b	九條本	島田本b	內野本	上圖（元）觀智院b	天理本	古梓堂b	足利本	上圖本（影）	上圖本（八）	古文尚書晁刻	書古文訓	尚書篇目
火炎崑岡			岡 P2533 罔 P5557			罡								罔	罔		胤征

五子之歌	戰國楚簡	漢石經	魏石經	敦煌本 P3752	敦煌本 P2533	岩崎本	神田本	九條本	島田本	內野本	上圖本（元）	觀智院本	天理本	古梓堂本	足利本	上圖本（影）	上圖本（八）	晁刻古文尚書	書古文訓	唐石經
其四曰明明我祖萬邦之君					亓三曰明明我祖万邦之君					亓三曰明明我祖方邦之君					亓三曰明我祖方邦之君	亓三曰明我戒阻方邦之君	亓三曰明我戒阻方邦之君	亓三曰明明我戒阻万当山商		其四曰明明我祖萬邦之君

有典有則貽厥子孫關石和鈞			文典文則貽厂子孫關石味鈞		广典广則广貽厹子孫關石味鈞		广油广則貽厹子孫關石和鈞	广典广則貽厹子孫關石和鈞	不典广則貽厹子孫關石味鈞	广簨广則貽厹广簨广則貽厹	有典有則貽厥子孫關石和鈞

806、貽

「貽」字在傳鈔古文《尙書》有下列不同字形：

（1）台：

「貽」字見於《說文》貝部新附字，「贈遺也，从貝台聲。經典通用『詒』」，九條本、《書古文訓》「貽」字或省作「台」。

（2）胎：𦙤

九條本〈五子之歌〉「貽厥子孫」「貽」字作𦙤，乃偏旁「貝」字俗訛作「月」，此誤作「胎」字。

【傳鈔古文《尙書》「貽」字構形異同表】

貽	戰國楚簡	石經	敦煌本	岩崎本	神田本b	九條本	島田本b	內野本	上圖（元）	觀智院b	天理本	古梓堂b	足利本	上圖本（影）	上圖本（八）	古文尚書晁刻	書古文訓	尚書篇目
貽厥子孫						𦙤												五子之歌
公乃爲詩以貽王																	台	金縢
自貽哲命						台											台	召誥

807、孫

「孫」字在傳鈔古文《尙書》有下列不同字形：

（1）🔣魏三體

魏三體石經〈君奭〉「孫」字古文作🔣，源自甲金文作🔣前 7.15.2 🔣後 2.147🔣

甲 2001 孫 乃孫作且己鼎 孫 頌鼎 孫 兮仲鐘 孫 欒書缶 孫 格伯作晉姬簋 孫 命瓜君壺 孫 中山王鼎等形。

(2) 孫1孫孫2

上圖本（八）「孫」字或作孫1，偏旁「子」字俗寫似「歹」；島田本、古梓堂本、上圖本（影）、上圖本（八）或作孫孫2，復所从「系」省作「糸」。

【傳鈔古文《尚書》「孫」字構形異同表】

孫	戰國楚簡	石經	敦煌本	岩崎本	神田本b	九條本	島田本b	內野本	上圖（元）	觀智院b	天理本	古梓堂b	足利本	上圖本（影）	上圖本（八）	古文尚書晁刻	書古文訓	尚書篇目
貽厥子孫														孫				五子之歌
咸若于其子孫弗率														孫				伊訓
用能定爾子孫于下地						孫b												金縢
惟王子子孫孫永保民															孫			梓材
惟人在我後嗣子孫大弗克恭上下		孫 魏													孫			君奭
繼自今文子文孫													孫	孫	孫			立政
今文子文孫孺子王矣													孫		孫			立政
伯父伯兄仲叔季弟幼子童孫皆聽朕言															孫			呂刑
王曰嗚呼嗣孫今往何監															孫			呂刑
以保我子孫黎民											孫b			孫				秦誓

808、關

「關」字在傳鈔古文《尚書》有下列不同字形：

(1) 關1關2關3關4

「關」字敦煌本 P2533 作關1、內野本作關2，爲《說文》篆文關之隸變俗寫，與關睡虎地 15.97 關天文雜占 4.2 關關邑家壺 關武威簡.泰射 64 關居延簡甲 2478 類同；九條本作關3，乃漢碑或省變作關鮮于璜碑關郙格頌之再省，所从「幺」

省作「厶」；上圖本（八）作「闗」4，門中「祘」形訛變作「孫」。

【傳鈔古文《尚書》「關」字構形異同表】

關	戰國楚簡	石經	敦煌本	岩崎本b	神田本b 九條本	島田本b	內野本	上圖（元）	觀智院b	天理本	古梓堂b	足利本	上圖本（影）	上圖本（八）	古文尚書晁刻	書古文訓	尚書篇目
關石和鈞			闗 P2533		闗	闗						闗	闗	闗			五子之歌

809、鈞

「鈞」字在傳鈔古文《尚書》有下列不同字形：

（1）鈞汗6.75 鈞四1.33 銎1 銎2

《汗簡》、《古文四聲韻》錄《古尚書》「鈞」字作：鈞汗6.75 鈞四1.33，源自金文作 鈞守簋 鈞幾父壺，此與 鈞子禾子釜類同，從古文「旬」，《說文》「鈞」字古文從旬作 銎，《書古文訓》或作銎1銎2，爲 銎說文古文鈞之隸定，銎2「旬」所從「勹」隸古定訛變。

（2）鈞

上圖本（影）「鈞」字或作鈞，偏旁「勻」字訛作「句」，乃訛混作「鈎」（鉤）字。

（3）鈞

神田本「鈞」字或作鈞，偏旁「勻」字少一畫作「勺」，俗訛混作「釣」。

【傳鈔古文《尚書》「鈞」字構形異同表】

鈞	傳抄古尚書文字 鈞汗6.75 鈞四1.33	戰國楚簡	石經	敦煌本	岩崎本	神田本b 九條本	島田本b	內野本	上圖（元）	觀智院b	天理本	古梓堂b	足利本	上圖本（影）	上圖本（八）	古文尚書晁刻	書古文訓	尚書篇目
關石和鈞														鈞			銎	五子之歌
予弗順天厥罪惟鈞						鈞b											銎	泰誓上

五子之歌	戰國楚簡	漢石經	魏石經	敦煌本P3752	敦煌本P2533		岩崎本	神田本	九條本	島田本	內野本	上圖本（元）	觀智院本	天理本	古梓堂本	足利本	上圖本（影）	上圖本（八）	晁刻古文尚書	書古文訓	唐石經
王府則有荒墜厥緒覆宗絕祀				王府則又荒隊年緒覆宗籆祀							王府則又荒隊本緒覆宗幽祀					王府則大荒隊或緒覆宗幽祀	王府則大荒隊或緒覆宗幽祀	王府則大荒隊年緒覆宗幽豆	王府則大荒隊年緒覆宗隉祺	王府則有荒墜厥緒覆宗絕祀

810、墜

孟鼎「我聞殷𢽾令（「述令」借作「墜命」）〔註291〕」與魏三體石經〈君奭〉「乃其𢽾命」「述」（墜）字形同，所從𢽾，舒連景謂「像手中細粒下墜形，當即墜落之本字〔註292〕」，朱芳圃云：「《說文・禾部》『秫，稷之黏者，从禾，朮象形。朮，秫或省』考朮為初形，秫為後起字，金文作𢽾，像稷之黏手者。〔註293〕」魏三體石經《春秋》僖公 31 年「述」（用作「遂」）字古文作𢽾「公子——如晉」，較𢽾魏三體君奭所从朮字下多一短橫，曾憲通謂此體為「遂」字《汗簡》𢽾汗 1.8《說文》古文𢽾等訛變之濫觴〔註294〕。

「墜」字在傳鈔古文《尚書》有下列不同字形：

（1）𢽾魏三體

魏三體石經〈君奭〉「乃其墜命」「墜」字古文作𢽾，與金文借作「遂」字之「述」字同形：𢽾孟鼎「我聞殷△令（命）」𢽾史遂簋𢽾魚鼎七𢽾中山王壺，乃

〔註291〕唐蘭釋甲骨文𢽾為「朮」字，云：「金文孟鼎『我聞殷述令』（舊釋為『遂』非是。述令借作墜命）。魚鼎七述字从𢽾，均可證。」謂「朮」乃「秫」之本字。參見唐蘭，〈釋朮朮隹〉，《殷虛文字記》，頁 43，北京：中華書局，1981。

〔註292〕舒連景，《説文古文疏證》，頁 12，商務印書館，1937。

〔註293〕朱芳圃，《殷周文字釋叢》卷下〈釋述〉，頁 131，北京：中華書局，1962。

〔註294〕曾憲通，〈敦煌本古文尚書「三郊三逋」辯正〉，《古文字與出土文獻叢考》，頁 78，廣州：中山大學，2005。

假「遂」爲「墜」字，《古文四聲韻》錄雲臺碑「述」字 四5.8 即與 魏三體同，是借「述」爲「遂」字，再假爲「墜」字。

（2） 魏三體篆隸

魏三體石經〈君奭〉「天難諶乃其墜命」「墜」字篆隸二體作 ，乃假「隊」爲「墜」字。

（3）隊隊

《書古文訓》、九條本「墜」字或作隊隊，「隊」「墜」古今字。

（4）墜墜₁墜₂

敦煌本 P2748、九條本「墜」字或作墜墜₁墜₂，偏旁「土」字作「圡」，墜₂右上訛省作「冢」。

【傳鈔古文《尚書》「墜」字構形異同表】

墜	戰國楚簡	石經	敦煌本	岩崎本	神田本b	九條本	島田本b	內野本	上圖（元）	觀智院本b	天理本	古梓堂本b	足利本	上圖本（影）	上圖本（八）	古文尚書晁刻	書古文訓	尚書篇目
王府則有荒墜厥緒			墜 P2533					隊						墜			隊	五子之歌
有夏昏德民墜塗炭						墜		墜					墜		墜		隊	仲虺之誥
爾惟不德罔大墜厥宗								墜						墜	墜		隊	伊訓
今惟殷墜厥命								墜					墜	墜	墜		隊	酒誥
面稽天若今時既墜厥命							隊	墜					墜	墜	倒		隊	召誥
惟不敬厥德乃早墜厥命							墜	墜					墜	墜	隆		隊	召誥
乃早墜厥命							隊	隊					墜	墜	墜		隊	召誥
殷既墜厥命			墜 P2748										墜	墜	墜		隊	君奭
乃其墜命		魏	墜 P2748											墜	墜		隊	君奭

811、遂

「遂」字在傳鈔古文《尚書》有下列不同字形：

（1）〔圖〕汗 1.8

《汗簡》錄《古尚書》「遂」字作：〔圖〕汗 1.8，《箋正》云：「古作〔圖〕，薛本同，亦有訛作『速』作『〔圖〕』者，此形又訛作『迹』之籀文。（〔圖〕說文籀文迹）」。魏三體石經《春秋》僖公 31 年「述」（用作「遂」）字古文作〔圖〕「公子——如晉」，較〔圖〕魏三體君奭所从术字下多一短橫，此爲「遂」字作〔圖〕汗 1.8〔圖〕說文古文遂等訛變之源〔註295〕（參見"墜"字），當皆變自〔圖〕盂鼎〔圖〕小臣●簋〔圖〕史遂簋〔圖〕魚鼎七〔圖〕中山王壺。

（2）〔圖〕四 4.5〔圖〕六 275〔圖〕〔圖〕1〔圖〕2〔圖〕3〔圖〕4

《古文四聲韻》、《訂正六書通》錄《古尚書》「遂」字作：〔圖〕四 4.5〔圖〕六 275，與《說文》古文作〔圖〕類同，〔圖〕汗 1.8 遂.古尚書疑即此形之變，即〔圖〕魏三體.僖公 31〔圖〕魏三體君奭用作「遂」字之古文訛變，〔圖〕四 4.5〔圖〕六 275〔圖〕魏三體.僖公 31 所从术字下多一短橫，變作〔圖〕說文古文遂。

《書古文訓》「遂」字或作〔圖〕〔圖〕1，爲〔圖〕說文古文遂之隸古定，後者右上多一點，敦煌本 P2643 或隸訛作〔圖〕2，其上「山」形變作「止」；敦煌本 P2516、S2074、P3871 岩崎本、九條本、上圖本（元）、上圖本（八）或作〔圖〕〔圖〕3，爲〔圖〕四 4.5〔圖〕六 275 遂.古尚書之隸定，後者亦多一點，足利本、上圖本（影）或訛作〔圖〕4 形，訛从「南」。

（3）〔圖〕1〔圖〕2〔圖〕3〔圖〕4

《書古文訓》《書序》〈蔡仲之命〉〈康王之誥〉「遂」字作〔圖〕1，乃〔圖〕汗 1.8 遂.古尚書形之隸變，內野本或作此形隸定〔圖〕2〔圖〕3，或少一畫作〔圖〕4；皆爲〔圖〕四 4.5〔圖〕六 275 遂.古尚書〔圖〕說文古文遂形訛變，而與〔圖〕說文籀文迹混同。

（4）〔圖〕

《書古文訓》〈費誓〉二例「遂」字作〔圖〕，乃〔圖〕汗 1.8 遂.古尚書形之隸古定

〔註295〕同前注。

訛變，混作「速」字。

（5）遂

上圖本（元）〈咸有一德〉「咎單遂訓伊尹事作沃丁」「遂」字訛作遂。

（6）遼₁逵₂

足利本、上圖本（影）、上圖本（八）「遂」字或訛作遼₁，疑為述說文古文遂形之隸訛，與「遼」字混同；內野本、足利本、上圖本（影）或作逵₂，乃述說文古文遂隸古定訛變作「遼」，又訛變作此形。

【傳鈔古文《尚書》「遂」字構形異同表】

傳抄古尚書文字 遂 迷汗1.8 遊四4.5 徔六275	戰國楚簡	石經	敦煌本	岩崎本b	神田本b	九條本b 島田本b	內野本	上圖 (元) 觀智院b 天理本b	古梓堂b 足利本	上圖本 (影)	上圖本 (八)	古文尚書晁刻	書古文訓	尚書篇目
遂與桀戰于鳴條之野作湯誓							逵		逵	逵				湯誓
夏師敗績湯遂從之						逵	逵		逵	逵	遂		述	湯誓
遂伐三朡						✓	逵		✓	✓	遼		述	湯誓
顯忠遂良						逵	逵		逵	逵	遼		述	仲虺之誥
咎單遂訓伊尹事作沃丁							逌	遂	逌	逌			述	咸有一德
我祖底遂陳于上	遠 P2643 逌 P2516		逌				遠						述	微子
殷遂喪	遠 P2643 遂 P2516		逌				速	逌						微子
遂通道于九夷八蠻							逵							旅獒
成王東伐淮夷遂踐奄作成王政	逌 S2074					逌 逌	逌 逌				逵		速	蔡仲之命

康王既尸天子遂誥諸侯作康王之誥			逢 逋		遂 遂 逋		速	康王之誥
魯人三郊三遂峙乃楨榦	逑 P3871	逋					速	費誓
魯人三郊三遂峙乃芻茭	逋 P3871	逋					速	費誓

812、覆

「覆」字在傳鈔古文《尚書》有下列不同字形：

（1）覆₁覆₂覆₃

「覆」字敦煌本 P5557、岩崎本、九條本、上圖本（元）或作覆₁，偏旁「襾」字與偏旁「雨」字形混；足利本、上圖本（影）或作覆₂，上圖本（八）或作覆₃，從「復」字俗寫（參見 "復" 字）。

【傳鈔古文《尚書》「覆」字構形異同表】

覆	戰國楚簡	石經	敦煌本	岩崎本b	神田本b九條本	島田本b	內野本	上圖（元）b	觀智院b	天理本	古梓堂b	足利本	上圖本（影）	上圖本（八）	古文尚書晁刻	書古文訓	尚書篇目
覆宗絕祀			覆									覆	覆				五子之歌
惟時羲和顛覆厥德			覆 P5557 覆									覆	覆				胤征
無越厥命以自覆								覆				覆	覆				太甲上
罔中于信以覆詛盟			覆									覆	覆	覆			呂刑

813、祀

「祀」字在傳鈔古文《尚書》有下列不同字形：

（1）禩汗 1.3禩四 3.7禩禩₁禩₂

《汗簡》、《古文四聲韻》錄《古尚書》「祀」字作：禩汗 1.3禩四 3.7，與《說文》或體從「異」作禩同，段注曰：「《周禮》〈大宗伯〉〈小祝〉注皆云『故書祀作禩』按禩字見於故書是古文也。……巳聲異聲同在一部，故異形而同字也。」「祀」字作「禩」爲聲符替換。

　　《書古文訓》「祀」字或作禩禩1禩2，禩禩1為傳抄《古尚書》「祀」字禩汗1.3 禩四3.7之隸定及隸古定訛變，從古文「示」尔，禩2為《說文》或體禩之隸定。

　　（2）祀1祀2

　　岩崎本、內野本、上圖本（元）、足利本、上圖本（影）、上圖本（八）「祀」字或作祀1，左從古文「示」尔隸古定，足利本或作祀2，偏旁古文「示」尔少一畫。

　　（3）祀

　　上圖本（八）〈洛誥〉「予沖子夙夜毖祀」「祀」字作祀，偏旁「示」字訛混作「ネ」（參見"被"字）。

【傳鈔古文《尚書》「祀」字構形異同表】

傳抄古尚書文字 祀 汗1.3 四3.7	戰國楚簡	石經	敦煌本	岩崎本	神田本b	九條本	島田本b	內野本	上圖本（元）	觀智院b	天理本b	古梓堂b	足利本	上圖本（影）	上圖本（八）	古文尚書晁刻	書古文訓	尚書篇目
覆宗絕祀								祀					祀	祀	祀		禩	五子之歌
湯征諸侯葛伯不祀湯始征之作湯征															祀		禩	胤征
惟元祀十有二月乙丑								祀					祀	祀	祀		禩	伊訓
惟三祀十有二月朔								祀					祀	祀	祀		禩	太甲中
王宅憂亮陰三祀既免喪				祀				祀									禩	說命上
政事惟醇黷于祭祀				祀				祀	祀								禩	說命中
典祀無豐于昵			祀 P2516	祀				祀	祀								禰	高宗肜日
遺厥先宗廟弗祀								祀							祀		禩	泰誓上
昏棄厥肆祀弗荅																	禩	牧誓
丁未祀于周廟								祀							祀		禩	武成

經文	內野本	足利本	上圖本（影）	書古文訓	篇名
惟十有三祀	祀			禩	洪範
祀茲酒惟天降命				禩	酒誥
肇我民惟元祀天降威	祀	祀		禩	酒誥
惟祀德將無醉	祀			禩	酒誥
爾尚克羞饋祀	祀			禩	酒誥
弗惟德馨香祀	祀			禩	酒誥
惢祀于上下	祀　祀	祀　祀		禩	召誥
王肇稱殷禮祀于新邑	祀	祀		禩	洛誥
記功宗以功作元祀	祀	祀		禩	洛誥
居師惇宗將禮稱秩元祀	祀	祀		禩	洛誥
予沖子夙夜惢祀	祀	祀		禩	洛誥
罔不明德恤祀	祀	祀		禩	多士
弗永寅念于祀	祀	祀		禩	多方
今爾奔走臣我監五祀	祀	祀		禩	多方

五子之歌	戰國楚簡	漢石經	魏石經	敦煌本P3752	敦煌本P2533	岩崎本	神田本	九條本	島田本	內野本	上圖本（元）	觀智院本	天理本	古梓堂本	足利本	上圖本（影）	上圖本（八）	晁刻古文尚書	書古文訓	唐石經
其五曰嗚呼曷歸予懷之悲				其五曰於辥昌歸予裒之悲						其五曰於辥昌歸予裒之悲					其五曰於辥昌歸予裒之悲	其五曰於辥昌歸予裒之悲	其五曰於辥昌歸予裒之悲	元圶曰烏虖害歸予裒之悲	元圶曰烏虖害歸予裒之悲	其五曰嗚呼曷歸予懷之悲

814、嗚

「嗚」字在傳鈔古文《尚書》有下列不同字形：

（1）於：魏三體 於 漢石經 旅 枒₁ 狋狋狋狋狋狋₂ 宪₃

魏三體石經〈無逸〉、〈君奭〉「鳴」字古文作，《說文》「烏」字古文作象形，「孝烏也，象形。孔子曰『烏肟呼也』取其助气，故以爲烏呼。」徐鉉謂「今俗作『鳴』非是」，古文又作省形，今隸定作「於」《隸釋》漢石經「鳴呼」作「於戲」。

敦煌本 P2533、日諸寫本「鳴」字作「於」旅，九條本作枒₁，其左「方」形變作「木」；《書古文訓》「鳴」字或作狋狋狋狋狋狋₂，皆爲說文古文烏古文形體摹寫，或隸古定訛變作宪₃（參見"于（於）"字）。

（2）烏魏三體 烏爲烏₁烏₂

魏三體石經〈無逸〉、〈君奭〉「鳴」字篆隸二體作「烏」，隸體作烏魏三體，尚書敦煌寫本、神田本、岩崎本、九條本、上圖本（元）多作「烏」烏爲烏₁形，爲篆文烏之隸變俗寫。《書古文訓》〈五子之歌〉「鳴呼曷歸予懷之悲」「鳴」字作「烏」烏₂。

（3）鳥

上圖本（影）〈太甲下〉「鳴呼弗慮胡獲」、〈咸有一德〉「鳴呼天難諶命靡常」、「鳴呼七世之廟可以觀德」「鳴」字作鳥，乃「烏」字之訛多一畫，誤作「鳥」字。

（4）焉马

島田本、上圖本（八）〈洪範〉「王乃言曰鳴呼箕子」、島田本〈旅獒〉「鳴呼夙夜罔或不勤不矜細行」、〈微子之命〉「鳴呼乃祖成湯克齊聖廣淵」、上圖本（八）〈康誥〉「王曰鳴呼封汝念哉」、「王曰鳴呼小子封」、〈周官〉「鳴呼凡我有官君子」等「鳴」字作焉马，乃「烏」字隸變作（2）烏魏三體 烏爲烏₁形之訛誤，與「焉」字形混同。

（5）嗚

上圖本（影）、上圖本（八）〈盤庚中〉「鳴呼古我前后」、〈洪範〉「王乃言曰鳴呼箕子」、〈康誥〉「王曰鳴呼封汝念哉」、「王曰鳴呼小子封」、〈君牙〉「鳴呼君牙惟乃祖乃父世篤忠貞」、上圖本（八）〈君奭〉「公曰鳴呼君惟乃知」等「鳴」字作嗚，乃「鳴」字訛多一畫，誤作「嗚」。

【傳鈔古文《尚書》「嗚」字構形異同表】

嗚	戰國楚簡	石經	敦煌本	岩崎本/神田本b	九條本/島田本b	內野本	上圖(元)	觀智院本b	天理本	古梓堂本	足利本	上圖本(影)	上圖本(八)	古文尚書晁刻	書古文訓	尚書篇目
嗚呼曷歸予懷之悲			於 P2533		於	於						於	於		烏	五子之歌
嗚呼威克厥愛允濟															寙	胤征
嗚呼惟天生民有欲					烏								烏		緜	仲虺之誥
嗚呼尚克時忱乃亦有終															緜	湯誥
嗚呼弗慮胡獲					鳥	為					鳥	鳥	烏		緜	太甲下
嗚呼天難諶命靡常					烏	為					烏	鳥	烏		緜	咸有一德
嗚呼七世之廟可以觀德						∨					∨	嗚			緜	咸有一德
嗚呼古我前后			烏 P3670 烏 P2643		烏	為						嗚	嗚		緜	盤庚中
嗚呼今予告汝不易永敬大恤		於 隸釋	烏 P2643 烏 P2516	烏	烏	為					烏	烏	烏		緜	盤庚中
嗚呼乃一德一心			為 S799	烏	烏						烏	鳥	烏		寙	泰誓中
嗚呼我西土君子			烏 S799	烏b	烏						烏	鳥	烏		緜	泰誓下
王乃言曰嗚呼箕子				烏b	烏							嗚	晉		緜	洪範
嗚呼明王慎德				烏b	烏										緜	旅獒
嗚呼夙夜罔或不勤不矜細行				烏b								烏			緜	旅獒
嗚呼無墜天之降寶命				烏b	烏										緜	金縢
嗚呼乃祖成湯克齊聖廣淵				烏b	烏							烏			緜	微子之命

經文												書篇
王曰嗚呼封汝念哉					烏			烏	嗚	焉	緷	康誥
王曰嗚呼小子封					烏				嗚	焉	緷	康誥
嗚呼我聞曰昔在殷王中宗	烏 P2748									烏	緷	無逸
周公曰嗚呼繼自今嗣王	魏 蔦 P3767				烏						緷	無逸
嗚呼嗣王其監于茲	於隸釋 魏 烏 P2748										緷	無逸
嗚呼君已曰時我我亦不敢寧于上帝命	於隸釋 魏 烏 P2748				烏			烏			緷	君奭
公曰嗚呼君惟乃知	烏 P2748			烏	烏				嗚	宿	君奭
嗚呼王若曰誥爾多方非天庸釋有夏	魏 烏 S2074			蔦	烏			烏		緷	多方
嗚呼多士爾不克勸忱我命	烏 P2630			烏	烏			烏		緷	多方
嗚呼凡我有官君子				烏	焉			焉		緷	周官
嗚呼三事暨大夫敬爾有官				烏	嗚					緷	周官
嗚呼臣人咸若時惟良顯哉				烏	焉b			烏		緷	君陳
嗚呼君牙惟乃祖乃父世篤忠貞			焉	烏			嗚	烏	緷	君牙
王曰嗚呼念之哉			烏	烏				烏	緷	呂刑
嗚呼閔予小子嗣造天丕愆			焉	烏				烏	緷	文侯之命

815、呼

「呼」字在傳鈔古文《尚書》有下列不同字形：

（1）虖： 魏三體 虖1 虖虖2 虖3 虖4 虖5 虖6 虖7

魏三體石經〈無逸〉、〈多方〉「呼」字古文作，中山王器「嗚呼」作「於虖」，「呼」字與此同：「於——」中山王壺 「於——」盜壺，乃假「虖」為「呼」，金文作 何尊 沈子它簋 效卣 寡子卣 毛公鼎等形。

尚書敦煌寫本、日諸古寫本、《書古文訓》「呼」字多作[字形]1，島田本、內野本、觀智院本、足利本、上圖本（影）、上圖本（八）或作[字形]2形，其上從偏旁「虍」字之隸變，岩崎本或少一畫作[字形]3；岩崎本、九條本或變作[字形]4[字形]5；敦煌本S2074、岩崎本、九條本或變作[字形]6，P3767、S2074、神田本、岩崎本、島田本、九條本、觀智院本或作[字形]7，其上偏旁「虍」字隸變俗混作「雨」，與漢碑[字形]仲秋下旬碑「歔△」[字形]樊敏碑「歔夜△且」等偏旁「虖」字類同。

（2）[字形]漢石經[字形][字形]隸釋

漢石經殘碑作[字形]石經尚書殘碑，《隸釋》錄漢石經〈盤庚中〉、〈無逸〉、〈君奭〉、〈立政〉「嗚呼」作「於戲」，「呼」字作[字形][字形]，偏旁「戈」字增繁變作「戉」（參見"戲"字），乃假「戲」爲「呼」，《隸辨》云：「按《廣韻》『嗚呼』古作『於戲』，《釋文》又音義互見支韻」。

（3）乎：[字形]1[字形]2[字形]3[字形]4

內野本「呼」字或作[字形]1，上圖本（元）或作[字形]2，足利本、上圖本（影）或作[字形]3，皆以「乎」爲「呼」字，內野本或省訛作[字形]4，與「于」字混同（參見"乎"字）。

（4）[字形]

上圖本（影）〈康誥〉「王曰嗚呼封汝念哉」「呼」字作[字形]，與漢碑作[字形]樊敏碑「歔夜——且」同，乃聲旁更替。

【傳鈔古文《尚書》「呼」字構形異同表】

呼	戰國楚簡	石經	敦煌本	岩崎本	神田本b	九條本	島田本b	內野本	上圖（元）	觀智院b	天理本	古梓堂b	足利本	上圖本（影）	上圖本（八）	古文尚書晁刻	書古文訓	尚書篇目
嗚呼曷歸予懷之悲			[字形]P2533					[字形]						[字形]	[字形]		[字形]	五子之歌
嗚呼威克厥愛允濟			[字形]P2533 [字形]P5557	[字形]													[字形]	胤征

嗚呼先王肇修人紀				旁				虖	伊訓
嗚呼嗣王祗厥身念哉				旁		亏	虘亏		虖	伊訓
嗚呼惟天無親克敬惟親				旁	虖				虖	太甲下
嗚呼弗慮胡獲				寽	虖	虖	虖		虖	太甲下
嗚呼七世之廟可以觀德				ˇ		虖	虖		虖	咸有一德
嗚呼古我前后		虖 P2643	寽	虖	亏				虖	盤庚中
嗚呼今予告汝不易永敬大恤	戲隸釋		寽	虖	亏	虖	虖		虖	盤庚中
嗚呼邦伯師長百執事之人		虖 P2643	寽	虖	辛	虖	虖		虖	盤庚下
嗚呼知之曰明哲明哲實作則		虖 P2643	寽	虖	辛				虖	說命上
嗚呼明王奉若天道		虖 P2643	寽	虖	辛	虖	虖		虖	說命中
嗚呼說四海之內咸仰朕德		虖 P2643	寽	虖	辛	虖	虖	虖	虖	說命下
嗚呼王司敬民		虖 P2643	寽	虖	亏	虖	虖	虖	虖	高宗肜日
嗚呼我生不有命在天		虖 P2643	寽	虖	亏	虖	虖	虖	虖	西伯戡黎
嗚呼西土有眾			寽 b	虖		虖	虖		虖	泰誓中
嗚呼乃一德一心		虖 S799	寽 b	虖		虖	虖		虖	泰誓中
王若曰嗚呼群后惟先王建邦啓土		虖 S799	寽 b	虖		虖	虖		虖	武成
王乃言曰嗚呼箕子			寽 b	旁			虖		虖	洪範
嗚呼明王愼德			虖 b	虖					虖	旅獒
嗚呼無墜天之降寶命			寽 b	虖					虖	金縢
王曰嗚呼封汝念哉	魏			虖		虖	嘑	虖	虖	康誥

嗚呼厥亦惟我周太王王季		P3767 / P2748								庫	無逸
周公曰嗚呼我聞曰		P3767						庫		庫	無逸
嗚呼嗣王其監于茲	戲隸釋 魏	P2748						呼		庫	無逸
嗚呼君己曰時我我亦不敢寧于上帝命	戲隸釋			庫				庫		庫	君奭
公曰嗚呼君惟乃知			寧	∨		庫	庫	庫		庫	君奭
王曰嗚呼小子胡		S2074	寧	庫				庫		庫	蔡仲之命
嗚呼王若曰誥爾多方非天庸釋有夏	魏	S2074	寧	庫				庫		庫	多方
嗚呼休茲知恤鮮哉		S2074	寧	庫				庫		庫	立政
嗚呼予旦已受人之徽言	戲隸釋			寧	∨			∨		庫	立政
嗚呼凡我有官君子					庫b			庫		庫	周官
嗚呼臣人咸若時惟良顯哉					庫	寧b		庫		庫	君陳
嗚呼疾大漸惟幾病日臻	魏				庫	呼b				庫	顧命
嗚呼父師惟文王武王			寧		庫					呼	畢命
嗚呼君牙惟乃祖乃父世篤忠貞			寧		庫		庫	庫	庫	庫	君牙
嗚呼丕顯哉文王謨			寧		庫		庫	呼	庫	庫	君牙
王曰嗚呼念之哉			寧		寧				庫	庫	呂刑
嗚呼閔予小子				寧	庫				庫	庫	文侯之命

816、曷

「曷」字在傳鈔古文《尚書》有下列不同字形：

（1）曷：魏三體 曷曷₁ 曷曷晷₂ 曷₃

魏三體石經〈多方〉「曷」字古文作，《說文》篆文作，九條本、內野

本、上圖本（影）、上圖本（八）或作曷曷₁，爲篆文之隸定，足利本、上圖本（影）、上圖本（八）或作曷曷晷₂，其上偏旁「日」字下橫筆拉長，或多一橫筆。上圖本（八）或變作易₃，與「易」字形近。

（2）害：害₁吉窑₂害害₃窎₄宕₅宕₆

《書古文訓》「曷」字皆作「害」害₁，乃假「害」爲「曷」字，二字古音同屬匣紐曷部，古相通用，與疑問詞「何」同義，金文即作「害」，如毛公鼎「邦將◆（害）吉」。《撰異》謂「凡『曷』字古今文尚書皆作『害』，其作『曷』者皆後人所改。《匡謬正俗》引〈多方〉『害弗夾介』，古文之證也，王莽〈大誥〉『曷』皆作『害』，今文之證也」。

尚書敦煌寫本、日諸古寫本，亦多作「害」字：敦煌本 P2643、岩崎本、九條本、上圖本（元）、上圖本（影）或作吉窑₂，P3670、P2516、S2074、岩崎本、九條本或作害害₃，《古文四聲韻》錄古孝經「害」字作◆四4.12，秦簡「害」字作害睡虎地 8.1，即少一畫，漢代或作害漢帛書.老子甲後 193 害淮源廟碑與此類同（參見"虐""害"字）。內野本、足利本、上圖本（影）、上圖本（八）或作窎₄，上圖本（影）或作宕₅，上圖本（八）或作宕₆，皆「害」字窑₂害₃形之訛變。

（3）易：易

上圖本（影）「曷」字或作易，由（1）曷曷晷₂形再變，訛與「易」混同。

【傳鈔古文《尚書》「曷」字構形異同表】

曷	戰國楚簡	石經	敦煌本	岩崎本	神田本b	九條本b	島田本b	內野本	上圖本（元）	觀智院b	天理本b	古梓堂b	足利本	上圖本（影）	上圖本（八）	古文尚書晁刻	書古文訓	尚書篇目
嗚呼曷歸予懷之悲								曷	曷					曷	曷 晷		害	五子之歌
日時日曷喪			窑					曷						曷	曷 曷		害	湯誓
汝曷弗告朕			吉 P2643					害	吉					曷			害	盤庚上

汝曷弗念我古后之聞		嵒 P3670 吉 P2643			字	曷	曷	曷	害	盤庚中
不其或稽自怒曷瘳		寄 P3670 吉 P2643	害	害		害	害	曷	害	盤庚中
曷虐朕民		吉 P2643 害 P2516	害	害	害	害	害	曷	害	盤庚中
爾謂朕曷震動萬民以遷		吉 P2643 害 P2516	害	害	害	害	害	曷	害	盤庚下
天曷不降威大命不摯		害 P2643 害 P2516	害	害	害				害	西伯戡黎
予曷敢有越厥志			害	害			害	害	害	泰誓上
予曷敢不終			害	害			害	害	害	大誥
嗚呼曷其柰何弗敬			害				曷		害	召誥
今我曷敢多誥	魏	害 S2074	害	害			曷	害	害	多方
爾曷不夾介	魏		害	害			曷	害	害	多方

五子之歌	戰國楚簡	漢石經	魏石經	敦煌本 P3752	敦煌本 P2533		岩崎本	神田本	九條本	島田本	內野本	上圖本（元）	觀智院本	天理本	古梓堂本	足利本	上圖本（影）	上圖本（八）	晁刻古文尚書	書古文訓	唐石經
萬姓仇予予將疇依					万姓仇予予將疇依						万姓仇予予將疇依					万姓仇予予將疇依	万姓仇予予將萬依	万姓仇予之將萬依	方姓仇予予將疇依	方姓仇予予將疇依	萬姓仇予予將疇依

鬱陶乎予心顏厚有忸怩		鬱陶摹予心顏厚有忸怩		鬱陶叠予心顏厚有忸怩	鬱陶乎予心顏厚有忸怩	鬱陶乎予心顏厚有忸怩	鬱陶乎予心顏厚有忸怩	鬱陶乎予心顏厚有忸怩

817、仇

「仇」字在傳鈔古文《尚書》有下列不同字形：

（1）仇

神田本、九條本「仇」字或作**仇**，偏旁「九」字多一點作「丸」。

【傳鈔古文《尚書》「仇」字構形異同表】

仇	戰國楚簡	石經	敦煌本	岩崎本b	神田本b	九條本	島田本b	內野本	上圖（元）	觀智院b	天理本	古梓堂b	足利本	上圖本（影）	上圖本（八）	古文尚書晁刻	書古文訓	尚書篇目
萬姓仇予予將疇依														依仇				五子之歌
乃葛伯仇餉							仇											仲虺之誥
朋家作仇				仇b														泰誓中

818、鬱

陳夢家釋**鬱**叔卣為「鬱」字，謂《集韻》的古體作「欎」，《字彙補》引作「欝」，皆保存古形：「此二書的『鬱』字都與金文極相近似而稍有訛誤」〔註296〕，金文又作**鬱**弔趩父卣**鬱**孟戲父壺。于省吾釋甲骨文**鬱**前6.53.4為「鬱」字，「後訛大為缶，訛**弓**為司，遂變成欝，**鬱**乃鬱的本字。……周代金文有『**鬱**邑』，典籍皆作『鬱邑』。〔註297〕」秦簡「鬱」字作**鬱**52病方251與甲金文同形。

〔註296〕說見：陳夢家，《西周銅器斷代三》，北京：中華書局，2004。

〔註297〕說見：于省吾，《甲骨文詁林》，頁307～308，北京：中華書局，1996。

「鬱」字在傳鈔古文《尚書》有下列不同字形：

（1）鬱1 鬱2 鬱3

敦煌本 P2533「鬱」字作鬱1，九條本「鬱陶」作「鬱鬱陶」作鬱2 鬱3
形，鬱3上中訛作「金」。其下所從日、皿、臼形當皆訛自鬱孟戲父壺之下鬲形。

（2）鬱

《書古文訓》「鬱」字作鬱，爲《汗簡》錄王存乂切韻作鬱汗 4.49 之隸古
定，《集韻》入聲九 9 迄韻「鬱」字「古作鬱」與此同形，當訛變自鬱孟戲父壺
形〔註298〕。

【傳鈔古文《尚書》「鬱」字構形異同表】

鬱	戰國楚簡	石經	敦煌本	岩崎本	神田本b	島田本b九條本	內野本	觀智院本上圖（元）	天理本	古梓堂b	足利本	上圖本（影）	上圖本（八）	古文尚書晁刻	書古文訓	尚書篇目
鬱陶乎予心			鬱 P2533			鬱鬱	鬱				鬱	鬱	鬱		鬱	五子之歌

819、顏

「顏」字在傳鈔古文《尚書》有下列不同字形：

（1）顏1 顏2 顏3 顏4

敦煌本 P2533「顏」字作顏1，偏旁「彥」字所從「彡」少一畫，與顏史
晨碑同形；足利本作顏2，所從「彡」俗作久；九條本作顏3，「彡」變似「厶」
上圖本（八）作顏4，所從「彡」三畫相連（參見"彥"字）。

〔註298〕吳振武謂「鬱」字「上部可能和《五十二病方》鬱字合，而下部『司』則當是从
秦木板地圖鬱字所从的『包』訛變而來。」（〈說「苞」「鬱」〉，《中原文物》，1990：
3，頁 36）。「鬱」字見於甘肅天水放馬灘秦墓出土地圖，《文物》，1989：2，彩圖
2。

【傳鈔古文《尚書》「顏」字構形異同表】

顏	戰國楚簡	石經	敦煌本	岩崎本	神田本b	九條本	島田本b	內野本	上圖（元）	觀智院b	天理本	古梓堂b	足利本	上圖本（影）	上圖本（八）	古文尚書晁刻	書古文訓	尚書篇目
顏厚有忸怩			顏 P2533			頕	顏							顏	顏			五子之歌

820、彥

「彥」字在傳鈔古文《尚書》有下列不同字形：

（1）彥₁ 尧₂ 彥彥₃ 彥彥₄

敦煌本 P3871「彥」字作彥₁，所从「彡」少一畫，與彥孟孝琚碑彥范式碑
同形；九條本或作尧₂，「彡」復變似「七」；上圖本（元）、足利本或作彥彥₃，
所从「彡」變作久，或變似「久」；九條本、足利本或作彥彥₄，「彡」多一畫，
或變似「幺」。

（2）產

上圖本（影）「彥」字作產，與「產」字混同，其左旁注作「彥」雁，漢
代「顏」字偏旁「彥」字或即訛變作「產」，如：顏漢帛書老子甲後 315 顏（同前）
190 顏扶風出土漢印。

【傳鈔古文《尚書》「彥」字構形異同表】

彥	戰國楚簡	石經	敦煌本	岩崎本	神田本b	九條本	島田本b	內野本	上圖（元）	觀智院b	天理本	古梓堂b	足利本	上圖本（影）	上圖本（八）	古文尚書晁刻	書古文訓	尚書篇目
旁求俊彥啓迪後人													彥	彥₁				太甲上
我則末惟成德之彥			彥 P2630			尧								彥				立政
人之彥聖其心好之			彥 P3871			彥		彥						彥	雁			秦誓
人之彥聖而違之俾不達			彥 P3871											彥	產			秦誓

821、恧

「恧」字在傳鈔古文《尚書》有下列不同字形：

（1）汗4.59四1.18恧1

《汗簡》、《古文四聲韻》錄《古尚書》「恧」字作：汗4.59四1.18，「恧」字見於《說文》新附字，此形移「心」於下，與「惕」字作蔡侯盤亦作趙孟壺類同，《集韻》平聲一6脂韻「恧」字云：「古書作恧」。《書古文訓》「恧」字作恧1，為此形之隸定。

（2）恧1恧2

敦煌本P2533、九條本、上圖本（八）「恧」字作恧1，偏旁「尼」字所從「匕」形變作「工」，上圖本（影）作恧2，「匕」形俗變作「二」，由漢碑「尼」字作魯峻碑衡方碑形而變。

【傳鈔古文《尚書》「恧」字構形異同表】

傳抄古尚書文字 恧 汗4.59 四1.18	戰國楚簡	石經	敦煌本	岩崎本b	神田本b 九條本b 島田本b	內野本	上圖（元） 觀智院b	天理本 古梓堂b	足利本	上圖本（影）	上圖本（八）	古文尚書晁刻	書古文訓	尚書篇目
顏厚有忸恧			恧 P2533		恧					恧	恧		恧	五子之歌

五子之歌	戰國楚簡	漢石經	魏石經	敦煌本 P3752	敦煌本 P2533	岩崎本	神田本	九條本	島田本	內野本	上圖本（元）	觀智院本	天理本	古梓堂本	足利本	上圖本（影）	上圖本（八）	晁刻古文尚書	書古文訓	唐石經
弗慎厥德雖悔可追																					

822、雖

「雖」字在傳鈔古文《尚書》有下列不同字形：

（1）雖1雖2雖3

足利本、上圖本（影）、上圖本（八）「雖」字作雖1，《說文》篆文作雖，從虫唯聲，此形右上「口」隸變作「厶」，內野本作雖2，復所從「虫」之下形作「山」；上圖本（八）或作雖3，所從「口」省作一畫。

（2）虽

足利本、上圖本（影）「雖」字或省「隹」作虽。

（3）雖1雖2

神田本「雖」字或作雖1，九條本或作雖2，所從「虫」訛作「衣」。

【傳鈔古文《尚書》「雖」字構形異同表】

雖	戰國楚簡	石經	敦煌本	岩崎本b	神田本b	九條本	島田本b	內野本	上圖（元）	觀智院b	天理本b	古梓堂b	足利本	上圖本（影）	上圖本（八）	古文尚書晁刻	書古文訓	尚書篇目
弗慎厥德雖悔可追														虽	虽			五子之歌
雖有周親不如仁人					雖b			雖					雖	雖	雖			泰誓中
汝雖錫之福其作汝用咎													虽	虽	雖			洪範
嗚呼有王雖小元子哉					雖	雖									雖			召誥
服于先王雖爾身在外														虽				康王之誥
雖收放心閑之惟艱													虽	虽	雖			畢命
雖畏勿畏													虽	虽	雖			呂刑
雖則云然														虽				秦誓

823、悔

「悔」字在傳鈔古文《尚書》有下列不同字形：

（1）悉悉悉

敦煌本 P2533、岩崎本、九條本、內野本、上圖本（元）、足利本、上圖本（影）、《書古文訓》「悔」字作悉悉悉，移「心」於下，《汗簡》、《古文四聲韻》錄王庶子碑作悉汗 **4.59**、悉四 **4.17**、錄古文作悉四 **4.17**，侯馬盟書作悉，皆與此同形。

（2）卟

《書古文訓》〈洪範〉「曰貞曰悔」「悔」字作卟，《說文》卜部「卟」字：「易卦之上體也，《商書》曰『曰貞曰卟』，从卜每聲」，《集韻》去聲七 18 隊韻「卟」字下引《商書》同此，並云：「通作『悔』」，今本作「悔」乃「卟」字之假借。

【傳鈔古文《尚書》「悔」字構形異同表】

悔	戰國楚簡	石經	敦煌本	岩崎本	神田本b	九條本	島田本b	內野本	上圖本（元）	觀智院b	天理本	古梓堂b	足利本	上圖本（影）	上圖本（八）	古文尚書晁刻	書古文訓	尚書篇目
弗慎厥德雖悔可追			悉 P2533	悉													悉	五子之歌
汝悔身何及相時憸民			悉				悉	悉									悉	盤庚上
罰及爾身弗可悔													悉	悉			悉	盤庚上
曰貞曰悔			悉				悉						悉	悉			卟	洪範

· 1173 ·

九、胤　征

胤征	戰國楚簡	漢石經	魏石經	敦煌本 P3752	敦煌本 P2533	敦煌本 P5557	岩崎本	神田本	九條本	島田本	內野本	上圖本（元）	觀智院本	天理本	古梓堂本	足利本	上圖本（影）	上圖本（八）	晁刻古文尚書	書古文訓	唐石經
羲和湎淫廢時亂日胤往征之作胤征				胤往征出作胤征	羲味湎淫廢眚樂日胤後征也作胤征		羲和湎淫廢眚舉日胤往征之作胤征		羲和湎淫廢眚舉日胤往征征作胤征							羲和湎淫廢眚舉日胤往征出作胤征	羲和湎淫廢眚舉日胤往征出作胤征	羲味湎淫廢眚舉日胤往征出作胤征	戲味湎淫廢眚爾日胤往征出逸胤征		羲和湎淫廢時亂日胤往征之作胤征
惟仲康肇位四海胤侯命掌六師				惟仲康肇位三衆胤侯命掌六師	惟仲康肇位三衆胤侯命掌六師		惟中康碑位三衆胤侯命掌六師		惟中康肇位三衆胤侯命掌六師							惟中康肇位三衆胤侯命掌六師	惟中康肇位三衆胤侯命掌六師	惟中康肇位三衆胤侯命掌六師	惟仲康肇位四海胤侯命掌六師		惟仲康肇位四海胤侯命掌六師

824、湎

「湎」字在傳鈔古文《尚書》有下列不同字形：

（1）

敦煌本 P2533、足利本「湎」字各作，从篆文面字之隸變俗書，如武威簡有司 7 漢石經尚書立政，形下少一畫。

（2）

九條本、內野本、足利本、上圖本（八）「湎」字或作，偏旁「面」字

與 朱爵玄武鏡同形，由隸變俗作 面 東海廟碑 面 曹全碑而省作（參見"面"字）。

（3） 洒

上圖本（影）「湎」字或作 洒，偏旁「面」字訛作「西」，乃誤作「洒」。

【傳鈔古文《尚書》「湎」字構形異同表】

湎	戰國楚簡	石經	敦煌本	岩崎本b	神田本b	九條本b	島田本b	內野本	上圖（元）	觀智院b	天理本	古梓堂b	足利本	上圖本（影）	上圖本（八）	古文尚書晁刻	書古文訓	尚書篇目
羲和湎淫廢時亂日胤往征之作胤征			湎 P2533					湎						湎 洒				胤征
降災下民沈湎冒色								湎										泰誓上
罔敢湎于酒								湎					湎					酒誥
惟工乃湎于酒			湎												湎			酒誥
勿辯乃司民湎于酒								湎							湎			酒誥

胤征	戰國楚簡	漢石經	魏石經	敦煌本P3752	敦煌本P2533	敦煌本P5557	岩崎本	神田本	九條本	島田本	內野本	上圖本（元）	觀智院本	天理本	古梓堂本	足利本	上圖本（影）	上圖本（八）	晁刻古文尚書	書古文訓	唐石經
羲和廢厥職酒荒于厥邑				羲和廢年職酒荒于年邑	羲和廢年職酒荒于年邑				羲和廢年職酒荒于年邑		羲味廢我職酒荒于年本邑					羲味廢我職酒荒于年邑	羲味廢我職酒荒于年邑	羲味廢年我職酒荒于年邑	羲和廢年我酒荒于年邑	羲和廢厥職酒荒于年邑	羲和廢厥職酒荒于厥邑

825、職

「職」字在傳鈔古文《尚書》有下列不同字形：

（1） 職1 職2 職3

敦煌本 P2533「職」字作 職1，偏旁「耳」字又直筆上勾，且多一撇，變

似「身」形，P3752 作[職]2，P3871、九條本、內野本、觀智院本、足利本、上圖本（影）、上圖本（八）或作[職]3 變作从「身」，與漢碑變「耳」从「身」作[職]衡方碑[職]曹全碑類同，相類於「聽」字作[聽]靈臺碑、「聰」字變作[聰]張遷碑（參見"聽"字）。《集韻》入聲 24 職韻「職」字「或从身」作「軄」，「身」乃「耳」之訛變。

（2）戠

《書古文訓》〈胤征〉「羲和廢厥職」「職」字作[戠]，為宋元的通俗寫法，「職」本是从耳戠聲，把戠聲中的「音」省去作「戠」，如《京本通俗小說・拗相公》：「我宋以來，宰相解位，都要帶個外任的戠銜〔註299〕」。

【傳鈔古文《尚書》「職」字構形異同表】

職	戰國楚簡	石經	敦煌本	岩崎本	神田本b 九條本	島田本b	內野本	上圖（元）	觀智院b	天理本	古梓堂b	足利本	上圖本（影）	上圖本（八）	古文尚書晁刻	書古文訓	尚書篇目
羲和廢厥職			[職]P2533 [職]P3752			[職]	[職]									[戠]	胤征
六卿分職各率其屬							[職]	[職]b					[職]	[職]	[職]		周官
亦職有利哉			[職]P3871			[職]			[職]b					[職]			秦誓

唐石經	書古文訓	晁刻古文尚書	上圖本（八）	上圖本（影）	足利本	古梓堂本	天理本	觀智院本	上圖本（元）	內野本	島田本	九條本	神田本	岩崎本	敦煌本 P5557	敦煌本 P2533	敦煌本 P3752	魏石經	漢石經	戰國楚簡	胤征
胤后承王命徂征告于眾曰	胤后承王命徂征告于𤷪	胤后兼王命徂征告于眾曰	胤后兼王命徂征告于眾曰	胤后兼王命徂征告于眾	胤后兼王命徂征告于眾曰					胤后兼王命徂征告于𤷪曰		胤后兼王命徂征告于眾曰				胤后承王命徂征告于眾曰	胤后承王命徂征告于眾曰				胤后承王命徂征告于眾曰
嗟予有眾聖有謨訓明徵定保	曰嗟予有眾聖有謨訓明徵定保	嗟予有眾聖有謨訓明徵定保	嗟予有眾聖有謨訓明徵定保	嗟予有眾聖有謨訓明徵定保	嗟予有眾聖有謨訓明徵定保					嗟予有眾聖有謨訓明徵定保		嗟予有眾聖有謨訓明徵定保				嗟予有眾聖有謨訓明徵定保	嗟予有眾聖有謨訓明徵定保				嗟予有眾聖有謨訓明徵定保
先王克謹天戒臣人克有常憲	先王克謹天戒臣人克有常憲	先王克謹天戒臣人克有常憲	先王克謹天戒臣人克有常憲	先王克謹天戒臣人克有常憲	先王克謹天戒臣人克有常憲					先王克謹天戒臣人克有常憲		先王克謹天戒臣人克有常憲				先王克謹天戒臣人克有常憲	先王克謹天戒臣人克有常憲				先王克謹天戒臣人克有常憲

826、謹

「謹」字在傳鈔古文《尚書》有下列不同字形：

（1）謹₁謹₂謹₃

敦煌本 P3752「謹」字或作**謹**₁，上圖本（元）、足利本、上圖本（八）或作**謹**₂，上圖本（影）或作**謹**₃，右從古文「堇」**菫**之隸變俗書（參見"勤"字）。

【傳鈔古文《尚書》「謹」字構形異同表】

謹	戰國楚簡	石經	敦煌本	岩崎本	神田本b	九條本b	島田本b	內野本	上圖（元）	觀智院b	天理本	古梓堂b	足利本	上圖本（影）	上圖本（八）	古文尚書晁刻	書古文訓	尚書篇目
先王克謹天戒			謹 P2533 / 謹 P3752	謹										謹	謹	謹		胤征
先王有服恪謹天命								謹	謹					謹	謹	謹		盤庚上

胤征	戰國楚簡	漢石經	魏石經	敦煌本 P3752	敦煌本 P2533	敦煌本 P5557	岩崎本	神田本	九條本	島田本	內野本	上圖本（元）	觀智院本	天理本	古梓堂本	足利本	上圖本（影）	上圖本（八）	晁刻古文尚書	書古文訓	唐石經
百官修輔厥后惟明明				百官修輔乎后惟明明之	百官修補乎右惟明明				百官備補乎后惟明明之		百官修輔求后惟明明						百官修輔氏后惟明明	百官修輔氏后惟明明	百官修輔乎后惟明明	百官攸補乎后惟明明	百官修輔厥后惟明明

827、輔

「輔」字在傳鈔古文《尚書》有下列不同字形：

（1）**補**汗1.3 **補**四3.10 **補**六186 **補**輔1 **補**2 **補**3 **補**4 **補**5

《汗簡》、《古文四聲韻》、《訂正六書通》錄《古尚書》「輔」字作：**補**汗1.3 **補**四3.10 **補**六186，從古文「示」，《箋正》云：「僞書當有所本。《說文》備相字從人，輔輻字從車。此宜是『俌』之別體，從示與祐、祚等同意。經典『俌』通作『輔』，故《說文》『俌』即訓『輔』。」《爾雅·釋詁》：「弼、棐、輔、比，俌也」郭注云：「俌，猶輔也」。《集韻》上聲五9噳韻「俌」字：「助也，古作『補』，通作『輔』」。

　　敦煌本 P2533、九條本、《書古文訓》「輔」字作補補補₁，P2643 作補₂，
上圖本（元）作補₃與傳抄《古尚書》「輔」字同形，皆从古文「示」隸古定或
訛變；《書古文訓》或作補₄，古文「示」作隸古定形；足利本、上圖本（影）
或作補補₅，左形爲古文「示」之省訛。

　　（2）補

　　九條本〈泰誓中〉「賊虐諫輔」「輔」字从「示」作補。

　　（3）轉

　　上圖本（影）〈伊訓〉「俾輔于爾後嗣制官刑」「輔」字作「轉」轉，其右
旁注「輔」轉補，乃訛誤作「轉」字。

【傳鈔古文《尚書》「輔」字構形異同表】

傳抄古尚書文字 輔 補 汗1.3 補 四3.10 補 六186	戰國楚簡	石經	敦煌本	岩崎本b	神田本b	九條本	島田本b	內野本	上圖（元）	觀智院b	天理本b	古梓堂b	足利本	上圖本（影）	上圖本（八）	古文尚書晁刻	書古文訓	尚書篇目
百官修輔厥后惟明明			補 P2533	補													補	胤征
爾尚輔予一人			補														補	湯誓
佑賢輔德			補														補	仲虺之誥
俾輔于爾後嗣制官刑														轉			補	伊訓
以輔台德若金用汝作礪			補 P2643					補									補	說命上
賊虐諫輔				補													補	泰誓中
亂爲四輔														補			補	洛誥
皇天無親惟德是輔													補	補			補	蔡仲之命

唐石經	書古文訓	晁刻古文尚書	上圖本（八）	上圖本（影）	天理本	古梓堂本	足利本	觀智院本	上圖本（元）	內野本	島田木	九條本	神田本	岩崎本	敦煌本 P5557	敦煌本 P2533	敦煌本 P3752	魏石經	漢石經	戰國楚簡	胤征
每歲孟春遒人以木鐸徇于路	每歲孟春遒人吕木鐸徇于路	每歲孟春遒人吕木鐸徇于路	每歲孟春遒人吕木鐸徇于路	每歲五春遒人吕木鐸徇于路			每歲孟春遒人吕木鐸徇于跡		每歲孟春遒人吕木鐸徇于路	每歲孟春遒人吕木鐸徇于路		每歲孟春遒人以木鐸徇于路		每歲孟春遒人吕木鐸徇于斡		每歲孟春遒人以木鐸循寸路					每歲孟春遒人以木鐸徇於路

828、每

「每」字在傳鈔古文《尚書》有下列不同字形：

（1）每₁每₂桒₃

敦煌本 P2533、P3752、上圖本（八）「每」字作每每₁，九條本作每₂，偏旁「母」字隸變俗作「毌」形，與每孔彪碑同形。《尚書隸古定釋文·經文》卷1.12「每」字作桒，乃誤作「海」字（參見"海"字）。

【傳鈔古文《尚書》「每」字構形異同表】

每	戰國楚簡	石經	敦煌本	岩崎本 神田本b	九條本 島田本b	內野本	上圖（元） 觀智院b	天理本 古梓堂b	足利本	上圖本（影）	上圖本（八）	古文尚書晁刻	書古文訓	尚書篇目
每歲孟春			每 P2533 每 P3752			每						每	每	胤征

829、遒

「遒」字在傳鈔古文《尚書》有下列不同字形：

（1）遒遒₁遒₂

「遒」字敦煌本 P2533、P3752 作遒遒₁，爲《說文》酒字或體「遒」字之隸定，與遒禮器碑側類同。九條本作遒₂，其所從「酋」字訛作「看」，乃與

下文「徇」字作「循」循之右形看相涉而誤作。

【傳鈔古文《尚書》「遒」字構形異同表】

遒	戰國楚簡	石經	敦煌本	岩崎本	神田本b	九條本	島田本b	內野本	上圖（元）	觀智院b	天理本	古梓堂b	足利本	上圖本（影）	上圖本（八）	古文尚書晁刻	書古文訓	尚書篇目
遒人以木鐸徇於路			遒 P2533 道 P3752					遒 遒						遒 遒	遒		遒	胤征

830、鐸

「鐸」字在傳鈔古文《尚書》有下列不同字形：

（1）鐸

九條本「鐸」字作鐸，偏旁「睪」字上形俗變作「屮」（參見 "澤" 字）。

【傳鈔古文《尚書》「鐸」字構形異同表】

鐸	戰國楚簡	石經	敦煌本	岩崎本	神田本b	九條本	島田本b	內野本	上圖（元）	觀智院b	天理本	古梓堂b	足利本	上圖本（影）	上圖本（八）	古文尚書晁刻	書古文訓	尚書篇目
遒人以木鐸徇於路						鐸												胤征

831、徇

「徇」字在傳鈔古文《尚書》有下列不同字形：

（1）循：循₁循循₂

「遒人以木鐸徇於路」敦煌本 P2533「徇」字作循₁，P5557、九條本右上多一畫作循循₂，與漢碑「循」字作循楊君石門頌循景北海碑陰類同，此假「循」為「徇」字，循循₂形與「脩」字混同。

（2）殉

〈泰誓中〉「王乃徇師而誓」《書古文訓》「徇」字作「殉」殉，孔〈傳〉云：「徇，循也。……徇，似俊反，《字詁》云『徇，巡也』」，《集韻》「殉」字

徐閏切，與「徇」音近通假，此假「殉」爲「徇」字。《尚書隸古定釋文》卷6.1 此「殉」字下云：「徇，案《集韻》殉徇音義並通。《說文》無殉字，殉即徇之別體」。

（3）徇

〈泰誓中〉「王乃徇師而誓」岩崎本作徇，偏旁「彳」字作「亻」，《集韻》平聲二 18 諄韻「徇」字「或作『侚』」。又寫本中偏旁「彳」常寫作「亻」，故與「亻」常相混，如上圖本（影）「徇」字作徇。

【傳鈔古文《尚書》「徇」字構形異同表】

徇	戰國楚簡	石經	敦煌本	岩崎本	神田本b	九條本	島田本b	內野本	上圖（元）	觀智院b	天理本	古梓堂b	足利本	上圖本（影）	上圖本（八）	古文尚書晁刻	書古文訓	尚書篇目
遒人以木鐸徇於路			循 P2533 循 P5557	循										徇				胤征
王乃徇師而誓				徇										徇			殉	泰誓中

832、路

「路」字在傳鈔古文《尚書》有下列不同字形：

（1）輅

敦煌本 P5557「路」字作「輅」輅，輅、路同屬來紐鐸部，此假「輅」爲「路」字。

【傳鈔古文《尚書》「路」字構形異同表】

路	戰國楚簡	石經	敦煌本	岩崎本	神田本b	九條本	島田本b	內野本	上圖（元）	觀智院b	天理本	古梓堂b	足利本	上圖本（影）	上圖本（八）	古文尚書晁刻	書古文訓	尚書篇目
遒人以木鐸徇於路			輅 P5557											踣	踣			胤征
遵王之路無偏無黨														踣	踣			洪範

唐石經	書古文訓	晁刻古文尚書	上圖本（八）	上圖本（影）	足利本	古梓堂本	天理本	觀智院本	上圖本（元）	內野本	島田本	九條本	神田本	岩崎本	敦煌本 P5557	敦煌本 P2533	敦煌本 P3752	魏石經	漢石經	戰國楚簡	胤征
官師眛規工執藝事以諫	官師眛規工執藝事呂諫	官師眛規工執藝事呂諫	官師相覝工執藝事呂諫	官師相覝工執藝事呂諫	官師相規工執藝事呂諫				官師相規工執藝事呂諫	官師相規工執藝事呂諫		官師相規工執藝事呂諫			官師相規工執藝事呂諫						官師相規工執藝事以諫

833、規

「規」字在傳鈔古文《尚書》有下列不同字形：

（1）**覝 规₁ 規₂**

九條本、足利本、上圖本（影）、上圖本（八）「規」字作**覝 规₁**形，左從「矢」，敦煌本 P5557 從「失」作**規₂**，與漢作**規**漢帛書老子甲 20 **規**孫子 50 等形相類。《說文》夫部「規」字，有法度也，從夫見，**覝 规₁ 規₂**等形所從「矢」「失」皆「夫」之訛變。

【傳鈔古文《尚書》「規」字構形異同表】

規	戰國楚簡	石經	敦煌本	岩崎本 神田本b 九條本 島田本b	內野本 上圖（元） 觀智院b 天理本 古梓堂本b 足利本	上圖本（影）	上圖本（八）	古文尚書晁刻	書古文訓	尚書篇目
官師相規工執藝事以諫			規 P5557	覝		覝	规	覝		胤征

834、諫

「諫」字在傳鈔古文《尚書》有下列不同字形：

（1）**諫₁ 諫₂ 誺₃**

敦煌本 P2643「諫」字或作**諫₁**，右形**柬**為「柬」之俗字（參見"簡"字），敦煌本 P5557、九條本、足利本、上圖本（影）、上圖本（八）或作**諫₂**，足利本又或作**誺₃**形，偏旁「柬」字皆訛與「東」混同。

【傳鈔古文《尚書》「諫」字構形異同表】

諫	戰國楚簡	石經	敦煌本	岩崎本b	神田本b	九條本	島田本b	內野本	上圖(元)	觀智院b	天理本	古梓堂b	足利本	上圖本(影)	上圖本(八)	古文尚書晁刻	書古文訓	尚書篇目
官師相規工執藝事以諫			諫 P2533 / 諫 P5557			諫	諫							諫	諫	諫		胤征
嗚呼先王肇修人紀從諫弗咈														諫	諫	諫		伊訓
群臣咸諫于王			諫 P2643 / 諫 P2516															說命上
后從諫則聖			諫 P2643 / 諫 P2516															說命上

胤征	戰國楚簡	漢石經	魏石經	敦煌本 P3752	敦煌本 P2533	敦煌本 P5557	岩崎本	神田本	九條本	島田本	內野本	上圖本(元)	觀智院本	天理本	古梓堂本	足利本	上圖本(影)	上圖本(八)	晁刻古文尚書	書古文訓	唐石經
其或不恭邦有常刑				亓或弗龔邦ナ常刑	亓或弗龔邦又常刑			亓或弗龔邦又常刑			亓或弗恭邦ナ常刑					其或弗恭邦ナ常刑	亓或弗恭邦ナ常刑	亓或弗恭邦ナ常刑	亓或亞龔邦ナ常刈	亓或弗恭邦ナ常刈	其或不恭邦有常刑
惟時義和顛覆厥德				惟旹義和顛覆厥悳	惟旹義和顛覆厥悳			惟旹義和顛覆厥悳			惟旹義和顛覆厥悳					惟旹義和顛覆厥悳	惟旹義和顛覆厥悳	惟旹義和顛覆厥悳	惟旹戲和顛覆厥悳	惟旹戲和顛覆厥悳	惟時義和顛覆厥德

835、顛

「顛」字在傳鈔古文《尚書》有下列不同字形：

（1）顛顛₁顚顚₂顛₃顛₄

內野本、《書古文訓》「顛」字或作顛顛₁，為《說文》篆文顛之隸定，漢石經《論語》殘碑「顚」字作顚；岩崎本、上圖本（影）、上圖本（八）或作顚顚₂，為顛隸變俗書之形，如漢碑作顚鄭固碑；岩崎本或又省作顚₃顛₄。

（2）顚₁顚顚₂

《書古文訓》「顛」字或作顚₁，敦煌本 P5557、P2516、P2748、上圖本（元）、上圖本（八）或作顚顚₂，從二眞，偏旁「頁」字與左形「眞」形近相涉而類化。

（3）顚

九條本「顛」字或作顚，從二頁，偏旁「眞」字與右形「頁」形近相涉而類化。

【傳鈔古文《尚書》「顛」字構形異同表】

顛	戰國楚簡	石經	敦煌本	岩崎本	神田本b	九條本	島田本b	內野本	上圖（元）	觀智院b	天理本	古梓堂b	足利本	上圖本（影）	上圖本（八）	古文尚書晁刻	書古文訓	尚書篇目
惟時羲和顛覆厥德			顚 P5557	顚											顚		顚	胤征
若顛木之有由蘖				顛		顚		顛							顚		顚	盤庚上
顛越不恭			顚 P2643 顚 P2516	顛					顛								顚	盤庚中
今爾無指告予顛隮若之何其			顚 P2643 顚 P2516	顛				顚	顛						顚		顚	微子
王子弗出我乃顛隮			顚 P2643 顚 P2516	顛				顚	顛								顚	微子
有若散宜生有若泰顛			顚 P2748												顛		顚	君奭

胤征	戰國楚簡	漢石經	魏石經	敦煌本P3752	敦煌本P2533	敦煌本P5557	岩崎本	神田本	九條本	島田本	內野本	上圖本(元)	觀智院本	天理本	古梓堂本	足利本	上圖本(影)	上圖本(八)	晁刻古文尚書	書古文訓	唐石經
沈亂于酒畔官離次				沈舉于酒畔官	沈舉于酒畔官離次	離次			沈舉于酒畔官離火		沈亂亏酒畔官離次					沈亂亏酒畔官離次	沈亂亏酒畔官離次	沈亂亏酒畔官離次	沈亂亏酒畔官離次		

836、離

「離」字在傳鈔古文《尚書》有下列不同字形：

（1）離離

敦煌本 P2516、S2074、九條本「離」字作離離，其左從「禹」，與漢碑作禹隹景北海碑陰离隹韓勑碑禹隹曹全碑類同，《隸辨》云：「按《顏氏家訓》以『離』側配『禹』為世俗書，《經典釋文》條例亦謂『離』邊作『禹』直是字訛。諸碑『離』或作『離』，相仍積習有所自來。」此形乃由篆文離隸變作離睡虎地 24.28 離孫臏 49 離漢帛書老子乙前 45 上等形而變，其左「离」形變與「禹」混同。

【傳鈔古文《尚書》「離」字構形異同表】

離	戰國楚簡	石經	敦煌本	岩崎本	神田本b	九條本	島田本b	內野本	上圖(元)	觀智院b	天理本b	古梓堂b	足利本	上圖本(影)	上圖本(八)	古文尚書晁刻	書古文訓	尚書篇目
沈亂于酒畔官離次						離												胤征
今我民用蕩析離居			離 P2516															盤庚下
我則致天之罰離逖爾土			離 S2074															多方

胤征	戰國楚簡	漢石經	魏石經	敦煌本P3752	敦煌本P2533	敦煌本P5557	岩崎本	神田本	九條本	島田本	內野本	上圖本（元）	觀智院本	天理本	古梓堂本	足利本	上圖本（影）	上圖本（八）	晁刻古文尚書	書古文訓	唐石經
俶擾天紀遐棄厥司				俶擾天紀遐弃年司	叔擾天紀遐弃年司	俶擾天紀遐弃年司	俶擾天紀遐弃辛飛		俶擾天紀遐弃年司		俶擾天紀遐弃辛飛			俶擾天紀遐弃代目			俶擾天紀遐弃代目	俶擾天紀遐弃代司		俶擾尢紀退弃年司	俶擾尢紀遐弃厥司

837、俶

「俶」字在傳鈔古文《尚書》有下列不同字形：

（1）𠇄₁ 𠇄₂ 叔₃

敦煌本P2533「俶」字作𠇄₁，與漢簡作俶武威簡.士相見9類同，其右從《說文》叔字或體「村」字之隸變俗書，如秦簡作村睡虎地12.43、漢代作村一號墓竹簡14 村武威簡.服傳41 村禮器碑陰 村漢石經春秋襄24等形，九條本「俶」字或變作𠇄₂；敦煌本P5557或變作叔₃，所從「朩」訛寫作「占」。

【傳鈔古文《尚書》「俶」字構形異同表】

俶	戰國楚簡	石經	敦煌本	岩崎本 神田本b	九條本	島田本b	內野本	上圖（元）	觀智院本b	天理本	古梓堂本b	足利本	上圖本（影）	上圖本（八）	古文尚書晁刻	書古文訓	尚書篇目
俶擾天紀遐棄厥司			𠇄 P2533 叔 P5557		𠇄								俶	俶			胤征

胤征	戰國楚簡	漢石經	魏石經	敦煌本P3752	敦煌本P2533	敦煌本P5557	岩崎本	神田本	九條本	島田本	內野本	上圖本(元)	觀智院本	天理本	古梓堂本	足利本	上圖本(影)	上圖本(八)	晁刻古文尚書	書古文訓	唐石經
乃季秋月朔辰弗集于房				乃季烁辰朔辰弗集于房	乃季烁月朔辰弗集于房				乃季烁月朔辰并集于房		乃季秋月朔辰弗集于房					乃季秋月朔辰弗集于房	乃季秋月朔辰弗集于房	乃季秋月朔辰亞集于房	尊季穮月脙辰亞集亏房	乃季秋月朔辰弗集于房

838、集

「集」字在傳鈔古文《尚書》有下列不同字形：

（1）集：魏三體 上博1緇衣19 郭店緇衣37 1

魏三體石經〈多方〉「集」字古文作 ，楚簡上博1、郭店〈緇衣〉引〈君奭〉「其集大命于厥躬〔註300〕」句「集」字各作 上博1緇衣19 郭店緇衣37，皆同於《說文》雥部「雧」字或體省作 ，金文作 作父癸卣 毛公鼎亦同。

上圖本（影）〈太甲上〉「用集大命撫綏萬方」「集」字作 1，其上訛多偏旁「亻」。

（2）雧：

《書古文訓》「集」字皆作 ，爲《說文》「集」字正篆 之隸定，源自金文作 小集母乙觶。

（3）揖：

〈多方〉「不集于享」敦煌本S2074、九條本「集」字作 揖揖，爲「揖」之俗訛字，右所從「昌」訛與「肙」字作 混同，寫本「耳」、「月」形常相混，如漢代作 武威簡.士相見 漢石經.儀禮.鄉飲酒 曹全碑等形。《龍龕手鏡》「捐，讓也，進也」「捐」即「揖」字，《字彙補》亦謂「捐同揖」。「不集于享」

〔註300〕楚簡郭店〈緇衣〉37引〈君奭〉此句作「其集大命於乑身」，上博〈緇衣〉19引作「集大命於氏（是）身」。

孔〈傳〉釋云：「不成于享」，蔡〈傳〉釋云：「集，萃也」，「集」「揖」音義近同相通，《集韻》入聲 26 緝韻「揖」字：「聚也，成也，通作輯」。

（4）就：

《隸釋》錄漢石經〈顧命〉「用克達殷集大命」作「（上缺）通殷就大命」「集」字作「就」就，《撰異》謂「此今文尚書也。……『集』、『就』古通用。《韓詩》『是用不就』，《毛詩》作『不集』是也，皆雙聲字」。

【傳鈔古文《尚書》「集」字構形異同表】

集	戰國楚簡	石經	敦煌本	岩崎本	神田本b	九條本	島田本b	內野本	上圖（元）	觀智院b	天理本	古梓堂b	足利本	上圖本（影）	上圖本（八）	古文尚書晁刻	書古文訓	尚書篇目
乃季秋月朔辰弗集于房																	集	胤征
用集大命撫綏萬方														傑			集	太甲上
肅將天威大勳未集																	雧	泰誓上
惟九年大統未集																	雧	武成
集庶邦丕享皇天																	集	梓材
其集大命于厥躬〔註301〕																	雧	君奭
不集于享		魏 S2074	揖	揖													雧	多方
用克達殷集大命		就 隸釋															雧	顧命
惟時上帝集厥命于文王																	集	文侯之命

839、揖

（1）揖（字形說明見 "集" 字（3）揖）

【傳鈔古文《尚書》「揖」字構形異同表】

揖	戰國楚簡	石經	敦煌本	岩崎本	神田本b	九條本	島田本b	內野本	上圖（元）	觀智院b	天理本	古梓堂b	足利本	上圖本（影）	上圖本（八）	古文尚書晁刻	書古文訓	尚書篇目
太保暨芮伯咸進相揖								揖b										康王之誥

840、房

「房」字在傳鈔古文《尚書》有下列不同字形：

（1）𢇬汗5.65 𢇬四2.14 𢇬六114 防₁ 房₂

《汗簡》、《古文四聲韻》、《訂正六書通》錄《古尚書》「房」字作：𢇬汗
5.65 𢇬四2.14 𢇬六114，與戰國楚簡作𢇬信陽2.8 𢇬包山149同形，皆移「戶」於
左，漢碑𢇬校官碑亦同。敦煌本P2533、P5557、九條本、《書古文訓》亦同此
形作防防防₁，觀智院本或作房₂，偏旁「戶」俗寫近「阝」。

（2）匚

內野本〈顧命〉「在東房大輅在賓階面」「房」字作匚，其左旁注「方」匚，
此當為「匚」字假借為「方」，又假「方」字為「房」。

【傳鈔古文《尚書》「房」字構形異同表】

房 傳抄古尚書文字 𢇬汗5.65 𢇬四2.14 𢇬六114	戰國楚簡	石經	敦煌本	岩崎本	神田本b	九條本	島田本b	內野本	上圖（元）	觀智院b	天理本	古梓堂b	足利本	上圖本（影）	上圖本（八）	古文尚書晁刻	書古文訓	尚書篇目
乃季秋月朔辰弗集于房			防 P2533 防 P5557	防													防	胤征
在西房								房b									防	顧命
在東房								匚 房b									防	顧命

胤征	戰國楚簡	漢石經	魏石經	敦煌本P3752	敦煌本P2533	敦煌本P5557	岩崎本	神田本	九條本	島田本	內野本	上圖本（元）	觀智院本	天理本	古梓堂本	足利本	上圖本（影）	上圖本（八）	晁刻古文尚書	書古文訓	唐石經
瞽奏鼓薔夫馳庶人走				瞽奏鼓薔夫馳庶人走	瞽奏鼓薔夫馳庶人走	瞽奏皷薔夫馳庶人走			瞽奏皷薔夫馳庶人走		瞽奏鼓薔夫馳庶人走					瞽奏鼓薔夫喬支騃庶人走	瞽奏皷薔夫馳庶人走	瞽奏皷薔夫馳庶人走	瞽敹鼓薈夫駞厤人奏	瞽敹鼓薈夫駞厤人奏	瞽奏鼓薔夫馳庶人走

841、鼓

「鼓」字今本《說文》作𧯀，云：「从壴支象其手擊之也」，段注本改篆作𪔐，其下改爲：「从屮又，屮象垂飾，又象其手擊之也。」其注曰：「弓部『弢』下云从弓从屮又，屮垂飾，與『鼓』同意。」然《說文》篆文本从「攴」作𪔐，乃源於𪔐甲1164 𪔐師袁簋 𪔐克鼎 𪔐邵鐘等，可知段注本改篆爲非。甲金文「鼓」字又作从「攴」：𪔐甲2288 𪔐觶文 𪔐師袁簋 𪔐洹子孟姜壺 𪔐子璋鐘、从「殳」：𪔐乙4684 𪔐前5.1.1 𪔐蔡侯鐘、从「又」：𪔐蔡侯鐘等形，从「支」、从「攴」、从「殳」皆象手持鼓桴擊之，从「又」義亦相通。

「鼓」字在傳鈔古文《尚書》有下列不同字形：

（1）鼓₁鼓₂

《書古文訓》「鼓」字或作鼓₁，爲段注本改篆作𪔐之隸定，是誤改𪔐說文篆文鼓所从「支」。敦煌本 P2533、足利本「鼓」字或作皷₂，偏旁「支」字變作从「攴」，《說文》攴部「攱」字訓擊鼓也，與「鼓」當爲一字，「支」「攴」義類可通，二字爲義符更替之異體。

（2）皷

敦煌本 P5557、九條本、內野本、足利本、上圖本（影）、上圖本（八）「鼓」字或作皷，「皷」當爲「鼓」字之異體，漢碑作壴攵張景碑 壴攵禮器碑，《隸辨》云：「《廣韻》引《說文》作『皷』從皮，今本《說文》作『鼓』從支，《說文》云：『鼓，郭也，春分之音，萬物郭甲皮而出，故謂之鼓』，既曰『郭甲皮而出』，

則字當從『皮』，「鼓」「鼓」義符更替，一就其質材从「皮」，一就擊鼓義从「支」。

【傳鈔古文《尚書》「鼓」字構形異同表】

鼓	戰國楚簡	石經	敦煌本	岩崎本	神田本b	九條本	島田本b	內野本	上圖（元）	觀智院b	天理本	古梓堂b	足利本	上圖本（影）	上圖本（八）	古文尚書晁刻	書古文訓	尚書篇目
瞽奏鼓嗇夫馳			鼓 P2533 鼓 P5557	鼓									鼓	鼓	鼓		鼓	胤征
大貝鼖鼓						鼓	鼓						鼓	鼓	鼓		鼓	顧命

842、嗇

「嗇」字在傳鈔古文《尚書》有下列不同字形：

（1）嗇₁畬₂

敦煌本 P5557「嗇」字作嗇₁，爲《說文》古文作畬之隸定，與秦簡作嗇睡虎地 29.30 類同；《書古文訓》作畬₂，其上形訛變。

（2）嗇

內野本、上圖本（影）、上圖本（八）「嗇」字作嗇形，爲《說文》篆文畬之隸變俗書，如秦簡作嗇睡虎地 23.2，漢代作嗇漢帛書老子乙 195 上嗇壽成室鼎等形。

（3）嗇

九條本「嗇」字作嗇，其上所从「來」之二人形隸變作二口，與「坐」字漢隸或从二口相類（參見 "胫" "漆" 字）；此形下从田，爲《說文》古文作畬之隸變。

【傳鈔古文《尚書》「嗇」字構形異同表】

嗇	戰國楚簡	石經	敦煌本	岩崎本	神田本b	九條本	島田本b	內野本	上圖（元）	觀智院b	天理本	古梓堂b	足利本	上圖本（影）	上圖本（八）	古文尚書晁刻	書古文訓	尚書篇目
嗇夫馳			嗇 P5557			嗇		嗇						嗇	嗇		畬	胤征

843、馳

「馳」字在傳鈔古文《尚書》有下列不同字形：

（1）𩡧

《汗簡》錄石經「馳」字作𩡧汗 **4.54**，《古文四聲韻》錄此作：𩡧四 **5.4**，其左從古文「馬」字，其右𠃉、乀形爲「也」字，《說文》「也」字下錄秦刻石作乜，楚簡作也郭店.語叢 **3.66**。《書古文訓》「馳」字作𩡧，當是𩡧汗 **4.54**𩡧四 **5.4** 之隸古訛變，𠃉爲「也」字之隸古定訛變，其左從古文「馬」字省變作𩠐形（參見"馬"字）。

【傳鈔古文《尚書》「馳」字構形異同表】

馳	戰國楚簡	石經	敦煌本	岩崎本b	神田本b	九條本	島田本b	內野本	上圖（元）	觀智院b	天理本	古梓堂b	足利本	上圖本（影）	上圖本（八）	古文尚書晁刻	書古文訓	尚書篇目
嗇夫馳																	𩡧	胤征

844、走

「走」字在傳鈔古文《尚書》有下列不同字形：

（1）走𡗗₁𡗗₂𤇾₃走₄

《說文》「走」字篆文𧺆，从夭止，「夭」乃象人趨走之形，源自𡗗盂鼎𡗗令鼎。敦煌本 P2533、《書古文訓》或作走𡗗₁，其上隸古定作「大」形；《書古文訓》或作𡗗₂，其上隸古定訛變作「犬」，又或訛變作𤇾₃，其上訛作「火」；S799、P2748、九條本、上圖本（八）或作走走₄，爲篆文隸變俗書。

【傳鈔古文《尚書》「走」字構形異同表】

走	戰國楚簡	石經	敦煌本	岩崎本	神田本b	九條本	島田本b	內野本	上圖（元）	觀智院b	天理本	古梓堂b	足利本	上圖本（影）	上圖本（八）	古文尚書晁刻	書古文訓	尚書篇目
庶人走			走P2533	走													𡗗	胤征
邦甸侯衛嗇駿奔走執豆籩			走S799															武成

奔走事厥考厥長								炎	酒誥
攸服奔走臣我多遜	走 P2748							态	多士
矧咸奔走	走 P2748					走		态	君奭
今爾奔走臣我監五祀				迖				态	多方

胤征	戰國楚簡	漢石經	魏石經	敦煌本 P3752	敦煌本 P2533	敦煌本 P5557	岩崎本	神田本	九條本	島田本	內野本	上圖本（元）	觀智院本	天理本	古梓堂本	足利本	上圖本（影）	上圖本（八）	晁刻古文尚書	書古文訓	唐石經
羲和尸厥官罔聞知				羲咊尸厥官罔聞知		羲咊尸本官宅羲知					羲咊尸本官宅罔知	羲和尸戎官宅罔聞知					羲和尸戎官宅罔聞知	羲和尸戎官宅罔聞知	羲咊尸手官宅眘知	羲和尸厥官罔聞知	羲和尸厥官罔聞知
昏迷于天象以干先王之誅				昬迷于天象昌干先王之载		昬昬迷于天象以干先王之誅					昬迷亐天象昌干先王出牧	昬迷亐天象昌干先王出誅					昏迷亐天象昌干先王出誅	昏迷亐天象昌干先王出誅	昏迷亐天象昌干先王出誅	旦怵亐兂爲昌干先王出牧	昏迷于天象以干先王之誅

845、誅

「誅」字在傳鈔古文《尚書》有下列不同字形：

（1）羕汗5.68 羕四1.24 戝1

《汗簡》、《古文四聲韻》錄《古尚書》「誅」字作：羕汗5.68 羕四1.24，中山王壺作 羕「以△不」，其右形 羕、羕乃「朱」（羕）之訛，《集韻》平聲二10虞韻「戝」字「《博雅》殺也」音義與「誅」同。《書古文訓》〈泰誓上〉「天命誅之」「誅」字从戈作戝1，爲此形之隸定，戝1爲「誅」字之異體，乃義符替換。

（2）牧

《書古文訓》〈胤征〉「以干先王之誅」「誅」字从攵作牧，與「救」字从

文作 [圖]秦王鐘又从戈作 [圖]中山王壺，「敔」字作 [圖]攻敔王光戈又作 [圖]王孫鐘類同，牧爲「誅」字之異體，亦義符替換。

（3）誅

神田本、岩崎本、島田本、九條本、內野本「誅」字或作誅，偏旁「朱」字（[圖]）訛作朱，與[圖]汗5.68[圖]四1.24右形作[圖]、[圖]同形。

【傳鈔古文《尚書》「誅」字構形異同表】

傳抄古尚書文字 誅 [圖]汗5.68 [圖]四1.24	戰國楚簡	石經	敦煌本	岩崎本	神田本b	九條本	島田本b	內野本	上圖(元)	觀智院b	天理本	古梓堂b	足利本	上圖本(影)	上圖本(八)	古文尚書晁刻	書古文訓	尚書篇目
以干先王之誅								誅									牧	胤征
天命誅之																	栽	泰誓上

胤征	戰國楚簡	漢石經	魏石經	敦煌本P3752	敦煌本P2533	敦煌本P5557	岩崎本	神田本	九條本	島田本	內野本	上圖本(元)	觀智院本	天理本	古梓堂本	足利本	上圖本(影)	上圖本(八)	晁刻古文尚書	書古文訓	唐石經
政典曰先時者殺無赦不及時者殺無赦				政典曰先當者殺亡赦弗及當者殺亡赦	政典曰先當者殺亡赦弗及當者殺亡赦		典曰先當者殺亡赦弗及當者致亡赦		政典曰先當者殺亡赦		政典曰先當者殺無赦弗及當者殺無赦					政典曰先當者殺無赦弗及當者殺無赦	政典曰先當者殺無赦弗及當者殺無赦	政典曰先當者殺無赦弗及當者殺無赦		政典曰先當者殺亡赦亞及當者懶亡赦	政典曰先時者殺無赦不及時者殺無赦

今予以爾有眾奉將天罰			今予以爾又眾奉將天罰	今予以弐又眾奉持天罰	今予曰爾亓眾志持天罰	今予曰爾亣眾奉特天罰	今予曰爾亓眾奉將天罰	今予以爾有眾奉將天罰
爾眾士同力王室尙弼予			爾眾士同力王室尙敬予	尔眾士同力王室尙敬予	爾眾士同力王室尙敬予	仝眾士同力王室尙敬予	仝眾士同力王室尙敬予	爾眾士同力王室尙弼予
欽承天子威命火炎崑岡			欽承天子畏命火炎崑岡	欽承天子畏命火炎崑岡	欽承天子威命火炎崑岡	欽承天子威命火炎崑岡	欽承天子威命火炎崑岡	欽承天子威命火炎崑岡

846、炎

「赤」字在傳鈔古文《尙書》有下列不同字形：

（1）炎

「炎」《書古文訓》作炎，乃《說文》「赤」字古文作炎之隸定，疑爲「炎」字誤爲「赤」字炎，而作「赤」字之古文炎。

【傳鈔古文《尙書》「炎」字構形異同表】

炎	戰國楚簡	石經	敦煌本	岩崎本b	神田本b	九條本	島田本b	內野本	上圖（元）	觀智院b	天理本	古梓堂b	足利本	上圖本（影）	上圖本（八）	古文尚書晁刻	書古文訓	尚書篇目
火炎崑岡																	炎	胤征

唐石經	書古文訓	晁刻古文尚書	上圖本（八）	上圖本（影）	足利本	古梓堂本	天理本	觀智院本	上圖本（元）	內野本	島田本	九條本	神田本	岩崎本	敦煌本P5557	敦煌本P2533	敦煌本P3752	魏石經	漢石經	戰國楚簡	胤征
玉石俱焚天吏逸德烈于猛火	玉后俱焚兲吏脩德劉亏猛火	玉石俱焚天吏逸忥烈亏猛火	玉石俱焚天吏逸忥烈亏猛火	玉石俱焚天吏逸真烈亏猛火					玉石俱焚天吏逸忥烈亏猛火	玉石俱焚天吏逸忥烈亏猛火		玉石俱焚天吏脩忥烈于猛火		玉石俱焚天吏脩忥烈于猛火		玉石俱焚天吏脩忥烈于猛火					玉石俱焚天吏逸德烈于猛火

847、猛

「猛」字在傳鈔古文《尚書》有下列不同字形：

（1）猛₁猛₂

敦煌本P2533「猛」字作猛₁，偏旁「孟」字作孟，其上所從「子」隸變俗省訛作「口」（參見"孟"字），九條本作猛₂，其右上為「子」之俗訛。

【傳鈔古文《尚書》「猛」字構形異同表】

猛	戰國楚簡	石經	敦煌本	神田本b 岩崎本 九條本 	島田本b	內野本	觀智院b 上圖（元）	天理本b 古梓堂本	足利本	上圖本（影）	上圖本（八）	古文尚書晁刻	書古文訓	尚書篇目
烈于猛火			猛 P2533	猛											胤征

胤征	戰國楚簡	漢石經	魏石經	敦煌本P3752	敦煌本P2533	敦煌本P5557	岩崎本	神田本	九條本	島田本	內野本	上圖本（元）	觀智院本	天理本	古梓堂本	足利本	上圖本（影）	上圖本（八）	晁刻古文尚書	書古文訓	唐石經
殲厥渠魁脅從罔治					〔字形〕	〔字形〕	〔字形〕			〔字形〕		〔字形〕					〔字形〕	〔字形〕	〔字形〕	殲厥渠魁脅從罔治	殲厥渠魁脅從罔治

848、殲

「殲」字在傳鈔古文《尚書》有下列不同字形：

（1）〔字形〕1 〔字形〕2 〔字形〕3

敦煌本P2533、《書古文訓》「殲」字或作〔字形〕1，偏旁「韱」字變作「戳」，上圖本（八）或省作〔字形〕2；敦煌本P5557、S799、岩崎本、九條本作〔字形〕3，與漢碑作〔字形〕議郎元賓碑4.17.3 〔字形〕夏承碑同形，復所從「韭」少一畫訛作〔字形〕。

（2）〔字形〕

《書古文訓》「殲」字或作〔字形〕，偏旁「韱」字變作「戳」再訛作形近之「截」字。

【傳鈔古文《尚書》「殲」字構形異同表】

殲	戰國楚簡	石經	敦煌本	神田本b 岩崎本b	九條本	島田本b	內野本	上圖（元）	觀智院b	天理本	古梓堂b	足利本	上圖本（影）	上圖本（八）	古文尚書晁刻	書古文訓	尚書篇目
殲厥渠魁脅從罔治			P2533〔字形〕 P5557〔字形〕	〔字形〕	〔字形〕							〔字形〕	〔字形〕	〔字形〕		〔字形〕	胤征
殄殲乃讎			S799〔字形〕	〔字形〕										〔字形〕		〔字形〕	泰誓下

849、魁

「魁」字在傳鈔古文《尚書》有下列不同字形：

（1）魁₁魁₂鬼卜₃

九條本「魁」字作魁₁、內野本、足利本、上圖本（八）作魁₂，偏旁「鬼」字省「厶」作鬼（參見 "鬼" 字）。敦煌本 P5557 作鬼卜₃，偏旁「斗」字訛作「卜」。

【傳鈔古文《尚書》「魁」字構形異同表】

魁	戰國楚簡	石經	敦煌本	岩崎本 神田本b	九條本	島田本b	內野本	上圖（元）	觀智院b	天理本 古梓堂b	足利本	上圖本（影）	上圖本（八）	古文尚書晁刻	書古文訓	尚書篇目
殲厥渠魁脅從罔治			鬼卜 P5557		魁	魁					鬼		魁		魁	胤征

850、脅

「脅」字在傳鈔古文《尚書》有下列不同字形：

（1）脅

岩崎本、九條本、上圖本（八）「脅」字作脅，所從「力」皆作「刀」，寫本中常混作。

（2）脅脅

足利本、上圖本（八）「脅」字作脅脅，所從「力」皆作「刀」，復其下二「力」作「＝」，以重文符號省略之。

（3）貿

敦煌本 P5557「脅」字作貿，偏旁「月」（肉）字俗混作「貝」。

【傳鈔古文《尚書》「脅」字構形異同表】

脅	戰國楚簡	石經	敦煌本	岩崎本 神田本b	九條本	島田本b	內野本	上圖（元）	觀智院b	天理本 古梓堂b	足利本	上圖本（影）	上圖本（八）	古文尚書晁刻	書古文訓	尚書篇目
殲厥渠魁脅從罔治			貿 P5557		脅						脅		脅			胤征
朋家作仇脅權相滅無辜籲天			貿										脅			泰誓中

胤征	戰國楚簡	漢石經	魏石經	敦煌本P3752	敦煌本P2533	敦煌本P5557	岩崎本	神田本	九條本	島田本	內野本	上圖本(元)	觀智院本	天理本	古梓堂本	足利本	上圖本(影)	上圖本(八)	晁刻古文尚書	書古文訓	唐石經
舊染汙俗咸與惟新					汙俗咸與惟	舊染汙俗咸與惟新	舊染汙俗咸与惟新		舊染汙俗咸与惟新		舊染汙俗咸与惟新						舊染汙俗咸与惟新	舊染汙俗咸与惟新	舊染汙俗咸與惟新	舊染汙俗咸與惟新	舊染汙俗咸與惟新

851、汙

（1）污（字形說明參見"于"字）

【傳鈔古文《尚書》「汙」字構形異同表】

汙	戰國楚簡	石經	敦煌本	岩崎本	神田本b	九條本	島田本b	內野本	上圖本(元)	觀智院本b	天理本b	古梓堂本b	足利本	上圖本(影)	上圖本(八)	古文尚書晁刻	書古文訓	尚書篇目
舊染汙俗咸與惟新																	污	胤征

852、俗

「俗」字在傳鈔古文《尚書》有下列不同字形：

（1）俗

「俗」字敦煌本P2533、九條本作俗俗，偏旁「谷」字中間二畫相連為一橫，與漢碑作俗衡方碑俗池陽令張君殘碑同形。

【傳鈔古文《尚書》「俗」字構形異同表】

俗	戰國楚簡	石經	敦煌本	岩崎本	神田本b	九條本	島田本b	內野本	上圖本(元)	觀智院本b	天理本b	古梓堂本b	足利本	上圖本(影)	上圖本(八)	古文尚書晁刻	書古文訓	尚書篇目
舊染汙俗咸與惟新			俗 P2533			俗												胤征

狃于姦宄敗常亂俗						俗			君陳

胤征	戰國楚簡	漢石經	魏石經	敦煌本 P3752	敦煌本 P2533	敦煌本 P5557	岩崎本	神田本	九條本	島田本	內野本	上圖本（元）	觀智院本	天理本	古梓堂本	足利本	上圖本（影）	上圖本（八）	晁刻古文尚書	書古文訓	唐石經
嗚呼威克厥愛允濟											嗚呼威克厥愛允濟							嗚呼威克厥愛允濟	雍庫晨声年悉允湆		
愛克厥威允罔功其爾眾士懋戒哉											愛克厥威允罔功其爾眾士懋戒哉							愛克厥威允罔功其爾眾士懋戒哉	悉声年晨允宅珎亣尒茲士榃姦才		
自契至于成湯八遷											自高至于成湯八遷							自高至于成湯八遷	自卨叀呈亏咸湯八㢟		
湯始居亳從先王居作帝告釐沃											湯始居亳刅先王居作帝告釐沃							湯始居亳刅先王居作帝告釐沃	湯乱屔亳刅先王屔炎帝告釐沃		

853、始

「始」字金文本从「㠯」（以）作 ᗷ 衛姒鬲 ᗷ 弔向父簋 ᗷ 弔向父簋，隸定作「姒」，或加口从「台」，古 㠯、台同字，作 ᗷ 衛始簋 ᗷ 頌鼎 ᗷ 殳季良父壺 ᗷ 仲師父鼎 ᗷ 會始鬲 ᗷ 鄧伯氏鼎，隸定作「始」，「姒」「始」古爲同字。金文「始」字又作 ᗷ 弔尊 ᗷ 弔方彝 ᗷ 班簋 ᗷ 衛始簋蓋 ᗷ 乙未鼎，所从 ᗷ 即「以」（台）字。

「始」字在傳鈔古文《尚書》有下列不同字形：

（1） ᗷ 汗 5.64 ᗷ 四 3.7 亂 乱 乱₁ 乱₂ 乱₃ 亂₄ 刟₅

《汗簡》、《古文四聲韻》錄《古尚書》「始」字作：ᗷ 汗 5.64 ᗷ 四 3.7，金文「始」字又作 ᗷ 弔尊 ᗷ 弔方彝 ᗷ 班簋 ᗷ 衛始簋蓋 ᗷ 乙未鼎，所从 ᗷ 即「以」（台）字，古老子「以」字作 ᗷ 四 3.7，《古文四聲韻》錄古孝經「始」字作 ᗷ 四 3.7，即 ᗷ 之變，又變作 ᗷ 汗 5.64 ᗷ 四 3.7 形，此乃假「台」（以）字爲「始」，魏二體石經〈禹貢〉「治」字古文作 ᗷ，其左當从水，右形當即「台」字，與此形類同（參見"治"字）。

敦煌本 P5557、P2643、P2516、岩崎本、九條本、內野本、足利本、上圖本（影）、上圖本（八）、《書古文訓》「始」字多作 亂 乱 乱₁，P2643 或作 乱₂，與「乱」字形近；P5557 或多一畫作 乱₃；九條本或變作 亂₄；岩崎本或右形訛作「刂」作 刟₅。上述諸形皆傳抄古文假「台」爲「始」字 ᗷ 汗 5.64 ᗷ 四 3.7 形之隸古定。

（2）稽：ᗷ 譬

足利本、上圖本（影）〈說命下〉「念終始典于學」「始」字各作 ᗷ 譬，爲「稽」字，疑爲（1）乱₁形與「稽」字作「乩」相混而誤作。

【傳鈔古文《尚書》「始」字構形異同表】

傳抄古尚書文字 始 ᗷ 汗 5.64 ᗷ 四 3.7	戰國楚簡	石經	敦煌本	岩崎本	神田本b	九條本	島田本b	內野本	上圖（元）	觀智院b	天理本	古梓堂b	足利本	上圖本（影）	上圖本（八）	古文尚書晁刻	書古文訓	尚書篇目
湯始居亳從先王居作帝告釐沃			乱 P5557	乱													乩	胤征
湯征諸侯葛伯不祀湯始征之作湯征			乱 P5557	乱													乩	胤征

	戰國楚簡	石經	敦煌本	岩崎本	神田本b	九條本	島田本b	內野本	上圖（元）	觀智院b	天理本	古梓堂b	足利本	上圖本（影）	上圖本（八）	古文尚書晁刻	書古文訓	尚書篇目
始于家邦終于四海								乱					乱	乱	乱		乱	伊訓
終始愼厥與惟明明后								乱					乱	乱	乱		乱	太甲下
念終始典于學			乱 P2643 / 乱 P2516	乱		乱							誓	誓			乱	說命下
殷始咎周			乱 P2643 / 乱 P2516	剐		乱							乱	乱			乱	西伯戡黎
惟周公克愼厥始				乱		乱								乱			乱	畢命
若古有訓蚩尤惟始作亂				乱		乱								乱			乱	呂刑
爰始淫爲劓刵椓黥				乱		乱								乱			乱	呂刑

854、沃

「沃」字在傳鈔古文《尚書》有下列不同字形：

（1）沃沃₁㳄₂㳄㳄₃

「沃」字敦煌本 P2643、上圖本（元）作或沃沃₁，右上多一點；P5557作沃₂，其右下復多一畫，P2516、岩崎本、上圖本（元）再變作㳄㳄₃，偏旁「夭」字俗作夌（參見"夭"字）。

【傳鈔古文《尚書》「沃」字構形異同表】

沃	戰國楚簡	石經	敦煌本	岩崎本	神田本b	九條本	島田本b	內野本	上圖（元）	觀智院b	天理本	古梓堂b	足利本	上圖本（影）	上圖本（八）	古文尚書晁刻	書古文訓	尚書篇目
湯始居亳從先王居作帝告釐沃			沃 P5557															胤征
沃丁既葬伊尹于亳								沃										咸有一德
啓乃心沃朕心			沃 P2643 / 㳄 P2516	㳄				㳄										說命上

胤征	戰國楚簡	漢石經	魏石經	敦煌本P3752	敦煌本P2533	敦煌本P5557	岩崎本	神田本	九條本	島田本	內野本	上圖本(元)	觀智院本	天理本	古梓堂本	足利本	上圖本(影)	上圖本(八)	晁刻古文尚書	書古文訓	唐石經
湯征諸侯葛伯不祀湯始征之作湯征						湯征諸侯葛栢不祀湯乱延出作湯征			湯延袋貨葛伯不祀湯乱延之作湯征		湯征諸侯葛伯不祀湯始征出作湯征					萬征諸侯葛伯不祀湯始征出作湯征	湯征諸侯葛伯不祀湯始征出作湯征	湯征諸侯葛伯不祀湯始征之作湯征	湯延彭戻葛柏不禩湯乱延出延湯延		湯征諸侯葛伯不祀湯始征之作湯征
伊尹去亳適夏既醜有夏						伊尹去亳適夏			伊尹去亳適夏旡醜又夏		伊尹去亳適夏旡醜ナ夏					伊尹去亳適夏旡醜	伊尹去亳適夏旡醜有夏	伊尹去亳適夏醜ナ夏	旅尹去亳適夏旡醜ナ夏		旅尹去亳適夏既醜有夏

855、適

「適」字在傳鈔古文《尚書》有下列不同字形：

（1）〔魏三體〕

魏三體石經〈多士〉「適」字古文作〔適〕，此形省「口」，從「帝」，與戰國作〔適〕〔適〕溫縣同形。《說文》「適」字〔適〕從辵啻聲，又「啻」字從口帝聲，「適」字作〔適〕魏三體，乃聲符「啻」省「口」。

（2）適1 適2 適3

上圖本（影）「適」字作適1，與秦簡作〔適〕睡虎地18.52、漢代作〔適〕漢帛書老子甲145〔適〕孫子17同形，敦煌本P5557、岩崎本、上圖本（元）、上圖本（影）作適2，九條本作適3，分與漢代作〔適〕武威簡.服傳18〔適〕楊叔恭殘碑〔適〕居延簡甲

1210 同形，皆「適」字篆文隸變俗寫。

【傳鈔古文《尚書》「適」字構形異同表】

適	戰國楚簡	石經	敦煌本	岩崎本	神田本b	九條本	島田本b	內野本	上圖（元）	觀智院b	天理本	古梓堂b	足利本	上圖本（影）	上圖本（八）	古文尚書晁刻	書古文訓	尚書篇目
伊尹去亳適夏既醜有夏			適 P5557	適														胤征
盤庚遷于殷民不適有居									適									盤庚上
惟我事不貳適														適				多士
惟爾王家我適		適魏												適				多士
上刑適輕下服				適										適				呂刑

856、醜

「醜」字在傳鈔古文《尚書》有下列不同字形：

（1）醜₁酉鬼₂

「醜」字九條本作醜₁，偏旁「酉」字與酉魏三體同形。上圖本（八）作醜₂，偏旁「鬼」字所从厶省作丶。

【傳鈔古文《尚書》「醜」字構形異同表】

醜	戰國楚簡	石經	敦煌本	岩崎本	神田本b	九條本	島田本b	內野本	上圖（元）	觀智院b	天理本	古梓堂b	足利本	上圖本（影）	上圖本（八）	古文尚書晁刻	書古文訓	尚書篇目
伊尹去亳適夏既醜有夏						醜		醜					醜	醜	醜		醜	胤征

857、尹

「尹」字在傳鈔古文《尚書》有下列不同字形：

（1）尹汗1.13 尹四3.14 尹六194 帠₁

《汗簡》、《古文四聲韻》、《訂正六書通》錄《古尚書》「尹」字作：尹汗1.13 尹四3.14 尹六194，《說文》古文作尹，《書古文訓》〈微子之命〉「庸建爾于

上公尹茲東夏」「尹」字作【古文】，爲此形之隸古定訛變，左上訛作「夕」。「君」字從尹從口，《汗簡》錄《古尚書》「君」字作：【古文】汗 1.6，《說文》「君」字古文【古文】，侯馬盟書作【古文】與此同形，魏三體石經〈君奭〉「君」字古文作【古文】，其上【古文】（【古文】汗 1.6【古文】說文古文君）、【古文】（【古文】魏三體）皆「尹」（【古文】作冊大鼎【古文】尹尊【古文】鼄伯盤【古文】魯侯壺）字之變（參見"君"字）。故【古文】汗 1.13【古文】四 3.14【古文】六書通 194 上皆從「尹」之變，黃錫全謂【古文】汗 1.13 下從【古文】即「糸」，【古文】（【古文】說文古文尹【古文】四 3.14【古文】六書通 194）皆「糸」之訛，實即古「紏」字〔註302〕。

（2）尹：【古文】上博 1 緇衣 3 【古文】郭店緇衣 5 【古文】₁【古文】₂

楚簡引今本尚書〈咸有一德〉「惟尹躬暨湯咸有一德〔註303〕」句，上博〈緇衣〉3、郭店〈緇衣〉5「尹」字各作【古文】上博 1 緇衣 3 【古文】郭店緇衣 5，與【古文】作冊大鼎【古文】尹尊【古文】鼄伯盤【古文】魯侯壺【古文】鄂君啓舟節 等同形。《書古文訓》「尹」字或作【古文】₁【古文】₂，爲篆文【古文】之隸古定兼有篆文筆畫。

（3）君：

島田本〈洪範〉「師尹惟日歲月日時無易」、上圖本（八）〈酒誥〉「越在內服百僚庶尹」、〈多方〉「尹爾多方」「尹」字作「君」【古文】，尹、君二字相通。

【傳鈔古文《尚書》「尹」字構形異同表】

傳抄古尚書文字 尹 【古文】汗 1.13 【古文】四 3.14 【古文】六 194	戰國楚簡	石經	敦煌本	岩崎本 b	神田本 b	九條本	島田本 b	內野本	上圖（元）	觀智院 b	天理本	古梓堂 b	足利本	上圖本（影）	上圖本（八）	古文尚書晁刻	書古文訓	尚書篇目
伊尹去亳適夏既醜有夏																	尹	胤征
伊尹相湯伐桀升自陑																	尹	湯誓
伊尹祠于先王																	尹	伊訓

〔註302〕參見：黃錫全，《汗簡注釋》，武漢：武漢大學出版社，1993，頁 140。

〔註303〕上博〈緇衣〉3 引作「〈尹誥〉員：佳尹夋（躬）及康（湯）咸又（有）一惠。」

郭店〈緇衣〉5 引作「〈尹誥〉員：佳尹夋（躬）及湯咸又（有）一惠。」

今本〈緇衣〉引作「〈尹吉〉曰：惟尹躬及湯咸有壹德。」

句例							傳鈔古文		出處
伊尹作書								尹	太甲上
惟尹躬克左右厥辟宅師								尹	太甲上
惟尹躬暨湯咸有一德	尹 上博1緇衣3 尹 郭店緇衣5							尹	咸有一德
師尹惟日歲月日時無易			君b					尹	洪範
庸建爾于上公尹茲東夏								祭	微子之命
越在內服百僚庶尹						君		尹	酒誥
惟助成王德顯越尹人祇辟								尹	酒誥
時則有若伊尹格于皇天								尹	君奭
惟爾殷侯尹民		尹 S2074						尹	多方
尹爾多方						君		尹	多方
命汝尹茲東郊敬哉								尹	君陳